Das Buch

Eine Mutter, sieben Kinder und verschiedene Väter – das ist eine ungewöhnliche Situation, die den Seelenfrieden der Bevölkerung eines kleinen irischen Dorfes durchaus zu stören vermag. Zum Unglück gleichen die Kinder ihren Vätern aufs Haar, so daß die erbosten Ehefrauen täglich an die Verfehlungen ihrer Gefährten erinnert werden. Nur Bridget Monaghans jüngster Sohn Pius ist noch zu klein, um Ähnlichkeiten mit irgendeinem männlichen Dorfbewohner aufzuweisen. Um so kritischer wird das Kleinkind von den mißtrauischen Frauen des Dorfes beobachtet. Die Väter, ob dieser täglichen Demonstration ihrer Sünden verärgert, beschließen, die Familie Monaghan umzusiedeln. Aber sie haben die Rechnung ohne ihre Kinder gemacht...

Die Autorin

Una Troy wurde 1913 in Fermoy in Irland geboren. Sie studierte in Dublin und lebt heute als Witwe eines Arztes in ihrer irischen Heimat. Mit der Veröffentlichung des vorliegenden Romans wurde sie in kurzer Zeit in England, Amerika und dem deutschen Sprachraum bekannt. Weitere Werke: ›Mutter macht Geschichten‹, ›Die Pforte zum Himmelreich‹, ›Ein Sack voll Gold‹, ›Trau schau wem‹, ›Kitty zeigt die Krallen‹, ›Stechginster‹, ›Das Schloß, das keiner wollte‹, ›Eine nette kleine Familie‹, ›Läuft doch prima, Frau Doktor!‹, ›Die Leute im bunten Wagen‹.

Die Mitte [illegible] ist [illegible]
ist eine ungewöhnliche [illegible]
[illegible]
zu [illegible] Zum [illegible]
[illegible]
[illegible]
Nur [illegible]
[illegible]
[illegible]
[illegible] des [illegible]
[illegible] Dem [illegible]
[illegible] Rechnung [illegible]
[illegible]

Die [illegible]

[illegible]
[illegible]
[illegible]
[illegible]
[illegible]
[illegible]
[illegible]
[illegible]
[illegible]
[illegible]
[illegible]

Una Troy:
Wir sind sieben
Roman

Deutsch von Dorothea Gotfurt

Deutscher
Taschenbuch
Verlag

dtv

Von Una Troy
sind im Deutschen Taschenbuch Verlag erschienen:
Mutter macht Geschichten (1286; auch als dtv großdruck 25003)
Die Pforte zum Himmelreich (10405; auch als dtv großdruck 25052)
Ein Sack voll Gold (10619; auch als dtv großdruck 25002)
Trau schau wem (10867)
Kitty zeigt die Krallen (10898)
Stechginster (10989)
Das Schloß, das keiner wollte (11057)
Eine nette kleine Familie (11150)
Läuft doch prima, Frau Doktor! (11214)
Die Leute im bunten Wagen (11350)

Ungekürzte Ausgabe
Mai 1992
Deutscher Taschenbuch Verlag GmbH & Co. KG, München
Lizenzausgabe mit freundlicher Genehmigung des Scherz Verlags, Bern und München
Titel der englischen Originalausgabe: ›We Are Seven‹

ISBN 3-502-19755-5
Umschlaggestaltung: Celestino Piatti
Umschlagbild: Dietrich Ebert
Gesamtherstellung: C. H. Beck'sche Buchdruckerei, Nördlingen
Printed in Germany · ISBN 3-423-11611-0

Erstes Kapitel

»Ich traf ein Bauernmädel,
Das sagt, es sei acht Jahr,
Es hatte ... es hatte ...«

Und da blieb Pansy Monaghan stecken.

»... es hatte wunderschönes ...«

half der Inspektor freundlich aus. Pansy sah ihn aus großen, braunen, seelenvollen Augen an, dann atmete sie auf und fuhr fort:

»Es hatte wunderschönes
Und dichtes Lockenhaar.«

Der Inspektor strich sich über seine eigenen, etwas schütteren Haare, dann fiel ihm ein, daß das vielleicht keine allzu geeignete Illustration war. Er sagte hastig: »Wie deine eigenen Locken, mein Kind.«

Pansys lange seidige Wimpern streiften fast ihre Wangen. Sie sagte lächelnd (und, wie Miss Kelly fand, etwas geziert): »Und ich bin auch acht Jahre alt.«

Die anderen Kinder in der Klasse hielten den Atem an, während sie dieser gewagten Unterhaltung mit einem Schulinspektor folgten. Aber der Inspektor erwiderte Pansys Lächeln. Er hatte alle Mädchen gern, kleine oder große, und dieses Mädchen war wirklich ein ganz reizendes Geschöpf.

»Du und das kleine Mädchen in dem Gedicht von Wordsworth haben viel Ähnlichkeit.«

Mehr, als Sie ahnen, dachte Miss Kelly. Sie betrachtete ihre Schülerin mit ganz ungerechtfertigtem Mißvergnügen, da die Kleine sich tatsächlich sehr gut benahm und außerdem den Inspektor in gute Laune gebracht hatte.

»Und hast du auch Geschwister,
Die dich herzlich lieben?«

Ist sowieso ein dummes Gedicht, dachte Miss Kelly. Ich hab' mir nie viel aus Wordsworth gemacht.

»Ja, sagt das Bauernmädel,
Im ganzen sind wir sieben.«

Der gefährliche Punkt war überwunden – Miss Kelly seufzte erleichtert. In diesem Augenblick erhob sich aus dem Hintergrund des Klassenzimmers, wo die Kleinkinder saßen, eine Stimme, die im Gegensatz zu Pansys sanfter, melodischer Stimme rauh und krächzend war.

»Das sind wir«, sagte die rauhe Stimme.

Der Inspektor blinzelte. Ein sehr kleiner Junge war aufgestanden; er trug einen roten Sweater und dunkelblaue Trägerhosen, die straff über seinen Schultern saßen, weil er beide Hände in die Hosentaschen gesteckt hatte und die Hosen herunterzog. Er hatte ein rundes, verschmiertes Gesicht und einen blonden Haarschopf, der wie ein Hahnenkamm von seinem Kopf abstand. Er starrte den Inspektor aus kalten blauen Augen an.

»Das sind wir«, wiederholte die rauhe Stimme. »Ich und sie.« Der gelbe Haarschopf wies in die Richtung von Pansy. »Und die anderen – genau wie in dem schönen Gedicht – wir sind auch sieben!«

»Aber Daniel«, sagte Miss Kelly hilflos.

Er starrte sie ärgerlich an. »Ich heiße Toughy«, sagte er zum Inspektor. »Toughy Monaghan. *Sie* nennt mich sonst auch nicht Daniel – nur wenn Sie hier sind. Mich nennen alle Toughy.« Er versuchte, mit den Fäusten in den Taschen, die Hosen in die Höhe zu ziehen. Seine Mundwinkel waren verächtlich nach unten gezogen, als verhinderte ihn nur seine angeborene Höflichkeit, im großen Bogen männlich in die Ecke zu spucken. »Weil ich so ein strammer Kerl bin ...«, fügte er hinzu.

»Das bist du wirklich«, sagte der Inspektor. Sie sahen sich in die Augen – Mann zu Mann. »Und wie alt bist du?«

»Fünf.« Toughy bemerkte Miss Kellys mißbilligenden Blick. »Fast fünf«, fügte er hinzu.

»So – und du hast also noch sechs Geschwister?«

»Ja«, sagte Toughy. »Zuerst kommt Mary; die geht nicht mehr zur Schule – die ist zu Hause und hilft Mutti. Mary ist nämlich sehr alt – so um die sechzig oder siebzig, glaub' ich. Und dann kommt Tommy. Das ist Tommy!« Er nahm eine Faust aus der Tasche und zeigte auf einen vierzehnjährigen Jungen mit einem gleichmütigen Gesicht. »Der kommt bald aus der Schule, weil er auch schon alt ist – fast so alt wie Mary.«

»Toughy...«, sagte Miss Kelly, aber der Inspektor murmelte: »Bitte, Miss Kelly!« Toughy fuhr unbeirrt fort.

»Das sind Willie und Sissy.« Der schmutzige Zeigefinger wies auf einen Knaben und ein Mädchen; das Mädchen errötete, und beide begannen nervös mit den Füßen zu scharren. »Sie sind zwölf; das weiß ich, weil sie Zwillinge sind, und alle Leute fragen Zwillinge immerzu, wie alt sie sind.« Er machte eine Pause. »Zwillinge gelten doch als zwei?« erkundigte er sich ängstlich.

»Unbedingt«, sagte der Inspektor.

»Und dann kommt sie – Pansy! Und dann komm' ich! Und dann das Baby – das heißt Pius, wie die Päpste. Pius ist noch sehr jung, der kann noch nicht mal laufen und kein Wort sagen. Und das sind sieben«, sagte er mit angriffslustiger Miene zum Inspektor. »Ich hab' sie gezählt!«

»Wie viele Brüder und Schwestern du hast«, meinte der Inspektor bewundernd.

Pansy Monaghans Augen wurden riesengroß und rund; diesmal war sie nicht geziert, sondern wirklich erregt. Sie sah auf das schmutzige Kerlchen herab, strich mit der einen Hand über ihre Locken und zupfte mit der anderen ihr Kleid zurecht. Dann sagte sie mit klarer, verächtlicher Stimme: »Er ist gar nicht mein Bruder – nur mein Halbbruder!«

Toughy stöhnte gequält.

»Das gilt doch, nicht wahr? Das muß doch gelten.«

Miss Kelly sagte: »Sei ruhig, Toughy«, und fast gleichzeitig sagte der Inspektor laut und deutlich: »Natürlich gilt das!« Toughy war beruhigt und setzte sich wieder auf die Bank zu den anderen Kleinkindern. Aber Pansys Unterlippe zitterte. Der Inspektor sagte schnell: »Dann ist Tommy wohl dein Bruder, mein Kind?« Tommy sah ihm ernsthaft in die Augen.

»Nein«, antwortete Pansy mit ihrer hellen, durchdringenden Stimme, »der ist auch nur mein Halbbruder, ebenso wie Toughy und die Zwillinge.«

Dem Inspektor schwirrte der Kopf. Er sah die fünf Monaghans bestürzt an. Dann ging er ein paar Schritte zurück; Miss Kelly folgte ihm. Er fragte sie leise und verzweifelt: »Wie oft war denn die Mutter verheiratet?« Und Miss Kelly antwortete ebenso verzweifelt: »Sie war überhaupt nicht verheiratet.«

Er sagte verdutzt: »Sie müssen mir später mehr über die Familie Monaghan erzählen.«

Der Inspektor war gerade erst in diesen Bezirk versetzt worden. Er trank fünf Tassen Tee – glücklicherweise hatte Miss Kelly reichlich Teewasser aufgesetzt –, bevor er die ganze Geschichte von Bridget Monaghan und ihren sieben Kindern gehört hatte.

Das Landstädtchen Doon liegt zwischen dem kleinen Dorf Ballybay an der lieblichen Küste von Waterford und dem Inland-Dorf Kilmuc; Doon ist etwa drei Meilen von jedem der beiden Orte entfernt. In dieser Gegend gibt es viele kleine Bauernhöfe mit zwanzig bis hundert Acker Land, die von fleißigen, sparsamen Bauern bewirtschaftet werden.

»Der einzige Mann im ganzen Bezirk, der niemals gearbeitet hat, war Bridget Monaghans Vater«, sagte Miss

Kelly nachdenklich. »Er besaß ein Haus und zehn Akker Land, die er nicht bestellte, sondern zusah, wie sie sich in Grasland verwandelten. Seine Frau war jung gestorben, und er lebte mit Bridget von einer Pension, die er von der englischen Regierung bekam. An schönen Tagen saß er vor seinem Haus inmitten der Rosen und anderen Blumen, die seine arme Frau gepflanzt hatte und die jahrein, jahraus weiterblühten und wucherten. Wenn es kalt und regnerisch war, saß er am Feuer, rauchte Pfeife und redete. Er redete wie ein Buch, wenn er einen Zuhörer fand, und das war meistens der Fall, da er amüsant zu erzählen wußte. Er sprach über Kriege – den Krieg von 1914 hatte er mitgemacht –, über Politik, über Religion und über jedes andere Thema, das ihm in den Sinn kam. Er sprach lebendig und anschaulich, und es gelang ihm, selbst die langweiligsten Dinge interessant erscheinen zu lassen. ›Was zu reden und was zu rauchen hat der alte Monaghan immer‹, sagten die Leute.«

»Muß ein glücklicher Mensch gewesen sein«, bemerkte der Inspektor.

»Allerdings, obwohl die Leute auf ihn herabsahen, weil er so entsetzlich faul war; aber das war ihm ganz gleichgültig. Es wurde allgemein bedauert, daß Bridget ohne Mutter aufwuchs, aber trotzdem entwickelte sie sich zu einem netten, gepflegten und hübschen Mädchen.« Miss Kelly stocherte im Kamin und blickte träumerisch in die auflodernden Flammen. »Ich erinnere mich an Bridget als Schulmädchen. Sie war eine richtige Leseratte; sie las alles – Romane, Erzählungen, Gedichte. Und später, als sie nicht mehr zur Schule ging, sah man sie nie ohne ein Buch in der Hand. Um diese Zeit las sie nichts als Liebesgeschichten, lächerlich dumme Kitschromane, die sie jedoch für bare Münze nahm und wundervoll fand. Sie lebte in einer Traumwelt, die nichts mit Doon und dem Melken der Kühe, dem Buttermachen und dem Kartoffelstechen zu tun hatte.«

»Und wahrscheinlich hat sie niemals aufgehört, in ihrer romantischen Traumwelt zu leben«, sagte der Inspektor.

Miss Kelly strich sich das graue Haar aus der Stirn und sah ihn mit ihren müden, gütigen Augen an.

»Ich glaube, das stimmt. Die Leute reden natürlich schlecht über Bridget Monaghan, das ist ja nur zu begreiflich, aber sie verstehen sie nicht. Bridget ist ein ewiger Backfisch. Sie hält jeden Mann für einen edlen Ritter... und das ist ihr Unglück«, sagte Miss Kelly traurig.

»Ich verstehe«, murmelte der Inspektor. Er begann Miss Kelly sehr nett und sympathisch zu finden.

»Als Bridget sechzehn Jahre alt war, wurde sie Lehrmädchen in einem Schneideratelier in Waterford. Während der nächsten drei Jahre hörte man nichts von ihr. Dann starb ihr Vater, und Bridget kam plötzlich zurück in das kleine Haus in Doon mit den zehn Ackern Grasland... Und sie kam mit einem Baby und ohne Trauring.«

»Muß ein tapferes Mädel gewesen sein«, bemerkte der Inspektor.

»Tapfer? Ich weiß nicht recht, ob das der richtige Ausdruck ist – eher gleichgültig. Sie gab nichts auf die Meinung anderer Leute; in dieser Beziehung war sie genau wie ihr Vater. Natürlich wurde viel über sie geredet, aber zu Bridget selbst sagten die Leute nichts. Sie war so ruhig und zurückhaltend, und so...«, Miss Kelly zögerte, dann lächelte sie, »... so damenhaft, daß sich niemand traute, offen mit ihr zu reden.«

Möglich, daß der Inspektor Miss Kellys letzte Bemerkung etwas sonderbar fand; jedenfalls ließ er es sich nicht anmerken.

»Und so ließ sie sich in ihrem Häuschen als Schneiderin nieder; sie ist eine sehr gute Schneiderin und hat selbst jetzt noch viel zu tun.«

»Heutzutage sind die Leute toleranter.«

»Ja, vielleicht sind sie toleranter, aber als Bridget ihre Fehltritte beging, waren die Zeiten noch anders. Jetzt haben sich die Fehltritte leider etwas zu sehr angehäuft...«

»Man sollte nicht immer wieder denselben Fehler machen«, sagte der Inspektor.

»Nein, aber Bridget hat es getan. Drei Jahre später kam Tommy zur Welt, dann die Zwillinge, dann Pansy und dann Toughy. Und dann, nachdem wir alle gehofft hatten, daß sie endlich Vernunft angenommen habe, kam Pius.«

»So genannt nach den Päpsten«, murmelte der Inspektor. Miss Kelly lachte.

»Unser Priester war darüber sehr ärgerlich. Er war um diese Zeit fort, und an seiner Stelle amtierte ein junger Hilfsgeistlicher.«

Der Inspektor dachte über eine bestimmte Frage nach.

»Es kann nicht leicht sein, in einem Landbezirk wie hier etwas geheim zu halten; wahrscheinlich weiß doch jeder, wer die Erzeuger der jungen Monaghans sind.«

»Das ist ja das Unglück«, bestätigte Miss Kelly. »Alle wissen Bescheid – nur nicht über Marys Vater. Man sagt, er war entweder Matrose oder Gepäckträger. Einem anderen Gerücht zufolge war er allerdings ein Lord, und das wäre natürlich viel interessanter. Aber die anderen! Unglücklicherweise sehen alle Monaghans ihren Vätern sprechend ähnlich.«

Der Inspektor lachte laut.

»Natürlich ist es in gewisser Weise komisch«, sagte Miss Kelly, »aber es hat auch viel böses Blut gemacht.«

»Sind Ehen in die Brüche gegangen?«

»Nein, das passiert bei uns nicht so leicht, aber gebrochene Herzen hat es gegeben. Und gerade, als sich alles etwas beruhigt hatte, erschien Pius auf der Bildfläche, und jetzt warten wir alle darauf, wem er ähnlich sehen wird, wenn er in ein Alter kommt, in dem sein Vollmondgesicht menschliche Züge annimmt.«

Dieses Mal lachte der Inspektor lange und herzlich, und sie strich sich wieder mit einer müden Bewegung das graue Haar aus der Stirn.

»Ich mache mir nur um die Kinder Sorgen«, sagte sie.

»Es sind prachtvolle Kinder, selbst die affektierte kleine Pansy, die Ihnen Augen gemacht hat – sie will ein Filmstar werden! Und Mary ist ein besonders nettes Mädel. Sie würde eine gute Frau abgeben, aber ich kann mir nicht vorstellen, daß jemand eine Tochter von Bridget Monaghan heiraten wird. Tommy kommt im nächsten Monat aus der Schule. Er macht sich nichts aus Büchern, sondern interessiert sich nur für die Landwirtschaft. Selbst jetzt pflügt und gräbt er in seiner Freizeit, und er hat wahre Wunder auf dem mageren Grasland vollbracht. Und Toughy ...«, ihr Gesicht verklärte sich, »nun, Sie haben Toughy ja kennengelernt.«

»Ein Jammer, daß die Frau nicht in eine andere Gegend zieht, wo man sie nicht kennt«, meinte der Inspektor, »hauptsächlich der Kinder wegen.«

»Umziehen? Sie glauben gar nicht, wie oft man schon versucht hat, sie zum Umziehen zu bewegen, aber sie denkt gar nicht daran. Sie ist eigenwillig und stolz und würde sich nicht um die Welt von einem der in Frage stehenden Männer unterstützen lassen.« Miss Kelly machte eine kleine Pause. »Man erzählt sich, daß sie jedem ihrer Kinder an seinem siebenten Geburtstag mitteilt, wer sein Vater ist; danach wird die Angelegenheit nie wieder erwähnt.«

»Aber nach dem, was Sie mir erzählt haben, scheint man doch genau zu wissen, wer die Väter sind.«

»Das ist allerdings richtig. Selbst Toughy ist bereits eine lächerlich ähnliche Miniaturausgabe seines Vaters.«

Der Inspektor ließ sich seine Teetasse zum sechsten Mal füllen. »Ja, dann ist es nur zu verständlich, daß das Erscheinen von Pius große Unruhe erzeugt hat«, sagte er.

»Heute war ein Inspektor da, Mutti«, erzählte Pansy.

Bridget Monaghan lächelte ihrer Tochter zärtlich zu.

»Wirklich, Liebling? Und hast du alle Fragen richtig beantwortet?«

Toughy legte Messer und Gabel hin und stützte seine

Ellbogen auf den Tisch. »*Ich* hab' ihm geantwortet, und sogar sehr gut«, sagte er.

»Er hat geredet und geredet, Mutti, und lauter Unsinn!«

»Ich hab' sehr schön geredet«, erklärte Toughy seelenruhig.

Pansy beachtete ihn nicht.

»Ich habe ein Gedicht aufgesagt, und der Inspektor hat mich sehr dafür gelobt. Und dann hat er gesagt, daß die Schreibhefte von den Zwillingen furchtbar ordentlich wären. Tommy hat nicht viel gewußt, nicht wahr, Tommy?«

»Nein«, sagte Tommy.

»Er hat nicht gewußt, wann König James in Irland regiert hat.«

»Wann hat er denn regiert, Pansy?«

»Ach, das weiß ich auch nicht – ich brauch's auch noch gar nicht zu wissen, aber Tommy müßte es eigentlich gelernt haben, nicht wahr, Tommy?«

Tommy antwortete nicht. Er war ein wortkarger Junge, und er hatte nicht die Absicht, seine Worte an König James zu verschwenden, dessen Laufbahn ihm vollkommen gleichgültig war.

»So, Kinder, wenn ihr alle aufgegessen habt, werde ich den Tisch abräumen«, sagte Mary energisch.

Die Kinder standen auf. Pansy holte sich ihre Puppe, die sie spazierenfahren wollte; Tommy holte sich seinen Spaten aus dem kleinen Geräteschuppen hinterm Haus; Toughy steckte die geballten Fäuste in seine Hosentaschen und stapfte hinaus. Nur die Zwillinge blieben da; sie warteten darauf, daß der Tisch abgeräumt wurde, weil sie ihre Schularbeiten machen wollten. Bridget Monaghan und Mary setzten sich an den kleinen Arbeitstisch am Fenster. Pius schlief draußen vor dem Fenster in seinem schäbigen alten Kinderwagen.

Mary fädelte den Faden in das Schiffchen der Nähmaschine. Sie sagte sanft: »Könntest du nicht eine kleine

Pause machen, Mutter? Du arbeitest doch schon seit dem frühen Morgen.«

»Du hast recht, Kind«, meinte ihre Mutter und strich eine Stoffalte glatt, »aber Mrs. Simmon kommt morgen zur Anprobe.« Sie sah den gelben Seidenstoff mit den riesigen blauen und rosa Mohnblumen mißbilligend an. »Ich hätte schon eher damit fertig sein können, aber ich war nicht mit dem Herzen bei der Sache.« Bridget Monaghan war eine Künstlerin in ihrem Fach. Manchmal tanzten ihre Finger mühelos über die Arbeit, aber über die Mohnblumen von Mrs. Simmon wollten sie nicht tanzen. Sie sagte, wie um sich selbst zu ermutigen: »Aber ihr gefallen sie.«

Mary räumte das Geschirr vom Tisch; es war billiges Geschirr, aber es war nicht angeschlagen und gehörte zum gleichen Service; das Tischtuch war sorgfältig gestopft und sauber; allerdings hatte Toughy einen großen Saucenfleck hinterlassen. Mary wußte, daß die Familien, die nicht von einem Tischtuch, sondern von der ›Irischen Zeitung‹ aßen, sich über die guten Manieren der Monaghans lustig machten. Sie wußte, daß man sie für manches verachtete, das man bei anderen bewundert hätte. Aber den Monaghans nahm man alles übel: das hübsche, gemütliche Häuschen, den nett gedeckten Tisch, auf dem fast immer eine Vase mit Blumen aus Tommys Garten stand, das schmackhaft gekochte Essen – obwohl die Zutaten oft so ärmlich waren, daß selbst die bittersten Feinde der Familie Monaghan sich ins Fäustchen gelacht hätten. Man beneidete sie um ihre ordentlichen, sorgfältig gestopften und gebügelten Kleider, aber vor allen Dingen um ihre gebildete Redeweise und um ihre guten Manieren, durch die sie eine weitere Schranke zwischen sich und ihren Nachbarn errichtet hatten.

Marys junges Gesicht wurde plötzlich hart und zu ernst für ihre Jahre. Sie goß Wasser in die Schüssel und beobachtete mit herunterhängenden Armen, wie das Fett von den Tellern ablief. Im allgemeinen machte sie gern

Hausarbeit. Sie war eine geborene Hausfrau, aber obwohl sie ihre Familie von Herzen liebte, gab es Augenblicke, in denen sie unendlich unter den ungewöhnlichen Umständen litt. Sie hatte dann das Gefühl, daß alle ihre Bemühungen, einen geordneten Haushalt aufrecht zu erhalten, lächerlich wären. In ihrer einfachen Art hielt sie einen guten Ruf für unbedingt notwendig, und zum guten Ruf einer Familie gehörten ein Haushaltungsvorstand und ein ehrlicher Name.

Sie schüttelte ungeduldig den Kopf und begann das Geschirr abzuwaschen. Warum machte sie sich plötzlich Gedanken über diese unwichtigen – oder zum mindesten nicht sehr wichtigen Dinge? Nur weil Barney Higgins ihr gestern abend auf dem Wiesenweg aufgelauert und sie umarmt hatte und weil er ihr, als sie ihn fortstieß, nachgerufen hatte: »Sei nicht so empfindlich... man könnte wirklich meinen, du...« Unsinn! Barney hatte etwas zu viel getrunken, wahrscheinlich hätte er es mit jedem anderen Mädel genauso gemacht. (Nein, das hätte er nicht! Auf jeden Fall hätte er keiner anderen das gleiche Schimpfwort nachgerufen – bestimmt nicht!) Ich darf nicht weiter darüber nachgrübeln, sagte sie sich, ich hab' andere Sorgen – zum Beispiel Mutter. Aber über Mutter konnte man sich auch nicht den Kopf zerbrechen. Man konnte nur hoffen und beten, aber wenn man an Pius dachte, erschien auch das sinnlos. Dann wollte sie schon lieber an Tommy denken – so ein guter, braver Junge. Ja, der Gedanke an Tommy machte sie glücklich. Er würde bald aus der Schule kommen und leicht Arbeit finden; jeder Bauer würde ihn gern nehmen. Aber sie würde darauf achten müssen, daß man ihn nicht zu sehr ausnutzte – aus dem einfachen Grund, weil er ein Monaghan war und ein gutmütiger Kerl.

Dann blickte sie auf die Zwillinge, die bereits über ihren Büchern saßen. Miss Kelly glaubte, daß sie ein Stipendium gewinnen würden; in diesem Fall würden sie in ein Internat kommen. Das wäre eine sehr gute Lösung, weil dort niemand über ihre häuslichen Verhältnisse Bescheid wüßte. Die Priester und die Nonnen würden hoffentlich nicht darüber sprechen – oder vielleicht doch? Und später könnten sie Beamte werden, vielleicht sogar höhere Beamte. (Aber das Stipendium würde nicht ausreichen, es wäre nicht genug, um den Pensionspreis, selbst in einem der billigeren Internate, zu bezahlen, von Schuluniformen und Büchern ganz zu schweigen...) Trotzdem werden wir es schaffen, dachte sie trotzig, wir müssen es schaffen. Irgendwie werden wir es schon fertigbringen...

Pansy – über Pansy brauchte man sich vorläufig noch keine Gedanken zu machen. Sie war glücklich und zufrieden mit ihren Träumen von zukünftigem Ruhm. Das hübsche, dumme kleine Ding sparte jeden Pfennig für Photographien mit Autogrammen ihrer geliebten Filmstars und versuchte, sich wie sie zu frisieren und zu benehmen; sie nähte ihren Puppen Kleider aus demselben Stoff, aus dem ihre eigenen gemacht waren – wenn sie ein Fetzchen finden konnte –, weil es ihrer Ansicht nach jetzt modern war, daß Puppen und Puppenmutter gleich gekleidet gingen. (Aber auch Pansy würde nicht ewig ein kleines Mädchen sein, obwohl sie wahrscheinlich hübsch und töricht bleiben würde.)

Ich will lieber an Toughy denken... das glückliche, stramme Kerlchen. (Lieber Gott, bitte sorg dafür, daß niemand schlecht zu unserem Toughy ist, daß ihm keiner Schimpfworte nachruft. Er hält so viel von sich, er denkt, er ist wundervoll. Bitte, lieber Gott, beschütze Toughy!)

Pius... an Pius sollte man lieber nicht denken, weil man sich dann nur wieder an Dinge erinnerte, die man vergessen wollte. Aber er hat mehr Glück als ich, dachte sie mit einer plötzlich aufsteigenden Bitterkeit; er wird wenigstens eines Tages wissen, wer sein Vater ist. Ich werde das niemals erfahren.

Bridget Monaghan hatte sich sehr bei ihrer Tochter entschuldigt, als sie ihr diese peinliche Tatsache mitteilte.

»Es war eine herrliche Mondnacht«, sagte sie seufzend. »Der Mond spiegelte sich im Fluß in Waterford. Natürlich hatten wir kaum Zeit, uns richtig kennenzulernen. Ich vergaß, ihn nach seinem Namen zu fragen.« In der Erinnerung seufzte sie noch einmal. »Aber ich erinnere mich, daß er ein sehr gebildeter Mensch war und reizende Sachen sagte ...«

Tommy reckte sich und wischte sich den Schweiß von der Stirn. Dann bückte er sich wieder und fuhr fort umzugraben.

Verdammt anstrengend, dachte er. Ja, wenn man einen Traktor haben könnte, das wäre ein anderes Leben! Die Kartoffeln waren in diesem Jahr nicht schlecht, obwohl man nicht sicher sein konnte, ob die Haupternte ebenso gut ausfallen würde. Wenn sie noch lange so feuchtes Wetter hätten, würden die Spätkartoffeln verfaulen. Aber die Trockenheit und der Ostwind im vorigen Jahr waren auch nicht günstig für die Ernte... In dem Buch, das Miss Kelly ihm geborgt hatte, stand etwas über Saubohnen; daß sie sich gut als Viehfutter eigneten. In dieser Gegend pflanzt niemand Saubohnen, dachte er, warum wohl? Vielleicht könnte ich's mal mit ein paar Reihen versuchen... aber wahrscheinlich war's Unsinn... wie alles, was in Büchern stand.

Sein Spaten stieß knirschend auf einen Stein. Er fluchte, aber nur ganz leise – selbst allein hier draußen vergaß er Marys gute Erziehung nicht.

Harte Arbeit auf diesem Stück Land... und der Ertrag war nicht sehr gut. Er war ein Narr, sich so zu schinden...

Er schimpfte vergnügt weiter, während ihm der Wind um die Ohren blies und er die schweren braunen Erdschollen umlegte.

»Er war wie wir«, flüsterte Sissy.

»Wer?«

»Wilhelm der Eroberer. Sieh mal...« Sie schob Willie das Buch zu. »Er hieß ›William der Bastard‹, was Mickie Brennan neulich zu dir gesagt hat.« Sie blickte ängstlich in die Richtung von Mary, weil sie ihr verboten hatte, dieses Wort zu wiederholen. »Er hat auch keinen Vater gehabt.«

»Wir haben einen.«

»Ja, aber das gilt nicht.«

»Und ich bin sehr froh, daß es nicht gilt«, sagte Willie heftig. »Ich kann Mr. Bates nicht leiden.«

»Ich auch nicht – er ist ziemlich dumm. Und guck mal, Willie – hier ist noch einer, der Herzog von Monmouth, und noch einer hier – und noch einer.« Sie schlug die Seiten des Buches rasch um. »Lauter feine Leute – Grafen und Prinzen und Herzöge – und auch ein paar berühmte Leute ohne Titel.«

»Denen scheint es nichts geschadet zu haben«, bemerkte Willie nachdenklich.

»Wenn man berühmt wird, schadet es einem nichts mehr.«

»Ob wir berühmt werden könnten?«

»Ich glaube, ja. Vielleicht nicht gerade berühmt, aber sehr geachtet. Miss Kelly sagt, daß ein armer Junge aus Doon in Amerika Millionär geworden ist.«

»Hat sie dir das Buch gegeben?«

»Ja. Es ist eine Art Geschichtsbuch, aber viel interessanter. Du kannst es auch lesen, hat sie gesagt.«

»Ja, wenn ich Zeit habe.«

Willie wandte sich wieder seiner Arithmetik zu. Er war langsamer, aber gründlicher als Sissy, deren Arithmetikaufgaben für morgen bereits gelöst waren. Sissy sagte tröstend: »Es ist nicht so schlimm, Schulaufgaben zu machen, wenn man weiß, wofür.«

Willie grunzte zustimmend. Die Zwillinge fielen wieder in ihr geselliges Schweigen zurück.

Pansy saß mit Jennifer in der Laube. Jennifers Puppengesicht, das niemals sehr schön gewesen war, war schon mehrmals, und nicht sehr geschickt, übermalt worden. Aber ihr rosa Kleid war ebenso schick wie das Kleid ihrer Eigentümerin, und ihre Schuhe aus Kaninchenfell waren hochelegant. Pansy fand Jennifer sehr langweilig, sie trug sie nur deshalb mit sich herum, weil sie das für eine modische Notwendigkeit hielt, obwohl sie in der letzten Zeit ihre Zweifel hatte, ob es auch wirklich das richtige wäre. (Später ging sie dazu über, einen schauderhaften Miniaturspitz mit sich herumzuschleppen.) Aber dann verscheuchte sie ihre Zweifel gewaltsam; wenn man schon keinen Windhund und keine Pythonschlange haben konnte, mußte man sich wenigstens mit einer eleganten Puppe zeigen. Sie würde mit Jennifer im Arm fotografiert werden... »Pansy Monaghan, der Star des Films ›Unterm Rosenbusch‹ mit ihrer Maskotte Jennifer. Pansy hat unserem Fotografen anvertraut, daß sie sich niemals von Jennifer trennt. ›Natürlich habe ich Schränke und Schränke voller Puppen, aber Jennifer ist mir ans Herz gewachsen‹, sagte sie mit einem reizenden Lächeln...« Dann sah sie sich in der Laube um, und das Lächeln verging ihr.

Eigentlich war es von Anfang an keine richtige Laube gewesen, sondern nur ein schäbiger Schuppen, an dem sich ein Hagedornzweig emporrankte. Inzwischen hatte der wild wachsende Hagedorn den Schuppen völlig überwuchert. Aber irgend etwas mußte man schließlich haben, wenn man schon kein elegantes Landhaus mit Veranda und eigenem Schwimmbad besaß. Wenigstens verfügte man über eine Laube!

Sie kroch vorsichtig unter den blühenden Zweigen hindurch. Die weißen Blütenblätter hatten sich in ihrem Haar verfangen und flatterten über ihr Kleid, als sie sich aufrichtete.

»Ja«, sagte sie, »der gute alte Hagedorn mit den lieblichen weißen Blüten ist schon immer mein Lieblingsstrauch gewesen.«

Dann trat sie mißmutig auf die herabgefallenen Blütenblätter und schleifte Jennifer an einem Bein, mit herunterhängendem Kopf, übers Gras bis zum Gartentor. Dort setzte sie sich auf die unterste Sprosse und nahm Jennifer liebevoll auf den Arm, da man ja nie wußte, wer vorbeikommen könnte – vielleicht ein Filmmagnat in einem großen eleganten Auto auf der Suche nach einem ganz besonderen Kind für eine ganz besondere Rolle. Oder vielleicht fuhr er nur zufällig vorüber, sah sie auf dem Gatter sitzen und hielt seinen Wagen an. Es war ein langer, glänzender, wahrscheinlich roter Wagen mit einer silbernen Haube. Der Magnat trug einen Mantel mit einem schwarzen Pelzkragen und rauchte eine dicke Zigarre.

Der Wagen von Patsy McGrath ratterte mit einer Fuhre Dung vorüber. Patsy sagte: »Hallo«, und Pansy rief: »Hallo«, aber sie sah ihn nicht; sie hörte die kreischenden Räder nicht, sondern blickte mit starren Augen auf die Straßenecke, um die jeden Augenblick ein glänzender roter Wagen biegen konnte.

Komisch, wie schwer es war, zu pfeifen! Bei anderen sah es so einfach aus, aber wie rund man seinen Mund auch machte, wie sehr man auch blies, gelang es einem nicht, einen Pfeifton zu erzeugen. Es klang höchstens wie ein Stoßseufzer.

Toughy stieß einen Stein auf der Straße vor sich her und pustete eifrig mit seinem kreisrunden Mund, aber es war kein Ton zu hören. Er gab dem Stein einen weiteren Stoß, so daß er im Straßengraben landete.

Ein Torschuß! Hurra! Hurra, es lebe Toughy Monaghan! Der erste Torschuß im Fußball-Länderkampf! Gut geschossen, Toughy! Hurra, Hurra!

Ein altes Pferd lehnte seinen Kopf über ein Gatter und starrte Toughy an. Toughy blieb stehen. Er kletterte auf das Gatter und streichelte den weißen Fleck auf der Nase des Pferdes.

Ein wildes Pferd! Ein Hengst – ein wilder Hengst! Aber Toughy konnte auf ihm reiten, Toughy konnte ihn zähmen.

Er kletterte auf die höchste Gattersprosse, und es gelang ihm, sich mit dem Gesicht zum Schweif auf den ausgestreckten Hals des Pferdes zu schwingen. Es war ein weiter Weg zu der bequemen Vertiefung in der Mitte des Pferderückens, aber Toughy rutschte langsam und vorsichtig weiter; wenn er erst mal dort ankäme, könnte er sich umdrehen, dachte er, und dann würde er über die Felder galoppieren, über die Hecken springen und weit ins Land hinaus reiten.

Das Pferd aber hatte genug von dem dummen Spiel und senkte seinen Kopf, um weiter zu grasen. Toughy lag plötzlich auf dem Boden und strampelte mit den Beinen. Er stieß einen ärgerlichen Schmerzensschrei aus, aber dann spitzte er die Lippen und versuchte zu pfeifen. Er stand auf und rieb sich mit seinen schmutzigen Fäusten die Augen, die, nun von einem Schmutzring umgeben, blauer und angriffslustiger denn je in die Welt hinausblickten.

Dann stapfte er mit den Händen in den Taschen und mit gestrafften Schultern bis zum nächsten Feld, wo es ihm gelang, eine Herde Ochsen aufzuscheuchen und in die Flucht zu schlagen.

Pius, der Vielberedete, der im Brennpunkt des allgemeinen Interesses stand, schlief friedlich in seinem Kinderwagen.

Zweites Kapitel

Jamesy Casey war der schäbigste Bauer in Doon, und ihm gehörte die schäbigste Farm, die er mit Hilfe eines Jungen bewirtschaftete. Es war ein undankbarer Grund und Boden, teils Steinboden, teils sumpfiges Marschland und teils holprige Felder, die sich gegen Sichel und Pflug zu wehren schienen. Man gab in Doon zu, daß es keinem außer Jamesy Casey gelingen würde, diesen elenden dreißig Ackern, diesem Morastland, dieser Steinwüste, diesen hügeligen Feldern einen Lebensunterhalt abzuringen. Man sagte, daß er vom frühen Morgen bis zur Abenddämmerung arbeitete, daß er sich von Tee und Brot und Kartoffeln ernährte, daß er sich nur am Sonntag ein Stückchen Fleisch gönnte und daß seine abgeschabten alten Sachen gerade noch gut genug für eine Vogelscheuche wären. Ein Hundeleben, sagten die Leute, und sie fanden, daß er auch nichts Besseres verdiente, denn er hatte sich durch seine scharfe Zunge und seine finsteren Blicke überall unbeliebt gemacht.

Sein Haus war kaum mehr als eine Lehmhütte, die er mit Wellblech überdacht hatte, weil ihm die Ausgabe für ein neues Strohdach zu groß erschienen war. Das graue, schmutzige Haus hob sich unvorteilhaft von den weißgetünchten Häusern seiner Nachbarn ab; aber er fand, daß es eine Verschwendung wäre, es weiß anzustreichen, weil es auch so nicht in Verfall geraten würde. An seiner Tür blühten keine Blumen, keine Sträucher; Frauen können Blumen pflanzen, pflegte er zu sagen, für einen Mann geziemt es sich nicht, seine Zeit mit solchem Firlefanz zu verschwenden. Nur wenige hatten sein Haus von innen gesehen, aber die jungen Burschen, die jeweils für ihn arbeiteten, sagten, daß das Mobiliar nur aus zwei Stühlen, einem Tisch und einem Bett bestand. Außerdem gab es nur noch Holzkisten, Apfelsinen- und Butterkisten, die er dem Kaufmann abgebettelt hatte. Einer der Jungen behauptete, daß er an Stelle von Tassen alte Kakaobüchsen benutze, aber darüber hatte man seine Zweifel.

Seine einzige Ausschweifung bestand darin, daß er sich am Samstag abend in Hurleys Wirtshaus in Kilmuc ein Glas Bier gönnte. Er trank langsam und bedächtig und halb so schnell wie die anderen Gäste, und er zögerte lange, bevor er unwillig ein zweites Maß bestellte. Man behauptete sogar, daß er es fertigbrächte, sich von anderen Bier spendieren zu lassen und sich zu verdrücken, bevor er an die Reihe kam, eine Runde zu bezahlen.

Jetzt war er fünfzig Jahre alt, ein großer, magerer, leicht gebeugter Mann mit sandfarbenem, etwas ergrautem Haar. Er hatte dünne Lippen und Fuchsaugen. Er hatte nur einmal in seinem Leben eine Frau angesehen, obwohl sich in einem Land, in dem die Männer nicht heiratslustig waren und in dem es viele alte Jungfern gab, manches Mädchen gefreut hätte, selbst von Jamesy Casey eines Blickes gewürdigt zu werden. Aber es gab einen lebendigen Beweis dafür, daß er Tommy Monaghans Mutter zu lange und gründlich betrachtet hatte. Sonderbarerweise sah Tommy Jamesy Casey sprechend ähnlich, und manchmal fragten sich die Leute, wenn sie Tommys ehrliches, freundliches Gesicht sahen, ob Jamesy vielleicht doch nicht ganz so schlimm war wie sein Ruf; aber dann, wenn sie Jamesy begegneten und feststellten, was für ein unfreundlicher, unangenehmer Kerl er im Gegensatz zu Tommy war, fragten sie sich, wie er, in drei Teufels Namen, zu einem so netten Sohn gekommen war. Jamesy hatte niemals versucht, seine Vaterschaft abzuleugnen. Im Gegenteil, wenn Tommys Name in seiner Gegenwart erwähnt wurde, nickte er mit dem Kopf und sagte ernst und wohlgefällig: »Ja, er ist ein lieber Kerl, ein guter braver Junge!«

In diesem Augenblick, als sein junger Gehilfe ihm trotzig in der Küche gegenüberstand, beschäftigte Jamesy sich sehr ernsthaft mit dem Gedanken an Tommy. Der

Junge vor ihm hatte einen roten Kopf und sagte bereits zum drittenmal: »Am Ende der Woche geh' ich.«

Jamesy betrachtete ihn prüfend. »So? Na, vielleicht kann ich dir einen Schilling Zulage geben.«

»Ich will das Gehalt, das mir zusteht.«

»...das dir zusteht, das ist gut! Geb' ich dir nicht manchmal Milch mit für deine Mutter?«

»Zweimal – zweimal haben Sie mir Milch gegeben, das ist alles.«

»Und die Kartoffeln? Hab' ich dir nicht neulich erst einen Sack Kartoffeln gegeben?«

»Die mußten wir an die Schweine verfüttern – das wissen Sie ja selber.«

»So? Also, wir wollen uns nicht streiten«, sagte Jamesy milde. »Tut mir leid, du bist ein braver Junge, und willig, das muß ich zugeben. Vergiß nicht, daß du bei mir viel gelernt hast.«

»Ich will das Gehalt, das mir zusteht!«

»Und was steht so einem grünen Jungen schon zu?«

»Ein besseres Gehalt – das steht mir gesetzlich zu.«

Jamesy brachte seine Meinung über die Regierung und die Gesetze des Landes deutlich zum Ausdruck.

Nach getaner Arbeit und nachdem er sein Abendbrot gegessen hatte, verschloß er sein Haus und machte sich langsam und gemächlich auf den Weg zur Familie Monaghan. Im Westen war der Himmel zart und golden, im Osten war er hell und klar, als spiegelte er sich im Meer. Das zartgoldene und das klare Licht traf zusammen, vermischte sich und umhüllte Jamesy, die weißblühenden Hagedornsträucher, die staubige Landstraße und das junge Gras. Er ging langsam und mit gesenktem Kopf; er dachte über etwas nach. Als er aufblickte, sah er Tommy, der in seinem kleinen Garten arbeitete. Jamesy lächelte.

»Hallo«, sagte er.

»Hallo«, antwortete Tommy.

Jamesy stützte sich mit dem Ellbogen aufs Gatter.

»Du mußt doch jetzt bald aus der Schule kommen, nicht wahr?«

»Ja.«

»Dann wirst du dir wohl eine Stellung suchen?«

»Ja.«

»Vielleicht könnte ich dir ein Angebot machen.« Tommy antwortete nicht. »Ich hab' viel Gutes von dir gehört.« Tommy sagte noch immer nichts. »Also, wie wär's?« fragte Jamesy schließlich.

Tommy stützte sich auf seinen Spatenstiel und sah Jamesy an. Vater und Sohn hatten die gleiche Haltung, die gleiche unerschütterliche Ruhe.

»Dein Land soll schwer zu bewirtschaften sein, hab' ich gehört.«

»Möglich ... aber du fürchtest dich doch nicht vor harter Arbeit, nicht wahr?«

»Nein, wenn sich's lohnt, arbeite ich gern.«

»Am Anfang darfst du nicht zuviel verlangen«, sagte Jamesy schnell, »zuerst mußt du mal was lernen.«

»An Geld hab' ich nicht gedacht, obwohl das auch wichtig ist.«

»Natürlich ist das sehr wichtig, aber wir müssen alle klein anfangen.«

»Dein Land ist schlecht«, sagte Tommy kurz.

»Gutes oder schlechtes Land – das macht keinen Unterschied für meine Gehilfen – ist dieselbe Arbeit.«

»Man könnte dein Land verbessern.« Tommy strich mit der Hand über den Spaten und runzelte die Stirn. »Wenn man dein Marschland entwässern könnte ...«

»Ach, das hat keinen Sinn; es hat mich sowieso schon ein Vermögen gekostet.«

»Das stimmt nicht. Du hast doch keine Röhren gelegt ...«

»Röhren! Grundgütiger, woher soll ich denn das Geld für so etwas nehmen, Junge?«

»In ein paar Jahren würdest du dir dein Geld zehnmal zurückverdient haben. Und das lange Feld – die drei Akker beim Kreuz – die würde ich ein Jahr lang brach liegen lassen«, sagte Tommy nachdenklich, »und dann, mit einer guten Lage Dünger...«

Jamesy starrte ihn sprachlos an.

»Ich hab' dich nicht beauftragt, meine Wirtschaft zu verwalten – vorläufig noch nicht«, sagte er schließlich.

»Und auf das hügelige Feld gehören Schafe«, fuhr Tommy fort.

Mary Monaghan kam aus dem Haus. Als sie Jamesy sah, blieb sie stehen und sagte: »Guten Abend!«

»Guten Abend«, sagte er und nahm seine Ellbogen vom Gatter. »Ich hab' gerade eine geschäftliche Unterhaltung mit Tommy gehabt; er kann bei mir eine Stellung haben.«

Sie kam etwas näher, aber sie machte keine Anstalten, das Gatter aufzumachen und ihn hereinzubitten. Beide wußten, daß das unter den besonderen Umständen äußerst unschicklich gewesen wäre.

»Das wäre nicht geeignet für Tommy«, sagte sie.

»Warum nicht?«

»Weil Sie schlecht zahlen.«

»Nicht besonders schlecht, aber man muß klein anfangen, das ist mein Prinzip. Am Anfang muß man bescheiden sein.«

»Für wie lange?«

»Das kommt auf den Jungen an.«

»Tommy ist ein guter Junge.«

»Einen besseren kann man sich kaum wünschen«, sagte Jamesy herzlich. »Das weiß ich selbst. Aber er ist noch sehr jung – das läßt sich nicht bestreiten.« Mary antwortete nicht. »Wir könnten's für ein paar Wochen versuchen«, sagte Jamesy und nannte eine Summe. Mary sah ihn an. »Für ein paar Wochen«, wiederholte er rasch, »bis wir sehen, wie er sich entwickelt.«

»Ich halte es für ungeeignet«, erklärte sie und sah ernst und kühl vom Vater zum Sohn. »Ich würde es um keinen Preis für geeignet halten.«

Jamesy brach einen Zweig von dem Strauch am Gatter und begann darauf herumzubeißen.

»Das hängt von der Einstellung ab«, sagte er und kaute nachdenklich weiter an seinem Zweig. »In der letzten Zeit hab' ich oft über Dinge nachgedacht, die mir früher nie in den Sinn gekommen sind. Vielleicht liegt es daran, daß man älter wird. Manchmal sag' ich mir: Wofür rakkerst du dich eigentlich so ab, Jamesy Casey? Warum arbeitest du tagein, tagaus wie ein Pferd, um deine paar Acker zu bestellen, wenn du weder Kind noch Kegel hast, denen du dein Eigentum hinterlassen könntest?« Mary kniff die Lippen verbittert zusammen, aber Jamesy sah an ihr vorbei in die Ferne. »Weder Kind noch Kegel«, murmelte er. »Eigentlich...« Dann entstand eine lange Pause, und er sah Tommy bedeutungsvoll an. »Und deshalb, dachte ich, wäre es gut, Tommy auf meinem Hof zu haben.« Seine schlauen Fuchsaugen starrten in Marys kalte graue Augen, dann blickte er wieder zur Seite. »Sie wollen ihm doch nicht im Wege stehen?« fragte er leise.

»Diese Ideen kommen etwas verspätet«, meinte Mary. Ihre sonst so sanfte Stimme klang hart und böse.

»Besser spät als gar nicht«, sagte er.

»Ihnen traut keiner über den Weg, Jamesy Casey; Sie können nicht erwarten, daß man Ihnen traut.«

»Das verlang' ich ja gar nicht, und ich mache auch keine Versprechungen. Aber wir beide verstehen uns, nicht wahr, Mary?«

Sie antwortete ihm nicht, aber sie unterbrach ihn auch nicht, als er mit Tommy sprach, und das war alles, was er wollte.

»Also wie wär's, Tommy?«

»Weiß nicht.«

»Wir könnten's versuchen – sehen, wie wir uns vertragen.« Er runzelte die Stirn. »Vielleicht könnten wir auch eine Lösung für die Entwässerung des Marschlandes finden.«

Das ist gar nicht schwierig«, sagte Tommy eifrig. »Wenn man die Lage des Landes berücksichtigt und...«

»Ja, wir werden sehen, was sich machen läßt.« Er spuckte den zerkauten Zweig in hohem Bogen aus. »Sonderbar, daß du vorhin das lange Feld erwähnt hast – ich hab' auch schon darüber nachgedacht.«

»Es könnte innerhalb von zwei Jahren wieder fruchtbar sein ...«

»Ja – wir werden sehen, ob wir damit auch etwas anfangen können.« Er trat einen Schritt vom Gatter zurück. »Wenn du deine Schulbücher in die Ecke geworfen hast, wirst du zu mir kommen, ja?«

»Meinetwegen.«

»Fein ... also ... alles Gute, für Sie auch, Mary!«

»Auf Wiedersehen.«

Jamesy Casey ging fort; er lächelte vor sich hin und summte ein unmelodisches Liedchen. Er war mit dem Ablauf der Verhandlungen recht zufrieden. Er hatte Aussicht, einen braven, willigen Gehilfen zu bekommen. Der Junge würde ein bis zwei Jahre bei ihm bleiben, nicht länger, denn für ewig ließ sich niemand zum Narren halten.

Der Junge war einfältig – ein Dummkopf – mit seinem albernen Gerede über Entwässerung und Schafe und all das. Aber das war schließlich auch kein Wunder, denn seine Mutter war ebenso einfältig und töricht wie er.

Mrs. William Bates war seit acht Jahren verheiratet und hatte sechs Kinder. Sie war eine vernünftige Frau und machte ihrem Mann der vielen Kinder wegen keine Vorwürfe; sie war nur sehr aufgebracht, weil sie alle paarweise erschienen, wie die Tiere in der Arche Noah. Jede Frau konnte sechs Kinder haben, aber nur die Frau von William Bates – so glaubte sie – hatte drei Zwillingspaare zur Welt gebracht.

Als das erste Paar ankam, machte sie verhältnismäßig wenig davon her und stellte nur fest, daß es in seiner Familie wohl schon öfters Zwillinge gegeben haben müsse, in ihrer Familie seien bisher noch keine vorgekommen. Aber als das zweite Paar geboren wurde, bekam sie beinahe einen hysterischen Anfall. Sie sagte, daß eine Frau mehr Vernunft haben sollte, als einen Mann wie William Bates zu heiraten, da ihr die Existenz von Willie und Sissy Monaghan als warnendes Beispiel hätte gelten sollen. Sie sagte, daß die Leute an die Monaghan-Zwillinge dachten, wenn sie die Bates-Zwillinge bewunderten, und dabei versuchten, ihr Grinsen zu verbergen. Aber manche versuchten nicht einmal, es zu verbergen. Es gelang William, seine Frau dadurch zu besänftigen, daß er ihr einen Pelzmantel schenkte – ein unerhörter Luxus für die Frau eines Kolonialwarenhändlers in Kilmuc. Aber obwohl sie sich etwas beruhigte, wurde der Pelzmantel nicht zum Symbol des Waffenstillstandes, sondern zur flatternden Kriegsfahne, und sie fuhr fort, sich über den Zwillingssegen zu kränken.

William war dazu geschaffen, glücklich und zufrieden zu sein. Er sehnte sich von Herzen nach einem gemütlichen Heim, nach einer liebevollen Frau und nach gesunden Kindern. Dafür hatte er gearbeitet, und er war der Meinung, daß er all das besäße. Und jetzt hatte er einen gutgehenden Laden, eine Frau, die eine prachtvolle Mutter und Hausfrau war, eine Schar von fröhlichen, gesunden Kindern – und trotzdem war er nicht zufrieden und glücklich, sondern am Rande der Verzweiflung, denn ein drittes Zwillingspaar schrie oben im Kinderzimmer, und Mrs. Bates hatte sich in eine Hexe verwandelt.

William stand neben dem großen Messingbett und blickte mitleidig auf seine Frau, die, gegen ihre Kissen gelehnt, mit rotem, ärgerlichem Gesicht dasaß, flankiert von den ebenfalls hochroten, ärgerlich brüllenden Zwillingen.

»Aber Liebling ...«, begann William, und weiter kam er nicht. Nachdem Mrs. Bates eine Viertelstunde ohne Unterbrechung geredet hatte, war sie im Augenblick atemlos, und nur deshalb bot sich William eine Gelegenheit, zu Wort zu kommen – aber er konnte die Gelegenheit nicht ausnutzen, weil ihm einfach nichts einfiel. Was konnte er sagen? Entschuldigungen oder Erklärungen waren sinnlos und würden die Tatsache, daß seine Frau wieder Zwillinge geboren hatte, in keiner Weise ändern.

»Ich mach' das nicht mehr mit«, erklärte Mrs. Bates.

William scharrte unruhig mit den Füßen.

»Die Babys sind reizend – ganz entzückend«, sagte er verzweifelt.

»Das gehört nicht zur Sache.«

»Aber es ist doch erfreulich, daß sie so entzückend sind. Süße Kinder!«

»Mach dich nicht lächerlich«, sagte Mrs. Bates.

Das momentane Schweigen wurde vom Geheul der hungrigen Zwillinge unterbrochen. William scharrte weiter mit den Füßen. Dann konnte er die Spannung nicht mehr ertragen und sagte: »Findest du nicht, daß sie ziemlich viel schreien?«

»Und warum sollen sie nicht schreien?« fragte Mrs. Bates wütend. »Bitte erklär mir das... warum sollen sie nicht schreien?«

William erkannte in seiner Einfalt nicht, daß es sich um eine rein rhetorische Frage handelte.

»Vielleicht Blähungen?« sagte er.

Das Gesicht seiner Frau verzerrte sich vor seinen entsetzten Augen, und sie fuhr auf wie von der Tarantel gestochen. Sie legte eine schützende Hand auf die unglücklichen Zwillinge.

»Die armen Kinder haben allen Grund zu weinen – die Schande – die Schande, die ihnen bevorsteht!« William schwieg; er fand, daß die Zwillinge sich vorläufig kaum des Fleckes auf ihrer Ehre bewußt sein konnten, aber klugerweise brachte er diesen Gedanken nicht zum Ausdruck. »Jeder Straßenjunge in Kilmuc wird sich über die armen Kinder lustig machen«, erklärte Mrs. Bates erregt. »Das vierte Zwillingspaar von Mr. William Bates, Halbbruder und Halbschwester der Kinder von dieser... dieser...«

»Ich hab' dir doch erzählt, wie es passiert ist«, sagte William verzweifelt. »Ich hab's dir doch schon hundertmal erzählt. Ich kann eben keinen Whisky vertragen, und...«

»Wenn das jedem Mann in Irland passieren würde, der keinen Whisky vertragen kann, würde das Land bereits zu klein für die Bevölkerung sein. Aber ich mach's nicht mehr mit – ich hab' genug«, erklärte Mrs. Bates.

»Aber es ist doch schon so lange her, das war doch, bevor ich dich kennenlernte, Liebling.«

»Es muß etwas geschehen!«

»Dafür ist es jetzt schon ein bißchen zu spät. Außerdem weiß ich wirklich nicht...«

»Die Person muß fort – mitsamt ihrer Brut – man muß die ganze Gesellschaft endlich loswerden.«

»Ich weiß wirklich nicht...«

»Wenn du noch einmal sagst: ›ich weiß wirklich nicht‹, werde ich verrückt.« Mrs. Bates saß stocksteif und zitternd in ihrem Bett. »Ich will nicht, daß meine Kinder diesen... diesen Monaghans begegnen. Die Familie muß fort – unbedingt!«

»Aber Liebling«, William unterbrach sich rechtzeitig.

»Wie du es schaffst, ist mir einerlei«, sagte Mrs. Bates, »aber fort müssen sie. Und bis es soweit ist, ist zwischen uns alles aus, verstanden, William Bates?«

»Was soll das heißen?« fragte William ängstlich.

»Daß zwischen uns alles aus sein muß. Woher weiß ich, ob es nächstes Mal bei Zwillingen bleibt? Vielleicht werden es Drillinge, oder Vierlinge – ist ja alles möglich.« Ihre Stimme wurde schrill und hysterisch. »Mein Bild in der Zeitung, umgeben von vier oder fünf Babys – vielleicht kämen wir sogar in die Wochenschau – das könnte dir so passen, William!«

William bekam es jetzt wirklich mit der Angst zu tun.

»Du darfst dich nicht so furchtbar aufregen, das ist nicht gut für dich, und nach dem Gesetz der Wahrscheinlichkeit...«

»Das Gesetz der Wahrscheinlichkeit bezieht sich nicht auf dich, William Bates.«

»Aber mal muß es doch klappen, ich meine, ich werde mir die größte Mühe geben.«

»Die Monaghans müssen raus, und das ist mein letztes Wort, William.«

»Ja, Liebling«, sagte William und verließ fluchtartig das Zimmer.

Matthew Hogan war der einzige Zeitungshändler in Kilmuc. Sein Laden an der Kreuzung der beiden Dorfstraßen war wohl klein, aber ausreichend für die Bedürfnisse des lesenden Publikums. In einer Ecke standen Bücherregale mit den Büchern der Bezirksleihbibliothek, und von hier aus bemühte sich Matthew eifrig und freudig darum, das kulturelle Niveau des Dorfes zu heben, während sich seine Schwester Johanna um den anderen, etwas lukrativeren Teil des Geschäftes kümmerte.

Matthew war ein zufriedener Junggeselle; Johanna versorgte ihn glänzend, ohne die Schwierigkeiten und Probleme zu verursachen, die er von einer Frau zu erwarten hätte. Wie es sich für einen Bibliothekar gehörte, war er ein gebildeter Mann, und er war jederzeit bereit, über alle erdenklichen Themen zu reden und zu diskutieren. Man hörte ihm allgemein respektvoll zu, und es spielte keine Rolle, daß er sich seinen Ruf mehr durch seine Redekunst als durch den Inhalt seiner Reden erworben hatte. Er verfügte über einen ausgedehnten Wortschatz, und er zitierte bei jeder passenden Gelegenheit lateinische oder griechische Sprichworte, die seine Zuhörer zwar nicht verstanden, aber die sie sehr beeindruckten, weil Matthew mit langsamer, gewichtiger Stimme sprach und weil er seine Worte mit schwungvollen Gesten illustrierte. Er hatte leicht gerundete Schultern, ein langes, dünnes Gesicht und einen schmalen, grauen Kopf. Er hatte die Angewohnheit, dauernd seinen Kneifer auf der breiten Nase hin und her zu rücken. Wenn er mit eifrigem Ernst auf seine Zuhörer einsprach, gewannen sie den Eindruck, daß er die Weisheit in Person war.

Als er älter wurde (er war jetzt fast sechzig), zog er sich mehr und mehr von der brutalen Gegenwart in den Charme der Vergangenheit zurück. Seine Kleidung wurde altmodischer, und er begann eine breite Seidenkrawatte zu tragen und Tabak zu schnupfen, lediglich um sich den Gebräuchen des 18. Jahrhunderts anzupassen. Rotwein konnte er sich nicht leisten, aber er trank Bier am Samstagabend im Wirtshaus Hurley aus einem Deckelkrug, der nur für ihn persönlich bestimmt war.

Infolge seines kulturellen Niveaus war seine gesellschaftliche Stellung im Dorf sehr hoch. Nur einmal war sie fast erschüttert worden, und selbst jetzt erinnerte er sich noch schaudernd an das schallende Gelächter, als die einmalige Abweichung von seinem sittlichen Lebenswandel bekannt wurde.

Selbst Johanna ließ ihn bei dieser Gelegenheit im Stich.

»Wie konntest du nur?« sagte sie. »Du und Bridget Monaghan! Oh, Matthew, wie war das nur möglich?«

Er konnte ihr seinen Sündenfall nicht erklären, er konnte ihn selbst nicht verstehen. »*Errare humanum est*«, sagte er. »*Video meliora proboque, deteriora sequor*«, und darauf wußte sie natürlich nichts zu antworten.

Die Zeit heilt alle Wunden, und schließlich heilte sie auch dic Wundc in Matthews stolzer Seele. Neun Jahre waren seit seinem bedauerlichen Fehltritt vergangen, und er hatte das unglückselige Resultat nie gesehen; er erinnerte sich an den Zwischenfall nur noch gelegentlich, wenn seine Leber ihm zu schaffen machte.

An diesem schönen Maimorgen fühlte er sich besonders wohl. Er summte mit krächzender Stimme, während er aus seinem dunklen Laden auf die sonnenbeschienene Straße blickte. Heute war die Wochenzeitung des Bezirks erschienen, in der ein Artikel von ihm über das Comeragh-Gebirge stand, den er während des Frühstücks mehrere Male durchgelesen hatte. Heute abend bei Hurley würden sich bestimmt alle darüber unterhalten. Während er Bücher in die Regale einordnete, repetierte er einige besonders schöne Sätze. »Manch ein kristallklares Bächlein fließt lächelnd durch die Landschaft. Der Brachvogel ruft überm Moor, an dessen Busen sich der einsame, wie ein Juwel schimmernde Bergsee schmiegt... Lerchen steigen jubilierend zu Gott im Himmel empor...« Und dann: »*Rusticus expectat dum defluat amnis.*« Dieser letzte Satz klang sehr gut und natürlich.

Ein kleines Mädchen betrat den Laden. Matthew machte sich nichts aus Kindern. Die meisten waren unhöflich und hatten keinen Respekt, ein trauriges Zeichen dafür, daß die Eltern heutzutage nicht streng genug waren. Aber dieses Kind schien wenigstens ruhig und sauber zu sein. Sie trug ein rosa Kleid und wiegte eine rosa Puppe liebevoll im Arm.

»Nun, mein Kind?« fragte er milde.

Das kleine Mädchen sah schweigend zu ihm auf. Ein stumpfsinniges Kind. »Also was willst du, Kind?« fragte Matthew etwas schärfer. »Miss Hogan wird dir die Zeitung geben, oder wolltest du ein Buch für deine Mutter?«

»Nein, danke«, erwiderte das kleine Mädchen und fuhr fort, ihn anzustarren. Johanna starrte ihn ebenfalls an. Und jetzt starrte sie auf die Kleine. »Wenn du nichts willst, geh nach Hause«, sagte Matthew ärgerlich und wandte sich seinen Büchern zu. Aber Johanna flüsterte mit einer merkwürdigen Stimme: »Oh, Matthew!« Das kleine Mädchen blieb unentwegt stehen; schließlich sagte es leise und unsicher: »Ich will aber etwas.«

Matthew wandte sich ungeduldig von ihm ab.

»Bitte frag das Kind, was es will«, sagte er zu Johanna. Er war ziemlich ärgerlich, weil Johanna starr und mit weit offenem Mund hinterm Ladentisch stand.

Die Augen des kleinen Mädchens wurden groß und rund. Es blinzelte ein paar Mal. Eine kleine Träne stahl sich in jedes der beiden riesigen Augen und rollte langsam über ihre Wangen.

»Ich will meinen Vater«, sagte es.

»Das Kind hat sich verlaufen«, meinte Matthew mit übertriebener Besorgnis. »Würdest du schnell zum Schutzmann laufen, Johanna? Ich werde mich inzwischen um den Laden kümmern.«

Aber Johanna rührte sich nicht von der Stelle, und das Kind sagte etwas Furchtbares: »Kennst du mich nicht, Vater?«

Ein kalter Schauer rann über Matthews Rücken. Seine lange Dichtermähne stand im wahrsten Sinne des Wortes zu Berge. Er fragte heiser: »Was?«

»Kennst du mich nicht, Vater? Ich bin Pansy Monaghan.«

Pansy war gekränkt. Er hätte sie sofort erkennen sollen; das taten sie doch alle – es war die Stimme des Blutes, oder so was Ähnliches. Er schien ein sehr dummer alter Mann zu sein.

Johanna zitterte am ganzen Körper.

»Ich hab's sofort gewußt, Matthew«, sagte sie. »Vom ersten Augenblick an. Sie sieht genau aus wie du.«

Das kleine Mädchen hatte lockiges Haar, rosige Wangen, große Augen und einen runden Mund.

»Mach dich nicht lächerlich«, brummte Matthew.

Wieder füllten sich die großen braunen Augen mit Tränen. Aber dieses Mal waren die Tränen nicht groß genug, um herunterzurollen. Pansy zwinkerte heftig, aber es half nichts.

»Freust du dich denn nicht, mich zu sehen, Vater?« fragte sie mit rührender Stimme.

Mrs. Dent und Dick Brown erschienen bei der Ladentür, um sich ihre Zeitungen zu holen. Matthew packte das entsetzliche Kind bei der bittend ausgestreckten Hand, zog es in die Küche und schlug die Tür hinter sich zu.

»So«, sagte er. »Wer hat dich hergeschickt?«

Die Szene verlief nicht so, wie sie sollte, aber Pansy gab sich große Mühe, einen Erfolg zu erzielen.

»Ich dachte, du würdest mich gern kennenlernen wollen; ich dachte, du wärest einsam und hättest Sehnsucht nach mir, Vater.«

Matthew machte weder einen einsamen noch einen sehnsüchtigen Eindruck, als er groß und schwitzend vor seiner Tochter stand. Pansy sah zu ihm auf, dann senkte sie schnell ihren Blick. Sie flüsterte: »Ich bin so müde.« Sie ließ die schmalen Schultern hängen; selbst die Puppe baumelte müde an ihrer schwachen Hand.

Johanna kam herein und sagte: »Dick kümmert sich um den Laden. Ich dachte, daß ich vielleicht besser mit dieser Sache fertigwerden kann als du, Matthew.« Dann wandte sie sich energisch an Pansy: »Setz dich, Kind, und erzähl uns, warum du hergekommen bist.«

Pansy wies mit der Puppe auf Matthew.

»Um meinen Vater zu finden.«

»Sag dem Kind, es soll aufhören, mich auf diese lächerliche Art anzureden«, schrie Matthew.

Johanna sah ihn kalt an.

»Ist es so lächerlich, Matthew?« Sie wandte sich wieder zu Pansy. »Und was willst du jetzt, nachdem du ihn gefunden hast?«

Pansy preßte ihre Hände zusammen.

»O Vater, könnten wir nicht alle zusammen glücklich sein – wie früher? Wir drei! Mutti – meine Mama – weint jede Nacht, weil ihr das Herz bricht.«

Matthew wich in sprachlosem Entsetzen von ihr zurück.

»Ihre Wangen werden bleich, sie wird jeden Tag dünner.« Jennifer fiel unbeachtet von Pansys Schoß auf den Fußboden. »Sie sitzt am Fenster und wartet und wartet...« Pansy zögerte, weil sie sich fragte, ob sie ein drittes Mal »und wartet« sagen sollte. Sie entschied sich dagegen. »Sie sagt mir nie, worauf sie wartet, aber ich weiß es; sie wartet auf dich. Wenn du nicht bald kommst, wird sie... wird sie...« Pansy starrte auf Jennifer, deren lebloser Körper sie auf einen guten Gedanken brachte. »Bald wird sie kalt und tot daliegen.«

Matthew konnte noch immer nicht sprechen. Seine Augen traten aus ihren Höhlen, sein Hals zuckte krampfhaft. Johanna sagte ruhig: »Du mußt müde von dem weiten Weg sein, Pansy. Du wohnst in Doon, nicht wahr?«

»Ja, furchtbar weit fort. Drei Meilen! Aber ich *mußte* kommen.«

»Drei Meilen, das ist ein langer Weg für ein kleines Mädchen.«

»Ja.« Draußen am Rinnstein stand ein Fahrrad, das sie sich, ohne um Erlaubnis zu fragen, von einer Nachbarin geborgt hatte. »Ich glaube, meine Füße bluten.«

Johanna besah sich Pansys feste Schuhe und die sauberen weißen Socken. Sie verbiß das Lachen und sagte ernst: »Ich kann kein Blut sehen.«

»Das kann man auch nicht sehen, aber ich kann es fühlen. Sie bluten bestimmt.«

»Du möchtest doch sicher gern ein Glas Milch und Kekse haben?«

»Süße Kekse?«

»Schokoladenkekse.«

»Schokoladenkekse ess' ich *sehr* gern.« Sie beobachtete Johanna, während sie einen Krug von der Anrichte nahm und ihr ein Glas Milch eingoß. »Wer sind Sie?« Sie sah Matthew an. »Sind Sie seine Frau?«

»Ich bin seine Schwester.«

»Aha«, sagte Pansy und gab Jennifer mit ihrem staubigen Schuh einen leichten Tritt. »Dann bist du also meine Tante«, erklärte sie plötzlich und lächelte.

»Großer Gott«, sagte Matthew, aber Johanna ging mit den Keksen in der Hand dicht an ihm vorbei und zischte: »Sei still, Matthew!«

»Soll ich nicht Tantchen zu dir sagen?«

»Du kannst mich Miss Hogan nennen.«

»Warum?«

»Weil ich so heiße.«

Pansy fand das irgendwie unlogisch, aber sie war zu

sehr mit ihren Keksen beschäftigt, um der Sache auf den Grund zu gehen. »Wieviele darf ich nehmen?« fragte sie.

»Nimm dir, soviel du willst.«

»Ich könnte eine Menge essen, ich bin nämlich sehr hungrig«, sagte Pansy versonnen.

»Nicht erstaunlich, nach dem langen Spaziergang.«

»Nicht wegen des Spaziergangs.« Über Milch und Keksen hatte Pansy ihren künstlerischen Ehrgeiz vergessen, aber jetzt war sie wieder mit ganzem Herzen bei der Sache. »Ich bin immer hungrig, und Mutti – meine Mama – auch.« Ihre Unterlippe begann zu zittern, und sie warf einen Blick auf Matthew. »Wir sind sehr arm. Wir haben kein Geld, um Essen zu kaufen.«

Matthew wurde plötzlich aktiv. Er ging mit großen Schritten auf Pansy zu, zog einen Pfundschein aus der Tasche und warf ihn ihr zu.

»Hier, hier! Deshalb haben sie dich doch hergeschickt, nicht wahr? Wirst du jetzt endlich gehen?«

»Du bist ein Narr, Matthew«, sagte Johanna.

Pansy starrte mit großen Augen auf den Geldschein. Mary hatte den Kindern streng verboten, Geldgeschenke anzunehmen, aber Mary war weit fort. Pansy konnte sich nicht vorstellen, wieviele Filme, Filmzeitschriften, Süßigkeiten und Limonade dieser Reichtum repräsentierte – er überstieg ihre kühnsten Hoffnungen. Sie nahm die Pfundnote ehrfürchtig in die Hand, faltete sie sorgfältig und steckte sie in ihre kleine bestickte Kleidertasche. Sie sah Matthew bewundernd an. Es wurde ihr zum erstenmal klar, was für ein erstrebenswerter Vater er war; sie begann die Stimme des Blutes zu hören. Sie sagte: »Du mußt sehr reich sein.« Dann kam ihr ein glorreicher Gedanke. »Ich bin wohl deine Erbin?«

»Geh in den Laden zurück, Matthew, und laß uns allein«, schlug Johanna vor, »und versuch dich an das zu erinnern, was du so oft zu mir gesagt hast.«

»Was?«

»*Macte animo*«, sagte Johanna.

An diesem Abend ging Johanna aus und kam erst um zehn Uhr abends zurück. Sie fand Matthew verzagt vor dem ausgebrannten Küchenofen sitzen. Sie machte sich geschäftig daran, das Feuer wieder anzuzünden; dann setzte sie einen Kessel Wasser auf, und erst als der Tee auf dem Tisch stand und sie Matthew gegenüber saß, erzählte sie ihm, weshalb sie so lange fortgeblieben war.

»Ich war bei den Monaghans«, begann sie.

»So, so«, sagte er mit einem schwachen Lächeln. »Das war sehr lieb von dir, Johanna, wirklich sehr lieb. Aber leider wird es nicht viel Sinn haben, sie haben sich vorgenommen, mich gründlich zu schröpfen.« Die Tasse und die Untertasse klapperten in seiner zitternden Hand. »Aber es wird ihnen nicht gelingen«, sagte er heftig, »das lass' ich mir nicht gefallen. Was können sie mir tun? Ich frage dich: Was können sie tun?«

»Natürlich gar nichts«, sagte Johanna, »und sie haben auch nicht die Absicht. Bitte, nimm dich in acht, Matthew, du hast Tee in deine Untertasse geschüttet. Ich habe Mary kennengelernt; sie ist die Älteste und ein sehr nettes Mädchen. Ein nettes, vernünftiges Mädchen«, lobte Johanna. »Mary war sehr ärgerlich, als sie hörte, was Pansy getan hat. Scheinbar hat Pansy vorige Woche hier in Kilmuc einen Film gesehen, in dem die Wiedervereinigung eines Vaters mit seiner kleinen Tochter stattgefunden hat. Das Kind in diesem Film hat die Familie wieder zusammengebracht, und Pansy sah sich in der Rolle der jungen Heldin, die sie scheinbar sehr bewundert. Aber leider fand sie, daß du eine schlechte Besetzung für den Vater bist.«

Matthew stöhnte.

»Mir ist nicht zum Lachen zumute, Johanna.«

»Nein? Kannst du den Humor der Situation wirklich nicht erkennen?«

»Nein, durchaus nicht.«

»Vielleicht kann man das auch nicht von dir verlangen. Pansy war von deinem Geschenk tief beeindruckt, und sie hofft, dich recht bald wiederzusehen.«

»Das kommt gar nicht in Frage, Johanna.«

»Reg dich nicht auf, Matthew, sie wird nicht wiederkommen, weil Mary es ihr streng verboten hat.« Johanna machte eine Pause. »Ich weiß allerdings nicht, ob Pansy ein sehr folgsames Kind ist.«

»Sie ist ein gräßliches Kind.«

»Sie ist deine Tochter, Matthew.«

»Dafür kann ich nichts.« Er bemerkte Johannas Blick und stotterte: »Ich... ich... ich hab' dir doch schon hundertmal erzählt, daß es einzig und allein die Schuld von Bridget Monaghan gewesen ist.«

»Sie muß, vom biologischen Standpunkt aus gesehen, eine höchst ungewöhnliche Frau sein.« Johanna räusperte sich kurz. »Mary war sehr böse, als sie hörte, daß Pansy eine Pfundnote von dir angenommen hat. Sie befahl Pansy, dir das Geld sofort zurückzugeben. Pansy sagte, sie hätte es leider verloren, und als Beweis zeigte sie uns ein Loch in ihrer Tasche. Ich habe mit meinen eigenen Augen gesehen, wie sie das Loch gewaltsam mit den Fingern vergrößert hat. Ich fürchte, das Kind nimmt's mit der Wahrheit nicht sehr genau«, sagte sie seufzend.

»Was kann man denn von diesem Kind erwarten?« fragte Matthew böse.

Johanna warf ihm einen bedeutungsvollen Blick zu.

»Sehr richtig, Matthew, was kann man von ihm erwarten...« Sie stand auf, um das Geschirr abzuräumen. »Zerbrich dir nicht weiter den Kopf; die ganze Sache war nur eine Kinderei.«

Im allgemeinen konnte man sich auf Johannas Urteil verlassen, aber man durfte ihr keine Vorwürfe machen, daß sie Pansy unterschätzt hatte. Es war schon vielen so gegangen.

Als sie Matthew am nächsten Morgen einen Briefumschlag überreichte, der zwei 10-Schillingnoten enthielt, hatte er das Gefühl, daß man den unangenehmen Zwischenfall jetzt beruhigt vergessen könnte. Zweifellos hatte ihn das kleine Mädchen im rosa Kleid nicht im Auftrag seiner Familie belästigt. Er war Johanna dankbar, daß sie der Sache auf den Grund gegangen war und ihn beruhigen konnte; er sagte nicht viel, sondern brachte seine Dankbarkeit dadurch zum Ausdruck, daß er ihr seinen ganzen Artikel über das Comeragh-Gebirge mit sonorer Stimme vorlas.

Der Inhalt des Briefumschlages stimmte Johanna traurig, weil sie wußte, wie schwer das Geld verdient worden war. Gleichzeitig bewunderte sie den Stolz der Familie Monaghan, und sie hoffte von ganzem Herzen, daß sich der schuldige Teil – nämlich Pansy – an den vielen Süßigkeiten, die sie sich bestimmt mit ihrem heimlichen Schatz gekauft hatte, gründlich den Magen verderben würde.

Eine Woche später hatte Matthew seine Tochter wieder völlig vergessen, wie er es seit dem unglückseligen Tag ihrer Geburt getan hatte. Endlich hatte er wieder das Gefühl, daß *omnia bona bonis.* Als er zwei Wochen später durchs Dorf ging und freundlich seine Nachbarn begrüßte, tauchte sie plötzlich an seiner Seite auf. Dieses Mal war sie in blau und hatte eine blaugekleidete Puppe im Arm. Sie sagte süß: »Guten Morgen, Vater!«

Matthew blieb einen Augenblick wie angewurzelt stehen, dann ging er mit großen Schritten weiter, ohne ihre Anwesenheit zur Kenntnis zu nehmen. Sie trippelte ihm nach und sagte nochmals, dieses Mal etwas lauter: »Guten Morgen, Vater!«

Er blieb stehen, weil er es nicht dulden konnte, daß sie ihn hier auf offener Straße ansprach. Er sah sie wütend an und zischte ihr zu: »Wie kannst du es wagen, mir zu folgen? Hat dir deine Schwester nicht verboten, zu mir zu kommen?«

»Ja, Vater.«

»Nenn mich nicht so ... Warum gehorchst du deiner Schwester nicht?«

»Sie ist nur meine Schwester, aber du bist mein Vater.«

»Ich bin *nicht* dein Vater.«

»Mutti sagt, daß du mein Vater bist.«

Matthew war außer sich: »Und ich befehle dir, mich in Ruhe zu lassen.«

Pansy antwortete nicht. Sie hatte bereits gelernt, daß es unter Umständen vorteilhafter ist zu schweigen, als zu streiten.

»Du wirst bestraft werden«, sagte Matthew giftig. Er sah sich hilflos um. Wie konnte er diese Pest nur loswerden? »Ich sag's dem Polizisten, der wird dich ins Gefängnis tun.«

Diese Drohung machte keinen Eindruck auf Pansy.

»Deine Schwester wird dich bestrafen.«

»Ja, aber nicht sehr«, meinte sie.

»Doch, sie wird dir eine gehörige Tracht Prügel geben.«

»Das kann sie nicht, weil ich hysterisch werde«, erklärte Pansy. »Deshalb kann ich niemals sehr bestraft werden. Mit mir müssen sie sehr vorsichtig sein, ich bin nämlich übersensibel«, fügte sie stolz hinzu.

Die Leute waren bereits in kleinen Gruppen auf der Straße stehengeblieben, und Matthew sah, daß in einem gegenüberliegenden Haus ein Vorhang etwas zur Seite gezogen wurde. Er schauderte, dann sagte er unfreundlich: »Was willst du?«

Pansy konnte auch unfreundlich sein, wenn sie glaubte, mit Höflichkeit nichts zu erreichen. »Ich habe Hunger«, sagte sie.

»Du hast keinen Hunger.«

»Doch – nicht auf gewöhnliche Sachen, aber auf das«, sagte Pansy.

Sie standen vor dem Schaufenster des Kolonialwarenhändlers William Bates, und Pansy zeigte auf einen Mandelkuchen mit Zuckerguß.

»Ich hab' dir doch voriges Mal Geld gegeben.«

»Das hab' ich ausgegeben.«

Selbst auf dem Höhepunkt seines Elends war Matthew erschüttert über diesen neuen Beweis von Pansys Verkommenheit.

»Das kannst du doch noch nicht ausgegeben haben.«

»Doch; es ist alles so teuer.« Sie machte eine kleine Pause, dann sagte sie mit erhobener Stimme: »Vater!«

»Wirst du fortgehen, wenn ich dir Geld gebe?«

»Ja.«

»Und wirst du aufhören, mich Vater zu nennen?«

»Ja.«

Matthew gab ihr drei Schilling. Wenn es nicht zu ihrem Nachteil war, hielt Pansy ihr Wort. Sie sagte höflich: »Vielen Dank, Mr. Hogan«, und verließ ihn, um sich Kuchen zu kaufen.

Danach wurde sein Leben zur Hölle. Matthew wußte nie, wann ein Kind mit einer Puppe neben ihm auftauchen, ihn mit feuchten braunen Augen fixieren und von ihrem Magen reden würde. Eine Zeitlang rührte er sich während des Tages nicht mehr aus seiner Behausung, aber auch das half ihm nichts. Nachdem ihn die kleine Hexe ein paar Wochen lang in Ruhe gelassen hatte, erschien sie eines Tages weiß gekleidet, mit einer weißen Puppe im Arm, vor seinem Laden. Pansy machte keinen Versuch, den Laden zu betreten; sie blieb einfach vor der Tür stehen und starrte mit großen feuchten Augen ins Innere.

Matthew stand wie angewurzelt, mit hängendem Unterkiefer, im Laden. Er hörte Johannas besorgte Frage, ob er krank sei, aber es war ihm unmöglich, ihr zu antworten. Er erhob eine zitternde Hand und wies nach draußen. Johanna guckte durchs Fenster und sagte: »So eine Frechheit – der werde ich die Meinung sagen!«

»Nein, nein.« Matthew sprang auf die Tür zu. Er konnte nicht zulassen, daß Johanna Zeugin seiner Niederlage wurde. »Ich werde schon mit ihr fertigwerden, Johanna.«

Er sah wütend auf Pansy hinunter und mußte sich Gewalt antun, sie nicht zu schlagen. Er zischte mit zusammengebissenen Zähnen: »Wenn du es wagst, in die Nähe meines Hauses zu kommen, geb' ich dir nichts – keinen Pfennig – verstanden?«

Pansy sagte ganz mit Recht, daß es ihr seit geraumer Zeit unmöglich gewesen wäre, sich ihm irgendwo anders zu nähern.

»Wenn ich dir auf der Straße begegnen würde, würde ich dir vielleicht etwas geben – aber höchstens alle zwei Wochen.«

Pansy wußte aus Erfahrung, wann der Zeitpunkt gekommen war, ihre Opfer nicht weiter zu quälen. »Also gut«, sagte sie. Nach kurzem Zögern fuhr sie fort: »Willst du mir von heute an Geld geben, ja?«

Das konnte er nicht tun, weil Johanna ihn beobachtete. »Nein.«

»Also gut . . . Vater.«

»Und wenn du mich jemals wieder so nennst, geb' ich dir kein Geld.«

»Also gut«, sagte Pansy zum dritten Mal und ging leicht enttäuscht die Straße hinunter. Bei Bates gab es Milchschokolade, nur zwei Pence das Stück. Er hätte ihr doch wenigstens zwei Pence geben können. Sie hatte mit mindestens sechs Stück gerechnet, aber sie wußte, daß ihre Armut nur vorübergehend war und daß sie in Zukunft ein ständiges Einkommen haben würde, wenn sie es nur einigermaßen gescheit anfing.

Matthew tat in dieser Nacht kein Auge zu, sondern dachte in hilfloser Wut über seine Niederlage nach. Es war zu lächerlich, daß man sich von einem Kind erpressen lassen mußte – es war einfach grotesk, phantastisch, aber leider wahr.

Als der Morgen dämmerte, schlief er endlich ein und träumte, daß Pansy auf seinem Bett säße und daß die grauenhafte Puppe Jennifer ihren gemalten Mund öffnete und »Vater« zu ihm sagte.

Eine Liebesheirat, wie die von Jim Power und Ellen McGrath, war unter Bauern eine Seltenheit. Jim besaß einen schönen Hof und hundert Acker Land, und viele hatten sich bemüht, ihn günstig zu verheiraten. Aber er war an keinem der Vorschläge interessiert, sondern ging zum alten McGrath und bat ihn um Ellens Hand. Man sagte, daß er nicht einmal um die Mitgift gefeilscht hätte, und da der alte McGrath nicht dazu neigte, sein gutes Geld auf die Straße zu werfen, hatte er seiner Tochter nur fünfzig Pfund mitgegeben. Aber es ließ sich nicht leugnen, daß Ellen das hübscheste Mädchen in der Gemeinde war, und Jim schien mit seinem Abschluß sehr zufrieden zu sein.

Allerdings stellte es sich später heraus, daß er vielleicht doch keinen sehr guten Abschluß gemacht hatte, denn zehn Jahre nachdem Ellen und Jim in der kleinen Kirche in Doon vorm Traualtar gestanden hatten, spielte in dem alten Bauernhaus mit dem Strohdach noch immer kein Kind. Und Ellen Power hatte sich verändert; früher hatte sie vor Glück wie eine Lerche gesungen, jetzt war sie still und ernst geworden, und das Lächeln war von ihrem Gesicht verschwunden. Die Leute sagten, daß sich die Veränderung von dem Augenblick an bemerkbar gemacht hätte, als es sich herausstellte, wer Toughy Monaghans Vater war. Man hatte Mitleid mit Ellen, aber auch mit Jim. Es war traurig für einen Mann, seinen einzigen Sohn nicht sein eigen nennen zu können.

Am Tag, als Ellen mit Jim in ihr neues Heim kam, war sie so glücklich, daß sie fürchtete, es könnte nicht anhalten – und das Glück hatte wirklich nicht lange gedauert.

Nach einem Jahr begann sie sich Sorgen zu machen. Nach zwei Jahren fuhr sie nach Dublin. Dort sagte man ihr, daß sie niemals ein Kind haben könne.

Jim war sehr lieb zu ihr. Er versicherte immer wieder: »Macht nichts, es kommt nur darauf an, daß wir uns lieben und zusammen sind – mehr wollen wir nicht.«

Aber sie konnte nicht glauben, daß er weiter nichts wollte. Er sehnte sich ebensosehr nach Kindern wie alle anderen Männer; Kinder, die ihm im Alter bei der Arbeit helfen würden, Kinder, denen er seinen Hof und sein Land hinterlassen könnte, Kinder, die seinen Namen tragen würden. Es gelang ihm fast, sie zu überzeugen, aber ein kleiner Zweifel nagte noch immer an ihrem Herzen. Am Tag, als die alte Delia Cunningham, die größte Klatschbase im Bezirk, zu Besuch kam und Andeutungen machte, sah Ellen, daß ihre Zweifel gerechtfertigt waren.

Als Jim an diesem Abend von den Feldern zurückkam, sagte sie anstelle einer Begrüßung: »Delia Cunningham war heute hier.«

»Die alte Hexe«, sagte Jim lachend. »Ich wünschte, sie würde ihren Klatsch nicht in unser Haus tragen.«

»Das glaub' ich gern.« Sie wollte ihn kränken, obwohl sie bis zu diesem Augenblick lieber gestorben wäre, als ihm den kleinsten Schmerz zu bereiten. Er hatte ihr einen so furchtbaren Schmerz zugefügt, daß sie sich schwerkrank fühlte. »Sie hat mir erzählt, daß der kleine Monaghan, der Toughy genannt wird, seinem Vater außerordentlich ähnlich sieht.«

Er schwieg.

»Ich habe ihn noch nicht gesehen, aber ich nehme an, daß es wahr ist«, sagte sie.

Er murmelte: »Woher soll ich das wissen? Ich hab' ihn auch noch nie gesehen.«

»Du solltest ihn aber kennen«, sagte sie mit einem bitteren Lächeln. »Ist es nicht sonderbar, daß ich die einzige Person im Dorf bin, die nicht weiß, daß du einen Sohn hast?«

Er ging einen Schritt auf sie zu und sagte heiser: »Ellen...«

Aber sie stieß ihn fort. »Berühre mich nicht«, rief sie. Er stand mit schlaff herunterhängenden Armen vor ihr.

»Es tut mir entsetzlich leid, Ellen. Ich hatte gehofft, du würdest es nie erfahren.«

»Du warst sehr optimistisch. Man sagt, daß alle Monaghan-Kinder ihren Vätern ähnlich sehen.«

»Es tut mir entsetzlich leid«, wiederholte er.

»Mir sollte es leid tun; es muß furchtbar sein, eine unfruchtbare Frau zu haben.«

»Verflucht noch mal!« brüllte er. »Können wir uns nicht wie vernünftige Menschen benehmen?«

»Ich weiß leider nicht, wie sich vernünftige Menschen unter diesen Umständen benehmen müssen. Ich sage nur, was ich fühle.«

»Dann mach doch deinen verdammten Gefühlen Luft, und steh nicht wie versteinert da! Raus mit der Sprache! Sag doch, was du von mir hältst!« Seine Erregung legte sich, und er sagte verzweifelt: »Bitte, verzeih mir, Ellen! Du weißt, daß ich dich liebe. Ich – ich hab' das nur in einem Anfall von Wahnsinn getan.«

»Im Gegenteil, es war sehr vernünftig. Du hast bewiesen, daß du ein richtiger Mann bist. Du hättest viele gesunde Kinder haben können, wenn du eine andere Frau geheiratet hättest. Jetzt wissen wenigstens alle, bei wem die Schuld liegt.«

»Ellen, du glaubst doch nicht . . .« Aber sie antwortete nicht, sondern lächelte nur traurig. »Es war nicht nur meine Schuld«, sagte er. »Als du damals aus Dublin zurückkamst, hast du . . .« Er machte eine Pause. Sie sagte höflich: »Ja?«

»Hast du dauernd geweint.«

»Ja, ich weiß, und du warst sehr mitfühlend.«

»Mitfühlend war ich, aber verflucht noch mal, warum hab' ich dich geheiratet? Was glaubst du? Du weißt sehr gut, daß ich dich um deiner selbst willen geheiratet habe, weil ich dich liebte – nicht weil ich eine Bruthenne wollte. Aber nach Dublin warst du nicht mehr wie früher – du wurdest unnatürlich. In dieser Nacht zankten wir uns, und du hörtest nicht auf zu weinen, du hast mich zur Verzweiflung getrieben, und ich ging aus.«

»Ich erinnere mich.«

»In dieser Nacht ist es geschehen. Ich war halb irrsinnig, ich wußte nicht, was ich tat. Es hat mir nichts bedeutet, und das weißt du auch ganz genau. Ich hab' dir tausendmal gesagt, daß ich mir nichts daraus mache, wenn wir keine Kinder haben. Du fängst immer wieder davon an – ich nicht.«

»Möchtest du zwei Eier zum Tee haben?« sagte sie darauf.

Während der folgenden Monate versuchte er noch oft, sich mit ihr zu verständigen. Sie hörte ihm schweigend zu, und dann, wenn er nichts mehr zu sagen hatte, beschäftigte sie sich wieder mit irgendwelcher Hausarbeit. Ob er sie anschrie oder sie verfluchte, sie hörte ihm immer geduldig und schweigend zu. Einmal schlug er sie, aber sie machte keinen Versuch, sich zu verteidigen, und er verließ schluchzend das Haus. Sie war immer höflich, aber sie berührte ihn nie. Nachts, im großen Doppelbett, hielt sie sich mit eisiger Miene von ihm fern.

Allmählich gewöhnte er sich an die von ihr diktierte Lebensform, und sie war befriedigt. Sie war jetzt dreiunddreißig, und von der hübschen, lebenslustigen Braut von vor zehn Jahren war keine Spur mehr zu entdecken. Sie war eine gesetzte, ruhige, gutaussehende Frau, die von allen respektiert wurde; jedoch hatte sie keine Freunde. Ihr Mann galt als ein harter, aber ehrlicher Mensch.

An diesem schönen Maiabend schlenderte Jim Power, seine Pfeife im Mund, mit seinem Hund über die Felder, um sich einen neuen Stier anzusehen. Hinter dem grünen Getreidefeld sah er den Stier friedlich grasend in der Mitte des abgegrenzten Geheges stehen. Einen Augenblick später bemerkte er einen kleinen Jungen, der über das Gatter kletterte, das das Gehege von der Straße trennte. Er schrie, so laut er konnte, aber er war entweder zu weit entfernt, oder das Kind beachtete seine Rufe nicht, denn es schwang ein Bein unsicher über das Gatter und begann herunterzuklettern. Jim Power stieß noch einen lauten Warnungsruf aus, dann pfiff er seinem Hund und begann zu rennen.

Das Kind stand jetzt in dem eingezäunten Gehege. Der Stier hatte seinen Kopf erhoben. Das Kind hielt einen kleinen Zweig in der Hand, die andere Hand hatte es ausgestreckt, und ging entschlossen auf den Stier zu. Das gewaltige Tier drehte sich langsam um und starrte den Eindringling feindselig an.

Jim Power hielt einen Schwarzdornast in der feuchten Hand; seine Füße trampelten erbarmungslos über das Korn, als er auf dem kürzesten Weg auf das Gatter zurannte, das die beiden Felder voneinander trennte. Der lehmige Boden hinderte ihn daran, schnell vorwärts zu kommen. Seine starren Augen waren auf den kleinen Jungen gerichtet, der sich dem reglos wartenden Stier näherte. Dann hörte er den Ton, den er gefürchtet hatte, ein dumpfes Grollen, das sich schnell in ein ohrenbetäubendes Gebrüll verwandelte; er sah den Stier mit vorgestrecktem Kopf auf das Kind zulaufen. Der schwere Körper des Tieres bewegte sich mit erstaunlicher Schnelle und Wendigkeit – das Kind schwankte und rannte zum Gatter zurück. Im selben Augenblick vermischte sich ein knurrendes Bellen mit dem Gebrüll des Stieres, und Jim sah, wie sein Hund die Flanke des Tieres angriff, er sah den Stier straucheln und sich dem neuen Feind zuwenden.

Jim Power hatte das Feld überquert; er hatte das Kind beim Arm gepackt, und als der wütende, enttäuschte Stier sich aufs neue auf sein Opfer stürzen wollte, war Jim bereits mit dem Kind im Arm übers Gatter geklettert und hatte seinem Hund gepfiffen.

Jim, das Kind und der Hund krochen durch den Graben, während der Stier auf der anderen Seite des Gatters ärgerlich scharrte, stampfte und brüllte.

Der kleine Junge flüsterte: »Warum müssen wir hier kriechen?«

»Weil er, wenn er uns sehen würde, versuchen könnte, das Gatter zu durchstoßen und uns anzugreifen.«

»Könnte er?«

»Wenn er es wirklich wollte – vielleicht.«

Sie sprachen nicht mehr, bis sie sich weit genug von dem noch immer brüllenden Stier entfernt hatten, um wieder aufrecht stehen zu können. Dann sagte Jim grimmig zu der zerzausten kleinen Gestalt in den langen Trägerhosen, die breitbeinig vor ihm stand: »Ich hoffe, dein Vater wird dir eine ordentliche Tracht Prügel geben.«

Der kleine Junge erklärte: »Ich hab' keinen Vater.« Er kniete neben dem Hund Rough nieder und sagte: »Sieh mal – Blut!« Seine Unterlippe zitterte.

Jim streichelte seinen Hund.

»Es ist nur eine Schramme, weiter nichts.«

»So ein guter Hund«, sagte der kleine Junge und suchte in seiner Hosentasche. »Ich werde ihm meinen Apfel geben.«

»Er frißt keine Äpfel. Mach lieber, daß du nach Hause kommst, und vielleicht hast du jetzt gelernt, nie wieder auf ein Feld zu gehen, auf dem ein Stier weidet, kleiner Dummkopf.«

»Ich wollte nur seinen Kopf streicheln; ich dachte, er würde es mir erlauben, wenn ich ihm meinen Apfel gebe. Er hat den Apfel nicht mal gesehen! Was für ein dummer großer Stier!«

»Ich würde mir an deiner Stelle nicht angewöhnen, Stiere zu streicheln.« Sie stapften nebeneinander übers Feld; Rough folgte ihnen, vor Schmerzen winselnd, auf dem Fuß. »Selbst in deinem Alter sollte man schon mehr Verstand haben.«

»Ich hab' *sehr* viel Verstand, aber ich bin ein strammer Junge, mir passiert nichts, ich bin zäh, und deshalb mach' ich Jagd auf Stiere.«

»Der Stier hat dich gejagt«, erinnerte ihn Jim unfreundlich.

»Ja«, sagte der kleine Junge und steckte seine Hände in die Taschen. »Dich hat er aber auch gejagt.« Dann fragte er ängstlich: »Ist es eine Schande, von einem Stier gejagt zu werden?«

»Es ist eine Schande, einen Stier zu jagen; das ist nicht Mut, sondern Dummheit.«

»Wirklich?« sagte das Kind enttäuscht. Es spitzte die Lippen und pustete, dann spuckte es. »Ich bin ja noch sehr jung, ich kann ja noch nicht alles wissen.«

Jim blickte auf ihn herab und sagte, einem plötzlichen Impuls folgend, zu dem Kind, dem er noch vor wenigen

Minuten am liebsten den Hals umgedreht hätte: »Komm mal erst mit in mein Haus, damit wir dich waschen können und dir etwas zu essen geben.«

»Ich lass' mich nicht gern waschen, aber ich möchte mit in dein Haus kommen. Ich geh' gern zu andern Leuten ins Haus. Wo wohnst du?«

Jim wies auf das große Bauernhaus hinter dem Getreidefeld.

»Das ist ein hübsches Haus. Ich kenn' die Häuser hier nicht, ich war nämlich noch nie in dieser Gegend.«

»Woher kommst du?«

»Von weit weg.«

»Du bist noch zu klein, um allein loszugehen.«

»Ja, aber ich bin stramm.«

Jim blieb plötzlich stehen.

»Wie heißt du?«

»Toughy«, sagte der kleine Junge stolz.

»Und wie heißt du noch?«

»Toughy Monaghan.«

Jim starrte seinen Sohn an. Er holte einen Schilling aus seiner Tasche und sagte mit rauher Stimme: »Hier, das gehört dir, und mach, daß du fortkommst.«

»Aber ich komm' doch mit in dein Haus.«

»Mach, daß du wegkommst, und untersteh dich nicht, noch einmal in die Nähe meines Hauses zu kommen, sonst hetze ich den Hund auf dich. Mit Jungen, die sich an meinen Tieren vergreifen, mach' ich das immer so.«

»Ich wollte deinen Stier nicht ärgern«, sagte Toughy gebrochen. »Ich dachte, er würde sich über den Apfel freuen, ich dachte, er würde sich gern streicheln lassen.«

»Scher dich zum Teufel! Und wage es nicht, mir noch einmal in die Quere zu kommen.«

Toughy spitzte seinen Mund und pustete. Das Geräusch, das er hervorbrachte, klang fast wie ein Pfeifen. Er sagte mit einem Versuch, gleichgültig zu erscheinen: »Also gut. Aber wenn *ich* ein Bauer wäre, würde ich keinen gefährlichen Stier halten. Und dein Geld will ich gar nicht. Wir dürfen kein Geld annehmen.« Er wandte sich ab, dann drehte er sich noch einmal herum, seine Augen blitzten, als er sagte: »Und auch wenn es nicht verboten wäre, würde ich dein Geld doch nicht nehmen. Ich behalte lieber meinen Apfel.«

Jim Power sah ihm nach, bis er aus seinem Blickfeld verschwunden war.

Inzwischen wuchs und gedieh Pius unter den prüfenden Augen der Öffentlichkeit. Und er hatte noch immer ein freundliches Mondgesicht und sah niemandem ähnlich.

Drittes Kapitel

Mrs. Bates ergriff selbst die Initiative, da William sich trotz ihrer Drohungen weigerte, etwas zur Vertreibung des überflüssigen Zwillingspaares zu unternehmen, vielleicht, weil er gar nicht die Absicht hatte, oder weil er nicht wußte, wie er es bewerkstelligen sollte. Aber Mrs. Bates wußte, was sie zu tun hatte. Sie begann darüber zu reden.

Der Laden von William Bates war das beliebteste Geschäft im ganzen Bezirk, und Freitag war der Haupteinkaufstag für die Frauen von Doon. Bisher war Mrs. Bates zu sehr mit ihrem Haushalt beschäftigt gewesen, um im Laden zu helfen; sie hatte das Geschäft ihrem Manne und den Angestellten überlassen. Jetzt stand sie jedoch häufig hinterm Ladentisch, besonders am Freitag, und schwatzte ohne Unterbrechung mit den Frauen von Doon, während sie Tee und Zucker und Keks verkaufte. Ob die Schwätzchen mit dem Wetter, mit Kochrezepten, oder mit Familienklatsch begannen, sie führten unweigerlich zu den Monaghans.

Mrs. Bates sympathisierte mit den Frauen von Doon und bedauerte sie von Herzen. Wie peinlich, einen solchen Sündenpfuhl in ihrer Mitte zu haben, durch den Doon in einen schlechten Ruf geriet. Man fragte sich, warum die Einwohner von Doon diesen himmelschreienden Skandal duldeten, den sich kein Christenmensch in Irland oder irgendwo auf der Welt gefallen lassen durfte. Es war eine Sünde und eine Schande und außerdem ein Grund zu dauernder Besorgnis, den Monaghan-Haushalt in unmittelbarer Nähe zu wissen, denn obwohl man sich auf Mick, auf Harry oder auf Joe im allgemeinen verlassen konnte, durfte man nicht vergessen, daß selbst der beste Ehemann vielleicht einmal der dauernden Versuchung unterliegen könnte.

Hier wurde traurig und nachdrücklich mit den Köpfen genickt.

Und dann der Fall Pius! Bei den anderen Kindern wußte man wenigstens, woran man war, aber bei Pius hatte man vorläufig keine Ahnung.

Mrs. Bates wußte, an welchem Punkt die Unterhaltung abgebrochen werden mußte, und zwar bei Pius. Viele der Frauen begannen sich nach dem kleinen freundschaftlichen Schwätzchen Gedanken zu machen und heimliche Blicke auf den friedlich schlummernden rundlichen Pius zu werfen, der hinter der Gartenhecke in seinem schäbigen alten Kinderwagen lag, und darüber nachzugrübeln, ob seine Nase oder sein Kinn oder seine Augen nicht gewisse wohlbekannte Züge trugen...

Und bald machten sich die Ergebnisse der zahlreichen Unterhaltungen bemerkbar. Mrs. Bates brauchte die Sprache nicht mehr auf die Familie Monaghan zu bringen, da ihr die Monaghans sozusagen auf einem silbernen Tablett serviert wurden. Ihre Aufgabe bestand jetzt nur noch darin, auf besondere Einzelheiten einzugehen und taktvoll auf Pius hinzuweisen.

Schließlich hielt sie die Zeit für gekommen, eine kleine Versammlung einzuberufen, die an einem regnerischen Freitag, ganz ungezwungen, in ihrem Wohnzimmer stattfand. Sie bat eine Anzahl ihrer Lieblingskundinnen zu einem Gläschen Portwein, und als die Damen mit dem Glas in der Hand ums warme Kaminfeuer saßen, war es allen klar, daß sie nicht nur zum Vergnügen hier waren, sondern einer ernsten Sache wegen.

Sie warteten darauf, daß ihre Gastgeberin das Wort ergriffe. Mrs. Bates kam sofort zur Sache und sagte:

»Da wir uns heute hier zusammengefunden haben, halte ich es für meine nicht sehr angenehme Pflicht, eine peinliche Angelegenheit mit Ihnen zu erörtern; eine Angelegenheit, über die Sie ja alle schon im Laden mit mir gesprochen haben.« Sie machte eine Pause und holte tief Atem. »Es handelt sich um die Familie Monaghan!«

Eine Welle der Erregung ging durch die Gemüter der Anwesenden; sie warteten gespannt der Dinge, die da kommen sollten. Mrs. Bates ging geradewegs auf ihr Ziel zu:

»Wie können wir die Monaghans loswerden?« fragte sie.

Alle sahen sie an. Niemand sagte etwas. Schließlich bemerkte Mrs. Dempsy: »Wenn es möglich wäre, sie loszuwerden, wäre es schon längst geschehen.«

Mrs. Bates warf ihr einen zornigen Blick zu.

»Was hat man bisher versucht, um sie loszuwerden? Gar nichts! Man hat nur geredet und geredet.«

Es wurde festgestellt, daß all das Gerede genügt hätte, jede andere Familie aus dem Dorf zu vertreiben.

»Das ist ja gerade das Unglück«, bemerkte Mrs. Bates, »die Familie Monaghan hat eben keine Selbstachtung. Es gibt nur einen Menschen, der sie zum Fortziehen bewegen könnte, und das ist Vater Healy.«

Mrs. Quinlan stellte fest, daß Vater Healy, der seit zehn Jahren ihr Pfarrer war, bisher auch nichts anderes getan habe, als zu reden. Und in der letzten Zeit schien er sogar das aufgegeben zu haben.

»Es muß ihm nahegelegt werden, sie mit *Gewalt* aus dem Bezirk zu entfernen. Der Vorschlag muß von führenden Mitgliedern der Gemeinde kommen.« Mrs. Bates musterte die Anwesenden wie ein General seine Truppen. »Von Ihnen!«

Sie mußte ihre ganze Überredungskunst anwenden, um die anderen Frauen von der Richtigkeit ihres Feldzugplanes zu überzeugen; es gelang ihr teils durch Schmeichelei und teils durch erneute Hinweise auf Pius.

Mrs. Dempsy sagte resigniert: »Und Sie müssen natürlich unsere Repräsentantin sein.«

Mrs. Bates' Gesicht erstarrte zur Trauermaske.

»Das ist leider unmöglich. Es würde den falschen Eindruck erwecken. Man könnte auf den Gedanken kommen, daß ich an der Sache persönlich interessiert bin.«

Die Anwesenden bekundeten schweigend ihr Verständnis und ihre Sympathie und hofften, daß die schnelle Entwicklung von Pius sie nicht ebenfalls disqualifizieren würde.

Vater Healy war etwas erstaunt, als die Abordnung am nächsten Tag in sein Arbeitszimmer geführt wurde. Anfangs waren die Frauen ungewöhnlich wortkarg und verlegen. Er machte einige seiner berühmten Witze, aber es gelang ihm nicht, die Spannung zu verringern. Schließlich sah er Mrs. Dempsy fragend an, da sie sich bereits mehrere Male geräuspert und sogar den Mund aufgemacht hatte, ohne jedoch ein Wort herauszubringen.

»Ja, Mrs. Dempsy? Ja?«

Sie schluckte.

»Es handelt sich um die Monaghans!«

Vater Healy runzelte die Stirn. Die Monaghans waren ein häßlicher Fleck auf der Ehre seiner sonst recht braven Gemeinde, und ihretwegen mußte er schon seit langem die Sticheleien seiner Kollegen über sich ergehen lassen. Die Monaghans waren sein Kreuz. Er hatte sich damit abgefunden, aber es war nicht leicht, eine Last zu tragen, die ständig größer wurde. Er rechnete sich schnell das Alter von Pius aus und fragte sich, ob Bridget Monaghan etwa schon wieder so weit war. Nein – *das* konnte es wenigstens im Augenblick nicht sein.

Plötzlich schienen die Frauen ihre Hemmungen überwunden zu haben; sie begannen alle auf einmal zu sprechen. Mit noch immer gerunzelter Stirn hörte er zu, bis das unzusammenhängende Geschnatter endlich abbrach.

»Hm...«, sagte er, »hm...« Dieser Ausruf hatte ihm in seinem Beruf als Geistlicher schon oft über schwierige Situationen hinweggeholfen. Er hatte den Vorteil, bedeutungsvoll zu klingen, aber nichts zu bedeuten. Ein weiteres »Hm...« gab ihm die Möglichkeit, sich die Angelegenheit etwas länger zu überlegen. Er sagte so oft »Hm...«, daß es wie das Summen einer Biene klang, während er sich fragte, warum diese Frauen plötzlich –

nach all den Jahren – darauf bestanden, daß die Familie Monaghan ausgewiesen werden sollte.

Dann fiel ihm Pius ein, und er sagte nochmals: »Hm ...« Er betrachtete die fünf Frauen der fünf angesehenen Gemeindemitglieder und seufzte. Obwohl es sich hier um einen bedauerlichen Mangel an Vertrauen in ihre Ehemänner handelte, konnte er den fünf Frauen keine Vorwürfe machen, sondern nur hoffen, daß sich eine Lösung finden würde. »Ich kann Bridget Monaghan leider nicht aus unserer Gemeinde verbannen«, sagte er, »und selbst wenn ich es könnte, sehe ich nicht recht ein, welchen Sinn das haben sollte. Sie würde nur in die Gemeinde eines anderen Geistlichen kommen, und das wäre meinen Kollegen gegenüber sehr unfair, finden Sie nicht auch?«

Mrs. Dempsy sagte grimmig: »Uns wäre es einerlei, in welche Gemeinde sie käme, solange sie nicht bei uns bleibt.«

Geht mir ebenso, dachte Vater Healy in der Erinnerung an einige seiner sarkastischen Kollegen, denen er Bridget mit dem größten Vergnügen zuschieben würde.

Er hielt es für richtig, eine Konzession an die Gefühle seiner Zuhörerinnen zu machen, und sagte: »Ich wäre überglücklich, wenn es möglich wäre, diese Pestbeule aus unserer Gemeinde zu entfernen.« Er machte eine Pause. Sie hörten ihm erwartungsvoll zu. »Sie können sich vorstellen, wieviel Sorgen und Kopfzerbrechen mir dieses Problem bereitet hat.« Wieder machte er eine Pause; er benahm sich jetzt, als stände er auf der Kanzel, und das beeindruckte seine Hörerinnen. »Glauben Sie mir, daß ich nichts unversucht lassen würde, aber leider, leider sehe ich keine Möglichkeit ...«

Über dem allgemeinen Stimmengewirr erhob sich eine klare Stimme: »Sie sollten Bridget Monaghan von der Kanzel vermahnen!«

»Ach, du liebe Zeit!« Eine Warnung von der Kanzel war die stärkste Waffe, die ein Geistlicher seiner Gemeinde gegenüber besaß. Vater Healy war sehr bestürzt. Er verstand ihre Beweggründe, aber der Eifer, mit dem diese christlichen Frauen eine schwache Mitschwester verfolgten, beunruhigte ihn tief. Im Augenblick sahen sie aus, als würden sie auch ihn mit dem größten Vergnügen zur Strecke bringen. Er überlegte sich, ob es nicht das beste wäre, ihnen heftige Vorwürfe über ihre Unduldsamkeit zu machen, und darüber, daß sie es wagten, ihm mit Vorschriften über die Ausführung seines Amtes zu kommen, aber dann entschied er sich dagegen, weil er glaubte, mit Sanftmut mehr erreichen zu können. Er sagte ruhig: »Bridget Monaghan ist, soviel ich weiß, bereits von meinem Vorgänger verwarnt worden, und es hat nichts genützt.«

Er entsann sich der vielen Stunden, in denen er vergeblich versucht hatte, diese sanfte, damenhafte Person dazu zu bewegen, ihren Lebenswandel zu ändern. Sie war so demütig, ihre Reue war so echt und ihre guten Vorsätze für die Zukunft so ernst gemeint, daß sein gerechter Zorn niemals lange anhielt. Und niemand war über einen neuen Fehltritt mehr erstaunt als die Sünderin selbst.

Die Frauen sahen ihn verzagt an. Eine sagte: »Wir wollen nicht, daß unsere Kinder in dieselbe Schule wie die Monaghans gehen.« Und eine andere bekräftigte weinerlich: »Das gehört sich nicht.«

Vater Healy dachte, daß das unter gewissen Umständen wirklich peinlich sein könnte. Er sah sich mitfühlend im Kreise um. Heimlich zog er die Monaghan-Kinder allerdings seinen anderen Schützlingen vor, weil sie amüsanter und klüger waren. Es war ein trostreicher Gedanke, daß nur der Schöpfer ins Herz der Menschen sehen konnte. Sein mitfühlender Ausdruck vertiefte sich.

Er stellte dankbar fest, daß die Frauen im Aufbruch begriffen waren. Er geleitete sie mit tröstlichen Reden und freundlichem Zuspruch zur Tür und bedankte sich für ihren Besuch.

»Es ist mir eine große Freude und ein großer Trost zu wissen, daß Ihnen das Wohl der Gemeinde so sehr am Herzen liegt. Aber es ist ein schwieriger Fall, ein äußerst schwieriger Fall. Ich kann nur eines tun: beten.« Er schüttelte ihnen ernst die Hände und sagte: »Auch Sie müssen beten.«

Niemals hatte sich mangelndes Vertrauen in die Macht des Gebetes so deutlich bemerkbar gemacht wie in den Gesichtern dieser guten Frauen. Als Vater Healy in sein Arbeitszimmer zurückkam, gestattete er sich ein Gläschen Sherry.

Mrs. Bates war enttäuscht, aber sie verzagte nicht. Sie sagte nicht viel, sondern bemerkte nur, daß die Kirche nicht mehr dieselbe Macht wie früher besitze. Das sei eine Tatsache, die sich nicht leugnen lasse.

Mrs. Dempsy stimmte ihr zu.

»Ich erinnere mich noch an die guten alten Zeiten, wenn Vater Brown bei schönem Wetter mit seinem Schwarzdornknüppel in die Büsche drang, um die Jungen und Mädchen aufzuscheuchen – sie rannten wie die Wiesel!«

Alle seufzten in der Erinnerung an die guten alten Zeiten. »Damals wurde man verflucht und verdammt, wenn man gegen die Kirche verstieß. Das Vieh wurde krank und starb, die Milch gerann, und die Butter wollte nicht hart werden.«

Mrs. Quinlans Großmutter hatte ihr erzählt, daß sich die Füße eines Mannes, der nicht zur Messe gehen wollte, in Hufe verwandelt hatten, jedoch wurde diese Geschichte als etwas unwahrscheinlich betrachtet. Aber es erhob sich wieder ein allgemeines Seufzen, als Mrs. Bates über Vater Browns Predigten sprach.

»Ich sehe ihn noch vor mir, wie er erregt auf der Kanzel herumsprang; sein Gesicht wurde hochrot, so daß man glaubte, er würde jeden Augenblick einen Schlaganfall bekommen.«

»Ja, es war immer eine Freude, ihm zuzuhören.«

»Entsinnt ihr euch noch, wie schön er von der Hölle und vom Fegefeuer sprach?«

Sie erinnerten sich. Aber Mrs. Bates fuhr fort: »Ich will nicht etwa schlecht über Vater Healy reden, der auf seine Art auch ein wundervoller Mensch ist; er kann ja nichts dafür, daß er anders als sein Vorgänger ist.« Sie wartete ab, bis das verständnisvolle Murmeln der allgemeinen Zustimmung abgeebbt war, dann forderte sie energisch: »Jetzt müssen wir uns überlegen, was als nächstes zu geschehen hat.«

Bisher hatte sich niemand darüber den Kopf zerbrochen, was weiter geschehen sollte. Man wartete in andächtiger Bewunderung auf die Vorschläge der unermüdlichen Mrs. Bates.

»Ich denke an Williams Vetter.«

Williams Vetter war der Polizeiwachtmeister von Kilmuc. Im Zusammenhang mit ihm dachte man natürlich sofort an die kalte Macht des Gesetzes, dessen Vertreter er war. Die Frauen starrten Mrs. Bates aus weitgeöffneten Augen an.

»Ich mache mir Sorgen um die Kinder, um die armen Kinder«, sagte sie dann.

Ihre Stimme klang unendlich bekümmert. Sie sahen sie fragend an. Bisher hatte niemand mit den kerngesunden, vergnügten Monaghan-Kindern Mitleid gehabt, aber ein Schatten mütterlicher Besorgnis hatte sich um die Augen von Mrs. Bates gelegt.

»Was ist denn mit den Kindern los?« fragte Mrs. Dempsy vorsichtig.

»Wie kannst du das nur fragen, Kate? Schließlich ist ihr Heim nicht besser, als ein ... als ein ... nun, wir wissen ja alle Bescheid. Die armen unschuldigen Kinder! Wir sollten uns schämen, nicht schon vor Jahren darauf bestanden zu haben, daß sie anständig erzogen werden. Haben die armen Kinder die geringste Aussicht, einmal zu ehrbaren Männern und Frauen heranzuwachsen? Was soll aus ihnen werden?«

Eigentlich war man allgemein der Ansicht, daß sämtliche Monaghan-Kinder, mit Toughy angefangen, sich gut entwickelten, aber man wagte es nicht, diese Meinung im Angesicht der gestrengen Mrs. Bates zum Ausdruck zu bringen. Man wartete ab, denn niemand wußte, was Wachtmeister Bates mit der Angelegenheit zu tun haben könnte.

Mrs. Bates sagte langsam und deutlich: »Kinder, die nicht die richtige häusliche Fürsorge haben, werden zwangsweise in besondere Schulen und Erziehungsheime geschickt – Kinder bis zum Alter von vierzehn Jahren. Bridget Monaghan würde wahrscheinlich nicht den Wunsch haben, hierzubleiben, nachdem man ihr ihre Kinder fortgenommen hätte.«

Es bedurfte großer Überredungskunst, bevor Wachtmeister Bates sich entschloß zu handeln. Aber als er endlich davon überzeugt war, daß er die öffentliche Meinung hinter sich hatte, setzte er die Gesetzesmaschine in Bewegung und sprach mit einem Fürsorgebeamten.

Am ersten Mittwoch des Monats, an dem der Antrag zur zwangsweisen Verschickung der Monaghan-Kinder in ein Erziehungsheim vor dem Jugendgericht gehört werden sollte, sprach niemand von etwas anderem. Selbst die gewissenhaftesten Hausfrauen ließen an diesem Tag ihre Hausarbeit im Stich, und im ganzen Dorf arbeitete kein Mensch, mit Ausnahme des Gastwirts. Als die Monaghans in einem gemieteten Pferdewagen vor dem Gerichtsgebäude erschienen, war die Straße mit einer erregten Menschenmenge in Ferienstimmung angefüllt.

Das war wirklich der Höhepunkt der Unverschämtheit! Der Wagen fuhr langsam durchs Dorf, und die Monaghans räkelten sich bequem auf ihren Sitzen. (Paddy Murphy wurde scharf kritisiert, weil er seinen Wagen zu einem solchen Zweck vermietet hatte, aber man mußte gerechterweise zugeben, daß er sich ja damit seinen Lebensunterhalt verdiente.) Zuerst stieg Bridget Monaghan aus – sie trug ein unauffälliges, schwarzes Kleid. Dann kam Mary, mit hocherhobenem Haupt; sie trug den rundlichen, pieksauberen, weißgekleideten Pius auf dem Arm; dann folgten die Zwillinge mit hochroten verlegenen Gesichtern, dann kam Pansy leichtbeschwingt mit der Puppe Jennifer im Arm; natürlich waren die beiden gleich gekleidet. Als letzter stieg Toughy aus; er trug einen nagelneuen Waschsamtanzug und sah sich mit gerunzelter Stirn um. Sie gingen schweigend durch die Menge.

Für alle diejenigen, die ein besonderes Interesse am Fall Monaghan hatten, war es ungünstig, daß der Amtsrichter einen ausgeprägten Sinn für Humor besaß und sich schon den ganzen Morgen, während er kleine Strafen für Trunkenheit und Übertretung der Verkehrsregeln verhängt hatte, auf die Familie Monaghan freute. Jetzt, als sie unter Ausschluß der Öffentlichkeit vor dem Jugendgericht standen, war er nicht enttäuscht.

Er hörte sich die Aussage des Fürsorgebeamten ohne Kommentar an. Dann sagte er milde: »Die Kinder sehen recht wohlgenährt aus.«

»*Aussehen* tun sie so«, bestätigte der Fürsorgebeamte.

»Wir müssen uns auf den Augenschein verlassen, Herr Inspektor.«

»Sie haben ein sehr niedriges Einkommen, nur den Erlös der Näharbeit der Mutter und den kleinen Pachtzins, den sie für ihr Land bekommt.«

Mary errötete. Sie sah dem Richter in die Augen und sagte: »Mutter kann sehr gut wirtschaften, und mein Bruder Tommy bringt jede Woche sein Gehalt nach Hause.«

Der Richter war bereits zu der Überzeugung gelangt, daß es wahrscheinlich dieses ruhige, hübsche Mädchen war, das so gut zu wirtschaften verstand. Er drehte ihr liebenswürdig den Kopf zu. Dann sagte er zum Fürsorgebeamten: »Wir könnten sie selbst fragen; das ist oft die beste Lösung, finden Sie nicht auch?« (Er war zwar nicht davon überzeugt, und der Fürsorgebeamte noch weniger, aber es machte dem Richter riesigen Spaß.) »Bekommt ihr genug zu essen, Kinder?«

»Nein«, sagte Toughy.

»Wirklich nicht?«

»Wir kriegen jeder nur einen Löffel Marmelade zum Tee – das ist nicht genug.«

»Du siehst aber trotzdem sehr gesund und wohlgenährt aus«, sagte der Richter ernst.

»Ja, gesund bin ich, aber nicht wohlgenährt, ich könnte viel mehr essen«, erklärte Toughy.

Er schenkte den vorwurfsvollen Gesichtern seiner Familie keine Beachtung. Gestern hatte es Himbeermarmelade gegeben – seine Lieblingskonfitüre, und er hätte für sein Leben gern mehr gehabt.

Der Richter verbiß sich das Lachen und sagte mit ruhiger Stimme: »Ist das Haus sauber und ordentlich?«

»Ja, sauber ist es«, gab der Fürsorgebeamte etwas unwillig zu.

»Die Kinder sehen jedenfalls auch sehr sauber aus.«

Zum Entsetzen seiner Familie sagte Toughy: »So sauber wie heute bin ich sonst nicht; sie haben mich nämlich gewaschen, bevor wir hierherkamen. Meistens bin ich schmutzig, sehr schmutzig.«

»Wir können uns nur nach dem momentanen Zustand richten.«

»Was heißt das?«

»Das heißt, daß wir uns nur nach dem richten müssen, was wir jetzt sehen.«

»Das finde ich dumm«, sagte Toughy zornig. »Zum Beispiel Pius – der ist furchtbar schmutzig. Von außen sieht er ganz sauber aus, aber Sie würden staunen, wie dreckig er manchmal von unten ist.«

Der Richter schnaufte. Mary sagte verzweifelt: »Sei ruhig, Toughy.« Aber Toughy ließ sich nicht so leicht zum Schweigen bringen. Er fuhr fort: »Sogar Pansy hat manchmal ein schmutziges Gesicht.«

»Das ist nicht wahr«, sagte Pansy beleidigt.

»Natürlich ist es wahr! Warum wäschst du dir dein Gesicht, wenn es nicht schmutzig ist?«

Der Richter sagte ruhig: »Ich glaube nicht, daß diese Kinder grausam behandelt werden. Sie machen einen besonders ungehemmten Eindruck.« Er lächelte den Monaghans freundlich zu und versuchte Toughys durchbohrenden Blicken auszuweichen. »Seid ihr zu Hause glücklich und zufrieden, Kinder?«

Das allgemeine Murmeln der Zustimmung wurde von Toughys lautem »Nein« unterbrochen.

»Nein?«

»Manchmal sind wir ganz zufrieden, aber wir könnten noch viel zufriedener und glücklicher sein ...« – Toughy zeigte auf Mary – »wenn Sie ihr verbieten würden, uns dauernd zu waschen, und wenn Sie ihr befehlen würden, uns mehr Süßigkeiten und Marmelade zu geben und nicht mit uns zu schimpfen, wenn wir unsere Sachen zerreißen – denn dafür können wir nichts – und wenn sie uns nicht so früh ins Bett schicken würde, und wenn wir nicht jeden Tag zur Schule gehen müßten, und wenn wir nicht immer Schularbeiten zu machen brauchten.« Es bestand kein Zweifel, daß Toughy keine Ahnung hatte, warum sie vor dem Jugendrichter standen, und daß er die feste Absicht hatte, die günstige Gelegenheit sich zu beschweren nach Kräften auszunützen. »Bitte schicken Sie sie nicht ins Gefängnis«, sagte er freundlich, »sie tut das alles nur, weil sie glaubt, daß es gut für uns ist. Wenn Sie es ihr nur verbieten würden, und Pansy soll mich nicht immer ärgern«, fügte er schnell hinzu. »Und ich möchte bitte gern ein Pferd haben!«

»Ein Pferd ...«

Toughy seufzte.

»Ich hab' mir schon gedacht, daß Sie mir kein Pferd geben, ich wollte es nur versuchen, aber es macht nichts.«

»Aber ich befehle, daß du morgen nicht gewaschen wirst«, sagte der Richter mit strengem Gesicht.

Der Fürsorgebeamte räusperte sich.

»Es handelt sich in diesem Fall nicht so sehr um das körperliche, wie um das seelische Wohl der Kinder, Sir.

Wir glauben, daß die Mutter... daß sie keinen guten Einfluß auf die Kinder hat.« Der Richter warf ihm einen eiskalten Blick zu, und der Fürsorgebeamte begann vor Verlegenheit zu stottern. »Wir... wir... wir haben das Gefühl, daß die moralische Atmosphäre des Hauses zu wünschen übrig läßt.«

»Die Tatsache ihrer Existenz mag vielleicht vom moralischen Standpunkt aus gesehen nicht einwandfrei sein«, sagte der Richter, »aber da die Kinder nun einmal da sind, weiß ich wirklich nicht, was man dagegen unternehmen sollte.«

»Meiner Ansicht nach beweist die Tatsache ihrer Existenz, daß die Mutter unfähig ist, die Kinder zu erziehen.«

»Ich habe bisher nichts gehört, was den Charakter der Kinder in einem ungünstigen Licht erscheinen läßt«, sagte der Richter.

»Wir sorgen uns um ihre Zukunft«, wandte der Fürsorgebeamte verzagt ein.

»Wie alt sind Sie?« fragte der Richter Mary.

»Ich bin sechzehn – fast siebzehn, Herr Richter.«

»Liegt irgend etwas gegen dieses Mädchen vor?«

»Nein, eigentlich nicht.«

»Was soll das bedeuten... eigentlich? Liegt etwas gegen das Mädchen vor oder nicht?«

»Nein – es liegt nichts vor.«

Der Fürsorgebeamte wurde immer verlegener; er verwünschte heimlich den Wachtmeister, der ihn in diese peinliche Lage gebracht hatte.

»Es wurde noch ein Junge erwähnt – ein Landarbeiter.«

»Ja – er – er arbeitet bei einem Bauern.«

»Liegt irgend etwas gegen diesen Jungen vor?«

»Nein.«

»Zwei der Kinder sind also bereits zu ehrenwerten Mitgliedern der menschlichen Gesellschaft herangewachsen?«

»... Ja.«

Der Richter schwieg. Der Fürsorgebeamte machte einen letzten Versuch, und zwar nur zu seiner eigenen Rechtfertigung, nicht etwa, weil ihn der Wachtmeister vielleicht einmal zu einem Gläschen Bier eingeladen hatte.

»Man ist der Ansicht, daß die Kinder nicht in einem Haus aufwachsen sollten, das nicht viel besser ist als ein ... als ein ...«

»Ich verstehe«, sagte der Richter. »Irgendwelche Beweise, daß dem so ist?«

»Wo sollte sie sonst ...«

»Irlands Felder sind weit und fruchtbar«, sagte der Richter.

»Wir haben noch andere Zeugen, Sir, Mitglieder der Sodalität.«

»Können uns die Mitglieder der Sodalität bezüglich des letzten Punktes irgendwelche Informationen geben?«

»Selbstverständlich nicht«, erwiderte der Fürsorgebeamte schockiert.

»Dann sehe ich keinen Grund, die Verhandlung weiterzuführen. Der Antrag ist abgelehnt.« Der Richter stand auf. »Kümmern Sie sich weiter gut um Ihre Kinder«, wandte er sich an Bridget Monaghan; plötzlich wußte er, warum sie ihm von Anfang an so bekannt vorgekommen war – sie erinnerte ihn an eine Gouvernante, die seine Mutter ihres guten Rufes wegen angestellt hatte, seine zarten Kinderjahre zu überwachen. »Sie haben eine große Familie«, sagte er. »Sorgen Sie dafür, daß sie nicht noch größer wird. Sie sind entlassen. Sie können gehen.«

Die Familie Monaghan war im Begriff, den Saal zu verlassen, als Pansy sich an der Tür umdrehte.

»Sie schicken uns also nicht fort, Hochwohlgeboren?« sagte sie.

»Nein, bestimmt nicht«, sagte der Richter.

»Tausend Dank, Hochwohlgeboren. Wenn Sie das getan hätten, hätten Sie das Herz meiner Mutter gebrochen. Sie hat nichts in der Welt als uns!«

»Da hat sie eine ganze Menge«, bemerkte der Richter.

Pansy drückte die Puppe Jennifer an ihr Herz und flötete: »Wir mögen arm sein, aber unser Heim ist ein Liebesnest.«

»Und das konnten Sie gerade nicht beweisen, nicht wahr?« sagte der Richter boshaft zum Fürsorgebeamten. Er sah Pansy bewundernd an – er war selbst ein Schauspieler und wußte eine verwandte Seele zu schätzen. »Niemand wird euch etwas tun. Du kannst beruhigt nach Hause gehen und glücklich sein.«

Pansy blickte mit einem seelenvollen Lächeln zu ihm auf und sagte: »Ja, jetzt kann ich glücklich sein. Der Schatten, der über uns lag, hat sich gehoben.«

»Nun sagen Sie mir bloß, warum Sie den Antrag gestellt haben?« fragte der Richter etwas später.

»Dieser Antrag wurde unter Druck gestellt«, erklärte der Fürsorgebeamte philosophisch.

»Unter Druck, ja, ich verstehe.« Der Richter lachte, aber er war trotzdem ärgerlich. Es paßte ihm nicht, daß man sich seiner bedienen wollte, um die Folgen eines unmoralischen Lebenswandels loszuwerden. »Sehr nette Kinder«, meinte er.

»Das finde ich auch«, sagte der Fürsorgebeamte. »Das einzige, was die Leute gegen sie sagen können, ist, daß sie eigentlich nicht da sein sollten.«

Am Samstag abend war es im Wirtshaus Hurley immer voll. Um zehn Uhr war Sperrstunde, danach wurden die Fensterläden geschlossen und die Sänger gebeten, ihre Stimmen etwas zu senken.

Jetzt war es halb elf; die Bar war überfüllt, und der Lärm gedämpft. In dem kleinen Raum neben der Küche war eine erwählte Gesellschaft versammelt. Hier herrschte eine ausgesprochen düstere Stimmung. Vielleicht strahlte sie von William Bates aus, der im allgemeinen nicht viel trank und heute törichterweise versucht hatte, seine Sorgen im Alkohol zu ertränken, und jetzt zusammengesunken und bleich auf seinem Stuhl saß. Oder vielleicht war Matthew Hogan dafür verantwortlich, der im Laufe der letzten fünfundvierzig Minuten nur ein lateinisches Sprichwort zitiert hatte und seitdem völlig verstummt war. Jim Power, der seinen Schnaps herunterstürzte, als wäre er ihm zuwider, trug bestimmt nichts dazu bei, die Stimmung zu heben, ebensowenig wie Jamesy Casey, der mit stumpfsinnigem Fuchsgesicht in einer Ecke saß.

Während die anderen schwiegen, führte der Doktor eine erregte politische Debatte mit dem Wachtmeister, die mit einem unwiderlegbaren Argument des Doktors endete; danach wurde die allgemeine Spannung fast unerträglich. Der Doktor runzelte die Stirn.

»Was ist denn heute abend mit euch allen los? Trinken Sie aus, William Bates, ich bestell' Ihnen noch einen.«

»Nein, danke, Doktor; ich hab' schon viel zuviel getrunken.«

»Wollen Sie mir etwa weismachen, daß Sie nichts vertragen? Sie sind doch ein kräftiger Kerl mit einer zahlreichen Familie«, sagte der Doktor rücksichtslos. Er hatte sich heimlich ins Fäustchen gelacht, als er geholfen hatte, Williams drittes Zwillingspaar zur Welt zu bringen.

William stand auf.

»Ich habe während der letzten Tage viel gegrübelt – über eine persönliche Angelegenheit, die nicht nur mich betrifft. Auch heute abend hab' ich angestrengt nachgedacht.« William legte seine Hände auf die Stuhllehne; sein Training als Gemeinderat kam ihm jetzt zu Hilfe. Er fuhr trotz eines leichten Schluckens fort: »Ich habe ein Problem, ein Problem, das andere mit mir teilen, und die Vorsehung scheint dafür gesorgt zu haben, daß diese anderen heute abend ebenfalls anwesend sind. Ich glaube, daß es uns vielleicht gelingen würde, unser Problem zu lösen, wenn wir ihm gemeinsam zu Leibe gingen.«

»Hört, hört!« murmelte der Doktor. Matthew Hogan legte sein Gesicht in würdige Falten und versuchte unbeteiligt auszusehen; Jim Power wurde dunkelrot, und Jamesy Casey sah William mit schiefem Kopf forschend an.

»Sie wissen alle, um was es sich handelt.«

»Das sollte man annehmen«, sagte der Doktor.

William sprach jetzt mit großem Pathos: »Wenn sich also alle Beteiligten zusammentäten ...«

Der Doktor stand auf; er schien sehr enttäuscht zu sein.

»Wünschen Sie, daß der Wachtmeister und ich gehen, Bates?«

»Nein, natürlich nicht; Sie kennen doch alle unsere Probleme, und der Wachtmeister weiß auch Bescheid.« William ließ sich erschöpft in seinen Stuhl zurückfallen. Die Haltung des Gemeinderats fiel von ihm ab, und er sah klein, besorgt und unglücklich aus. »Ich kann's nicht mehr ertragen«, sagte er. »Es ist besser, sich offen auszusprechen und den Stier bei den Hörnern zu packen. Nicht wahr, Doktor?«

»Das einzig Richtige, Bates.« Die Augen des Arztes wanderten von Jim Power zu Matthew Hogan und zu Jamesy Casey. »Ich nehme an, es handelt sich um die Monaghans?« fragte er diskret.

»Ja. Was hat sich gestern beim Jugendgericht ereignet, Wachtmeister? Warum kann nichts geschehen?«

»Aus Mangel an Beweisen.«

»Keine Beweise?«

»Nein«, sagte der Wachtmeister. »*De jure* vielleicht, aber *de facto* nicht – wenigstens hat der Richter das gesagt«, fügte er hinzu, als er die lachenden Augen des Doktors bemerkte.

Williams tiefer Seufzer kam aus einem gebrochenen Herzen. Aber er raffte sich wieder zusammen.

»Vielleicht wäre es das Beste, wenn wir die Angelegenheit unter der Leitung eines Vorsitzenden besprechen würden?«

Jim Power stieß sein Glas ärgerlich zur Seite.

»Lächerlich! Wozu die Zeitverschwendung. Sie sind betrunken, Bates! Ich geh' nach Hause.«

William sah ihn unglücklich an.

»Aber Sie sind doch auch daran interessiert, Power!«

»Das kann man wohl sagen.«

»Na also«, sagte William weinerlich. »Es ist in Ihrem Interesse, und in unser aller Interesse. Einer für alle, und alle für einen.«

Jims Stirn blieb weiter ärgerlich gerunzelt, aber er blieb sitzen.

»Diese Idee mit dem Vorsitzenden...«, begann der Doktor.

William unterbrach ihn: »Vielleicht würden Sie so freundlich sein, selbst den Vorsitz zu übernehmen?«

»Mit dem größten Vergnügen.« Der Doktor richtete sich auf und klopfte scharf auf den Tisch. »Zunächst muß der Fall klargelegt werden. Wollen Sie den Stein vielleicht ins Rollen bringen, Bates?«

Aber William Bates saß schon wieder in sich zusammengesunken wie ein Häufchen Unglück da. Er schüttelte den Kopf.

»Den Fall klarlegen? Wir wollen die Monaghans loswerden – das ist alles! Aber wie? Ich habe keine Ahnung. Meine Frau hatte eine Idee, aber die hat sich zerschlagen.« Er hob herausfordernd den Kopf. »Meine Frau ist eine großartige Person, ganz großartig!«

»Natürlich ist sie das«, sagte der Doktor beruhigend. Er hustete. »Matthew Hogan?«

Matthew nahm den Kneifer von seiner breiten Nase.

»Mich betrifft diese Angelegenheit kaum.« Der Doktor fixierte ihn ironisch. »Vielleicht, in gewisser Weise...« Er zog ein außerordentlich sauberes Taschentuch aus dem Ärmel und begann seine Brille gründlich zu putzen. »Ich persönlich habe keine Bindungen.«

William erwachte aus seiner alkoholischen Erstarrung.

»Keine was?«

»Keine Frau«, erklärte der Doktor freundlich.

»Meine Frau ist eine großartige Person – ganz großartig«, wiederholte William aggressiv.

»Selbstverständlich, selbstverständlich«, stimmte Matthew schnell zu. »*Stat magni nominis umbra.*« William setzte sich befriedigt zurück. »Daher bestehen gewisse Schwierigkeiten für mich nicht; trotzdem bin ich bereit, auf alle Vorschläge einzugehen, die dem allgemeinen Interesse dienen.«

»Recht so, Hogan – gut gesprochen – wie ein Mann!« sagte der Doktor. »Irgendwelche Vorschläge?«

»Leider nicht.«

Matthew setzte den Kneifer mit ernster Würde auf seine Nase. Er fand die ganze Angelegenheit entsetzlich peinlich und litt sehr. Er blieb nur, weil er hoffte, daß William trotz seines betrunkenen Zustandes noch auf eine Idee kommen könnte. Selbst die Erwähnung unwürdiger Dinge, die besser ungesagt bleiben sollten, würde gerechtfertigt sein, wenn er dadurch diese widerliche kleine Erpresserin, die er in einem Augenblick des Wahnsinns gezeugt hatte, loswerden könnte. Aber wie sollte das bewerkstelligt werden – wie?

Die Blicke des Doktors blieben einen Augenblick auf Jim Power haften. Jim sah gefährlich aus. Der Doktor wandte sich rasch an Jamesy Casey. Aber einer von Jamesys Grundsätzen war schon immer »Eile mit Weile« gewesen.

»Ich möchte erst etwas sagen, nachdem kluge Leute, wie Sie und der Wachtmeister, ihre Vorschläge gemacht haben.«

»Ich bin der Vorsitzende«, sagte der Doktor. »Ich habe nur für Ruhe und Ordnung zu sorgen.«

William rührte sich und sagte schwach: »Ruhe! Ordnung!«

»Ich führe nur die Gesetze aus«, sagte der Wachtmeister. »Wenn das Gesetz sagt, daß in diesem Fall nichts zu machen ist, kann ich auch nichts machen.«

Jamesy legte den Kopf zurück und leerte sein Glas Bier bis auf den letzten Tropfen. Dann stellte er sein Glas langsam und bedächtig auf den Tisch und wischte sich den Mund mit dem Handrücken.

»Wenn niemand mehr etwas zu sagen hat, werde ich das Wort ergreifen.«

Er räusperte sich und betrachtete nachdenklich sein leeres Glas.

Der Doktor schlug gegen sein besseres Wissen eine weitere Runde vor; als er Jamesys heimtückisches, zufriedenes Lächeln bemerkte, fluchte er innerlich.

»Vielen Dank, Doktor. Reden macht durstig«, sagte Jamesy.

»Nein, nein, nicht für mich«, lallte William. »Habe schon viel zuviel getrunken – viel zuviel.«

»Ich mache Ihnen einen Vorschlag, Herr Doktor: Wir werden Katie bitten, ihm eine Tasse Tee zu machen«, sagte Jamesy. »Einen schönen, starken Tee, damit er wieder zu sich kommt. Ich möchte, daß ihr mir alle genau zuhört und ganz bei der Sache seid, weil ich euch einen geschäftlichen Vorschlag machen will. Ich will nicht, daß später jemand sagen könnte, er wäre mit verbundenen Augen hineingelockt worden.«

Nachdem alle Gläser gefüllt waren und William durch den starken Tee wieder neue Kraft gewonnen hatte, begann Jamesy zu sprechen.

»Sie alle müssen zugeben, daß es mich niemals gestört hat, die Monaghans als Nachbarn zu haben. Sie wissen, daß Tommy Monaghan seit einem Monat bei mir arbeitet; er ist ein braver Junge, und es würde mir leid tun, ihn zu verlieren. Aber um die Gefühle anderer ehrenwerter Mitbürger zu schonen, würde ich mich damit abfinden. Ich sage das nur, um Ihnen zu zeigen, daß ich kein persönliches Interesse habe, ich will nur alles, was in meiner Macht steht, tun, um meinen Nachbarn zu helfen.« Seine unerschütterliche Ruhe erfüllte seine Zuhörer mit heimlicher Wut. »Ich bin ein vernünftiger Mensch, und ich habe das Gefühl, daß die Sache bisher nicht sehr vernünftig angepackt worden ist. Man hat hin und wieder versucht, Bridget Monaghan zu veranlassen, in eine andere Gegend zu ziehen. Aber warum sollte sie? Sie ist unabhängig, sie lebt in ihrem eigenen kleinen Haus und besitzt zehn Acker Land. Sie ist selbständig, hat keine Verpflichtungen und nicht die geringste Absicht, ihr Haus und ihr Land zu verlassen. Sie hat die Kinder allein aufgezogen und niemanden um Hilfe gebeten, obwohl sie dazu berechtigt gewesen wäre. Und niemand hat ihr geholfen, aber alle haben schlecht über sie geredet. Soll sie nun plötzlich um unserer schönen Augen willen ihr Heim verlassen und in die feindliche Welt hinausgehen? Warum sollte sie?«

»Na und?« sagte der Doktor ungeduldig. Jamesy trieb ihn, wie schon so oft, wieder einmal zur Verzweiflung. Aber Jamesy ließ sich nicht aus der Ruhe bringen.

»Sie wird gar nicht daran denken; sie wird sich auf die Hinterbeine stellen und bleiben, wo sie ist, und sie hat ganz recht! Es gibt nur einen Weg, um Bridget Monaghan loszuwerden.« Er machte eine Pause, trank langsam einen tiefen Schluck Bier und genoß die allgemeine Spannung. Dann sagte er: »Man muß ihr einen Köder hinwerfen.«

Der Tee hatte William neu belebt. Er saß jetzt kerzengerade da, weil er der Ansicht war, daß sich das für einen Gemeinderat und geachteten Kaufmann geziemte, und weil er einem einfachen Bauern seine Überlegenheit zeigen wollte. Er sah Jamesy stirnrunzelnd an.

»Was soll das heißen – ihr einen Köder hinwerfen? Sie haben wohl zuviel getrunken, Mann!«

»Ich freue mich, daß Ihnen der Tee gutgetan hat, Bates. Ich werde Ihnen erklären, was ich meine. Ich habe einen einfachen, aber guten Plan; wir kaufen einen hübschen Bauernhof, Land und Vieh, möglichst weit von hier entfernt, dann gehen wir zu Bridget Monaghan und sagen: ›Im Bezirk Kildare – oder wo immer es sein mag – wartet ein schöner Hof auf dich, Bridget Monaghan! Du hast einen Sohn, der dein Anwesen bewirtschaften kann, und deine Kinder haben dort bessere Chancen als hier. Dort könnt ihr alle sorglos leben, und niemand wird etwas Schlechtes über die Familie Monaghan wissen. Geh in

Gottes Namen, Bridget Monaghan!‹ Und glauben Sie mir, sie würde gehen.«

Nach einer halben Stunde fand man, daß Jamesys Plan aussichtsreich wäre. Um Viertel nach zwölf gab man zu, daß es ein guter Plan wäre. Um ein Uhr hatte man sich darauf geeinigt; man mußte nur noch die näheren Einzelheiten entscheiden. Schließlich faßte man den Beschluß, daß Jamesy selbst sich so schnell wie möglich im Bezirk Kildare, oder in einer anderen, ebenso weit entfernten Gegend, nach einem geeigneten Bauernhof umsehen und Bridget Monaghan die glückliche Lösung mitteilen sollte. Als es zum finanziellen Teil kam, wurde der Plan um ein Haar wieder über den Haufen geworfen.

»Tausend Pfund; weniger ist sinnlos«, sagte Jamesy bestimmt. »Gutes Land ist teuer, und außerdem brauchen wir noch fünfhundert für Viehzeug und andere Anschaffungen. Sonst würde ich es gar nicht wagen, der Frau unter die Augen zu treten.«

»Wir sind ja keine Millionäre«, sagte William schwach.

»Wir tragen doch alle dazu bei, nicht wahr? Wer es sich leisten kann, muß natürlich mehr geben als andere, denen es weniger gut geht. Das ist ja ganz logisch.«

»Und wieviel wollen Sie geben?«

»Fünfzig Pfund«, sagte Jamesy seelenruhig und wartete ab, bis der Sturm sich gelegt hatte. »Mir liegt sowieso nichts daran. Macht, was ihr wollt. Ich habe nichts von dieser Transaktion – im Gegenteil – ich verliere einen guten Arbeiter. Außerdem muß ich tagelang herumfahren, um einen geeigneten Hof zu finden; inzwischen verkommt mein Land, und das kann ich mir kaum leisten. Ich bin ein armer Mann – ein sehr armer Mann, weiß Gott!«

Er lächelte trotzig und verschlagen.

Jim Power hatte bisher kaum gesprochen, jetzt sagte er plötzlich: »Wird uns wohl nichts anderes übrigbleiben – ich gebe achthundert Pfund. Den Rest müssen die anderen auftreiben!«

»Ich gebe vierhundertfünfzig«, sagte William Bates. (Zu Julia würde er sagen, er hätte hundert Pfund gegeben, und hoffen, daß sie die Wahrheit niemals erfahren würde. Fünfzig Pfund für jeden der Zwillinge würde sie ja wohl nicht für zuviel halten.) »Die restlichen zweihundert Pfund müssen Sie geben, Hogan.«

Matthew riß die Augen auf. Er hatte sich heute abend den Gebräuchen des achtzehnten Jahrhunderts angepaßt. Als sein Magen begonnen hatte, sich gegen die großen Mengen von Flüssigkeit zu wehren, war er von Bier zu Portwein übergegangen; vielleicht hätte er sich statt dessen auch lieber an guten, starken Tee halten sollen. Natürlich war er nicht betrunken – ein Gentleman betrinkt sich nicht – aber er war nicht so recht in Form.

»*Peccavi*«, sagte er schwach. Die eine Sünde, die in literarischen Kreisen weder als ungewöhnlich galt, noch sehr ernst genommen wurde, mußte er nun teuer bezahlen. Auf dem linken Seineufer hätte man nicht soviel davon hergemacht... Er starrte in sein Glas, und der rötliche Widerschein brachte Erinnerungen an erotische Genüsse in anderen Ländern. »*Autres temps, autres mœurs*«, sagte er. Zweihundert Pfund! Würde es zweihundert Pfund wert sein, die abscheulichen dichten Locken, die roten Backen, die verlogenen feuchten Augen und Jennifers starres Lächeln nie wieder sehen zu müssen?

»Vielleicht würden wir schneller weiterkommen, wenn Sie die Fremdsprachen beiseite ließen, Hogan«, schlug der Doktor vor.

»Ich bin ein armer Mann, und ich bin nicht verheiratet«, sagte Matthew.

»Aber Sie haben eine Tochter«, knurrte William, und der Doktor sagte vorwurfsvoll: »Ihre Andeutung, daß Junggesellen das Recht haben, ein ausschweifendes Leben zu führen, gefällt mir nicht.«

Matthew holte seine Schnupftabaksdose heraus und wischte ein Stäubchen von seiner breiten Seidenkrawatte.

»Es ist allgemein bekannt, daß die Literatur wenig Gewinn bringt.« Er zuckte die Achseln. »Außer für diejenigen, die den billigen Geschmack der breiten Massen befriedigen.«

»Ihr Artikel über das Comeragh-Gebirge war glänzend«, sagte der Doktor. »Ganz ausgezeichnet.«

Matthew verneigte sich steif.

»Vielen Dank, Doktor!« Er nieste dreimal entzückt und steckte die Tabaksdose wieder ein. »Ich wiederhole – und ich schäme mich dessen nicht –, daß ich ein armer Mann bin. Vielleicht reich an geistigen Dingen, aber an materiellen leider nicht.« Matthew warf sich in die Brust und fuhr fort: »Die Literatur beschenkt ihre Jünger aus vollen Armen, und niemand weiß das mehr zu schätzen als ich, dennoch ...«

William unterbrach ihn rücksichtslos. Sein Magen begann wieder zu revoltieren, und er war sehr schlecht gelaunt.

»Wollen Sie Ihren Anteil bezahlen oder nicht, Matthew Hogan?«

»Ich war gerade im Begriff zu erklären ...«

»Wenn Sie nicht zahlen wollen, fällt die ganze Angelegenheit ins Wasser.« William war jetzt so gut wie nüchtern, und er hatte das Gefühl, daß sich die anderen wie betrunkene Narren benahmen. Vielleicht war Jamesy Caseys Gesicht hauptsächlich für Williams Mißstimmung verantwortlich; sein Gesicht ging Leuten, mit denen er geschäftlich zu tun hatte, oft auf die Nerven – meistens, wenn es zu spät war. »Sagen Sie ja oder nein, aber entscheiden Sie sich sofort.«

»Sehr richtig«, sagte der Vorsitzende unbarmherzig.

Matthew dachte angestrengt nach. Zweihundert Pfund! Ein Vermögen! Dafür brauchte er die dichten Locken, die feuchten Augen, die roten Backen und die Puppe Jennifer nie wiederzusehen ... Aber zweihundert Pfund! Er sah William langsam und mit entschlossenem Gesicht von seinem Stuhl aufstehen. Keine Locken, keine feuchten Augen ...

»Ja!« sagte er rasch.

William sank in seinen Stuhl zurück. Der Fall war erledigt – auf Gedeih und Verderb erledigt. Und es würde der Mühe wert sein, wenn er es nur verhindern könnte, daß Julia von den restlichen dreihundertfünfzig Pfund erfahren würde. Er wußte, daß er für lange Zeit in Angst und Sorge leben würde, aber vielleicht würde es nicht ganz so unerträglich sein wie sein jetziges Leben.

Jamesy lächelte.

»Ich werde meinen Anteil morgen einzahlen. Ich nehme an, daß Sie alle dasselbe tun werden?«

Jamesys Lächeln irritierte William.

»Natürlich müssen wir Garantien haben.«

»Selbstverständlich. Der Doktor und der Wachtmeister sind unsere Zeugen.« Aber der Wachtmeister, der schon lange kein Wort gesagt hatte, war inzwischen in seine eigene Traumwelt versunken. »Und natürlich müssen wir einen rechtsgültigen Vertrag aufsetzen«, sagte Jamesy abschließend.

Der Doktor nickte.

»Leider ist die Sache nicht ganz gerecht; das läßt sich nicht vermeiden. Ein Name wird auf dem Dokument fehlen.«

»Wessen Name?« knurrte William wütend.

»Das ist es ja gerade«, sagte der Doktor. »Wir wissen es nicht, und wenn dieser Plan schnell ausgeführt wird, werden wir es auch niemals erfahren. Es ist der Mann, der den größten Vorteil von unserem Projekt haben wird, ohne dafür zu bezahlen. Eine verzwickte Situation!« Der Doktor nickte nachdenklich. »Vielleicht würden Sie es vorziehen zu warten, bis Pius etwas älter ist?«

William preßte die Hände auf seinen schmerzenden Magen.

»Diese Angelegenheit muß so schnell wie möglich erledigt werden, und ich sehe keinen Grund zum Lächeln, Herr Doktor. Es ist nicht komisch.«

»Ich habe gar nicht gelächelt; ich habe nur scharf nachgedacht, und dabei habe ich diesen besonderen Ausdruck«, sagte der Doktor. »Wie wäre es, wenn wir eine Sammelbüchse mit dem Namen Pius in der Bar aufstellen würden?«

Jamesy packte den aufgebrachten William bei den Schultern und stieß ihn zurück auf seinen Stuhl.

»Warum wollen wir uns darüber den Kopf zerbrechen? Der Mann – wer er auch immer sein mag – hat eben Glück gehabt. So, und jetzt werd' ich euch allen eine Runde spendieren!«

Selbst der Wachtmeister öffnete erstaunt die Augen, als Jamesy die Hand in seine Tasche steckte.

Während der ersten Woche, in der Tommy Monaghan bei ihm arbeitete, war Jamesy sehr zufrieden. Tommy erschien pünktlich am frühen Morgen. Er melkte die eine Kuh und Jamesy die andere. Nach dem Frühstück, das aus Haferbrei, Tee und Butterbrot bestand – Jamesy bestrich die Brote vor dem Frühstück, weil er aus bitterer Erfahrung wußte, wie dick so ein Junge die Butter aufs Brot streichen würde –, führte Tommy jede ihm zugewiesene Arbeit zur Zufriedenheit aus. Er war für sein Alter besonders tüchtig und fleißig. Nach dem Mittagessen arbeitete er bis sechs Uhr, und dann aß er mit Jamesy Abendbrot. Auch für diese Mahlzeit bestrich Jamesy die Butterbrote im voraus. Nachdem die Tassen und Teller abgewaschen waren, ging Tommy nach Hause.

In der zweiten Woche war Jamesy merkwürdig unzufrieden. Tommy arbeitete ebenso fleißig wie bisher, aber einige seiner Gewohnheiten gefielen Jamesy nicht – zum Beispiel, daß er so schnell vom Tisch aufstand. Bei seinen Vorgängern hatte Jamesy das als eine Tugend empfunden, aber bei Tommy lag der Fall anders. Man hatte keine Lust, lange mit einem stumpfsinnigen Lausejungen am Tisch zu sitzen, aber Tommys fröhliches Gesicht war ein erfreulicher Anblick, und man konnte sich mit ihm unterhalten wie mit einem Erwachsenen; was der Junge sagte, hatte Sinn und Verstand. Aber Tommy stand immer schon auf, wenn Jamesy gern noch bei einer Tasse Tee ein Weilchen sitzen geblieben wäre. (Er war selbst erstaunt, daß er den Wunsch hatte, seine Zeit zu vertrödeln!)

Außerdem ging Tommy gleich nach dem Abendbrot nach Hause. Natürlich war das sein gutes Recht, und es wäre Jamesy nicht im Traum eingefallen, ihn davon abzuhalten. Die anderen, weniger anstelligen und intelligenten Jungen hatte er gelegentlich nach dem Abendessen dabehalten und sie noch etwas weiterarbeiten lassen, aber er wußte genau, daß Tommy sich weigern würde, das zu tun. Tommy arbeitete fleißig, aber unbezahlte Überstunden kamen für ihn nicht in Frage, er war ja kein Narr. Aber Jamesy war auch kein Narr. Er wußte genau, daß Tommy die Stellung bei ihm nur angenommen hatte, um etwas zu lernen, und vielleicht auch wegen der falschen Versprechungen, daß er seine lächerlichen neumodischen Ideen, das Land zu verbessern, ausführen dürfte. Wenn Tommy genug gelernt und herausgefunden hatte, daß Jamesy sein Versprechen nicht hielt, würde er ihn verlassen. Tommy Monaghan kannte keine falsche Sentimentalität. Unter seinem ruhigen freundlichen Benehmen verbarg sich ein harter Kern; Tommy und Jamesy waren sich in dieser Beziehung nicht unähnlich, und Jamesy war stolz darauf, obwohl er es in gewisser Weise auch bedauerte.

Jamesys Wunsch, Tommy am Abend länger bei sich zu behalten, ging nicht darauf zurück, daß er mehr Arbeit aus ihm herausschinden wollte. Es wäre nur nett gewesen, zusammenzusitzen, die Zeitung zu lesen und sich über die Ereignisse des Tages oder über die Nachbarn zu unterhalten. Jamesy besaß zum erstenmal in seinem Leben einen Gefährten, der ihm gefiel, und nach den langen einsamen Jahren empfand er das Bedürfnis, sich mit jemandem zu unterhalten, besonders stark.

Am dritten Montag nach seiner Ankunft war Tommy beim Frühstück ungewöhnlich still. Jamesy fühlte sich an diesem Morgen besonders wohl. Es war ein schöner Tag mit einer leichten Westbrise. Es war angenehm gewesen, mit dem Kopf gegen die Flanke der Kuh gelehnt im Stall zu sitzen und die Milch in die Eimer rieseln zu hören; Tommy hatte hinter ihm gesessen und die andere Kuh gemolken. Hin und wieder hatten sie ein Wort gewechselt. Es war herrlich gewesen, draußen die klare Luft einzuatmen, zum blauen Himmel mit den kleinen Hitzewölkchen aufzublicken und dann in die schattige Kühle des Hauses zu kommen und das verglimmende Feuer unter dem Kochtopf neu zu entfachen. Nie zuvor hatten diese Dinge Jamesy Freude bereitet, und er war sich auch jetzt nicht dessen bewußt, daß er sie plötzlich genoß. Er wußte nur, daß er gesund und zufrieden war, daß der Tee ihm schmeckte und daß er sich freute, Tommy bei sich zu haben. Er war glücklich, ohne sich darüber im klaren zu sein, da er nie zuvor ein Glücksgefühl gekannt hatte.

Aber sein Glück hielt nicht sehr lange an. Tommy schob Teller und Tasse zur Seite, stützte die Ellbogen auf den Tisch und sagte: »Ich möchte um eine Änderung bitten.«

»Was?« Der Haferbrei gerann in Jamesys Magen.

»Ich möchte meine Mahlzeiten zu Hause einnehmen. Wenn ich das tue, mußt du mir mehr bezahlen.«

Die Küche war heiß und muffig. Die Tür stand offen – auch draußen schien es heiß und muffig zu sein, und der blaue Himmel schien sich bezogen zu haben. Jamesys Tee schmeckte gallebitter. Er sagte unfreundlich: »Wir haben abgemacht, daß du deine Mahlzeiten hier einnimmst.«

Das hielt Jamesy immer so, weil es billiger war, einen Jungen auf seine Art zu verpflegen, als für Mahlzeiten außerhalb des Hauses zu bezahlen.

»Ich hab' nicht gewußt, wie das Essen hier ist.«

»Du hast gewußt, daß es nicht wie im Grand-Hotel sein würde. Wieso bist du so anspruchsvoll? Was für Essen hast du denn zu Hause bekommen?«

»Besseres Essen als hier«, sagte Tommy. »Ich muß zugeben, daß das vielleicht an Marys Küche liegt; bei ihr schmeckt alles, und ich kann natürlich nicht erwarten, daß du ebenso gut kochst wie sie.«

»Vielleicht soll ich deinetwegen eine Köchin anstellen? Du brauchst es nur zu sagen!«

Diese beißende Ironie paßte eigentlich gar nicht zu Jamesy.

»Ich hab' Mary wegen des Haferbreis gefragt...«

»Also der Haferbrei ist nicht richtig, was?«

»Nein, er hat immer Klümpchen, und wenn er keine Klümpchen hat, ist er wässerig. Man darf ihn nicht so schnell kochen wie du; man muß ihn abends langsam im Wasserbad kochen, und eine halbe Stunde vorm Frühstück muß man ihn dann noch einmal zum Kochen bringen.«

»Wenn ich bei deiner Schwester Kochunterricht nehmen will, werde ich's dir mitteilen.«

(Dieser Bursche war ein frecher Unheilstifter – genau wie die anderen.)

»Das einzige Hafermehl, das man schnell aufkochen kann, ist ›Quäker‹-Mehl, das man in Paketen kauft, aber das wird dir sicher zu teuer sein.«

»Nein, das würde ich nicht kaufen«, sagte Jamesy und fragte sich, warum er diesen unverschämten Lausejungen nicht einfach hinauswarf, nachdem er seine Woche abgearbeitet hatte. Bei Gott, das würde er tun! »Ich habe nicht die Absicht, in meinem Alter plötzlich anzufangen, ausgefallene Leckerbissen für einen Jungen wie dich zu kaufen.«

»Mary kauft auch kein Quäkermehl, weil sie es für eine Verschwendung hält.« (Jamesy ballte die Fäuste. Wenn der Junge noch weiter über die eingebildete Person redete, würde er wahrscheinlich etwas sagen, was ihm später leid täte!) »Aber sie hat mir gezeigt, wie man Haferbrei kocht, und wenn es dir zu viel Mühe macht, kann ich es selbst tun.«

»Ich hab' dich nicht als Haushaltshilfe angestellt.«

Tommy lachte.

»Dafür wäre ich auch nicht sehr geeignet. Aber irgend jemand muß sich um deinen Haushalt kümmern, und du kannst es wirklich nicht. Würdest du nicht auch lieber weichen, glatten Haferbrei essen?«

»Meinetwegen brauchst du dir den Kopf nicht zu zerbrechen, mein Junge. Ich bin nicht wählerisch.« Dem Burschen wollte er es mal zeigen! »Worüber hast du dich sonst noch zu beschweren?«

»Über die Kartoffeln und übers Gemüse.«

»Ist das auch nicht nach deinem Geschmack?«

»Es schmeckt scheußlich«, sagte Tommy offen.

»Du glaubst also, daß du das Mittagessen auch besser als ich kochen würdest?«

»Ich glaube, ja.«

Jamesy starrte ihn schweigend an. Er überlegte sich, womit er ihn am meisten kränken könnte. Schließlich sagte er langsam: »Mir scheint, daß das Gerede über Haferbrei und Gemüse nur eine Ausflucht ist. Vielleicht gefällt dir die Arbeit nicht, vielleicht macht's dir keinen Spaß, Gräben zu ziehen und Mist zu schaufeln und Kohl umzuhacken, vielleicht wäre es dir lieber, wenn ich dich dafür bezahlen würde, daß du am Herd stehst und auf die Töpfe aufpaßt – wie eine alte Frau.«

Tommy stand auf. Er sagte: »Wenn du das denkst, wäre es wahrscheinlich am besten, wenn ich nicht hierbliebe.«

Jamesy geriet für einen Augenblick in eine fürchterliche Panik, aber alles, was er sagte, war: »Setz dich, mein Junge! Reg dich nicht gleich so auf! Du kannst mir doch nicht einfach weglaufen!« Er wartete, bis Tommy sich wieder auf seinen Stuhl gesetzt hatte. »Es läuft also darauf hinaus, daß du selbst kochen möchtest – wenn nicht, willst du zu Hause essen und verlangst, daß ich dir entsprechend mehr bezahle.«

Tommys Gesicht wurde weiß, aber er sagte ruhig: »Nein, es handelt sich nicht nur ums Kochen, sondern auch darum, was wir essen – es ist nicht genug.«

»Wenn man dich so reden hört, würde man nicht glauben, aus was für einem Heim du kommst.«

»Ich habe ein sehr schönes Heim.«

Jamesy lachte verächtlich.

»Darüber gehen die Meinungen auseinander.«

Tommy stand wieder auf. Jamesy wurde von einer wilden Wut ergriffen und von einem anderen Gefühl, das er selbst nicht verstand. Er packte Tommy bei den Schultern und stieß ihn auf den Stuhl zurück.

»Jetzt wird gefälligst weiter geredet. Was paßt dir in diesem Haus nicht? Raus mit der Sprache!«

Er hatte den Jungen noch immer mit festem Griff bei den Schultern gepackt, aber Tommy sah ihn furchtlos an.

»Tee und Brot ist nicht genug zum Frühstück.«

»Vielleicht wirst du im ganzen Dorf herumerzählen, daß du keine Butter bekommst?«

»Butter, doch, etwas Butter bekomme ich wohl, aber wir sollten morgens und abends ein Ei essen.«

»Bekommst du in deinem Heim Eier zu essen?«

»Nicht sehr oft; aber früher hab' ich ja auch noch nicht gearbeitet – alle Landarbeiter bekommen Eier.« Tommy machte eine kurze Pause, dann fuhr er schnell fort, weil er fühlte, daß er jetzt alles sagen mußte, was er auf dem Herzen hatte. »Und Bratwürste zum Abendbrot, ist albern...«, Tommys Wortschatz war nicht sehr groß, »...dumm und albern.«

Jamesy ließ ihn los und sank in seinen Stuhl zurück.

»Spricht man so mit seinem...«, er zögerte, »...mit seinem Vater?«

»Mein Name ist Monaghan«, sagte Tommy.

Jamesy hatte noch niemals einen Menschen geschlagen. Er verließ sich lieber auf seine Zunge als auf seine Faust. Aber jetzt ließ ihn seine scharfe Zunge zum erstenmal im Stich, und er sehnte sich danach, auf diesen herausfordernden Burschen einzuschlagen. Er nahm sich nur mit Mühe zusammen, während er innerlich vor Wut kochte.

»Einfach dumm«, sagte Tommy. »Als ob man einem Pferd nicht genügend Futter gibt. Wenn ein Pferd arbeiten soll, muß man ihm zu fressen geben. Wenn wir mehr essen würden, könnten wir mehr arbeiten. Wenn wir ein Schwein schlachten würden...«

Jamesy lachte heiser.

»Ich soll also ein Schwein für dich schlachten?«

»Das machen doch alle. Dann könnten wir jeden Tag Speck essen und uns vielleicht zum Sonntag frisches

Fleisch kaufen. Es ist albern, alles zu verkaufen und sich selbst nicht satt zu essen.«

»Ist wohl auch albern, Geld auf der Bank zu haben?«

»Es hat nicht viel Sinn, Geld auf der Bank zu haben, wenn man es niemals ausgibt.« Tommys sommersprossiges Gesicht war sehr ernst, und seine Stirn war gerunzelt, weil er so angestrengt nachdachte. »Man muß ja auch das Land düngen; wenn man's nicht tut, stirbt es. Dann wird's wie diese Staubfelder in Amerika – darüber hab' ich in einem Buch gelesen, das Miss Kelly mir geborgt hat. Wenn wir richtig essen würden, könnten wir mehr produzieren, und ... und ...« Er begann zu stottern.

Jamesy sah ihn verwundert an. Die beiden Menschen, die sich so ähnlich sahen und in vieler Beziehung so unähnlich waren, starrten sich schweigend an. Allmählich begann Jamesy zu lächeln.

»Wir haben heute beim Frühstück viel Zeit vertrödelt«, sagte er. »Jetzt müssen wir uns beeilen.«

Zum Mittagessen gab es die Würstchen, die Jamesy am Tag vorher gekauft hatte, aber am Abend legte er zwei Eier neben den Wasserkessel. Später, als Tommy im Aufbruch begriffen war, rief er ihn zu sich.

»Willst du nicht bleiben und den Haferbrei für morgen früh kochen?«

»Wir haben keinen Doppeltopf.«

»Am Freitag werde ich in Kilmuc einen kaufen; dann kannst du nach dem Abendbrot hierbleiben und kochen. Du hast gesagt, daß es zwei Stunden dauert, nicht wahr?«

»Aber im Wasserbad kocht er doch von alleine – darauf braucht man nicht aufzupassen.«

»Dann brauchst du also abends nicht länger zu bleiben?«

Tommy begann ihm die Vorteile eines Doppeltopfes zu erklären, aber Jamesy unterbrach ihn mitten im Wort.

»Schon gut. Du kannst nach Hause gehen.«

Er stand an der Haustür und sah dem Jungen nach; am Gatter drehte Tommy sich um und rief: »Gute Nacht!« Jamesy nickte nur kurz, aber er blieb stehen, bis Tommy aus seinem Blickfeld verschwunden war; dann starrte er auf den häßlichen Hof, auf den ärmlichen Kuhstall, auf die grunzenden Schweine in ihrem Verschlag, auf den in der Abendsonne leicht dampfenden Misthaufen. Schließlich ging er in die kleine, dumpfe und dunkle Küche zurück, setzte sich mit seiner Zeitung vor das verglimmende Feuer, ohne zu lesen und ohne sich die Mühe zu machen, das Feuer wieder anzufachen, und begann angestrengt nachzudenken.

Nach einiger Zeit breitete sich ein verschmitztes Lächeln über sein Gesicht; er stieß mit dem Fuß ein paar Holzscheite ins Feuer; als die aufstiebenden Funken sich in seinen zusammengekniffenen Augen spiegelten, begann er mit krächzender Stimme ein Liedchen zu singen.

Der Doppelkochtopf erschien auf der Bildfläche, und der Haferbrei wurde weicher. Jamesy bestrich noch immer die Butterbrote, aber auf Tommys Teller lag jetzt jeden Tag ein Ei, obwohl Jamesy selbst meistens keins aß, weil er den Gedanken an den guten Preis, den er in Kilmuc für seine Eier bekam, nicht verscheuchen konnte. Tommy kochte das Gemüse, und anfangs war es nicht viel besser als zu Jamesys Zeiten, aber nachdem er eine Woche lang herumprobiert hatte, schmeckte das Gemüse so, wie es schmecken sollte. Aber zu dem Gemüse gab es weiter jeden Tag eine billige Bratwurstsorte, und Jamesy sah Tommy herausfordernd an, als verbäte er sich jede Kritik angesichts der Tatsache, daß er ihm jeden Tag ein Ei zu essen gab. Tommy sagte nichts. Auch er gab stillschweigend zu, daß man zu einem Kompromiß gekommen war. Aber selbst ein gesunder junger Magen wehrt sich nach einiger Zeit gegen eine Diät von Bratwurst, und nach vierzehn Tagen brachte Tommy es mit dem besten Willen nicht mehr fertig, die minderwertigen Würstchen herunterzuwürgen. Er gab sich große Mühe, aber es nützte nichts – sein Magen revoltierte. Als Tommy am Abend nach Hause gehen wollte, sagte Jamesy beiläufig: »Vielleicht kannst du auf dem Heimweg bei Phil Donoghue vorbeigehen und ihn bitten, uns morgen beim Schweineschlachten zu helfen.« Jamesy bückte sich und stocherte im Feuer. Er sah Tommy nicht an. »Wir werden die alte Sau schlachten – ist sowieso nicht mehr die jüngste, warum sollen wir nicht ein bißchen Fleisch und Speck essen!«

Phil Donoghue starrte Tommy erstaunt an, nachdem er ihm Jamesys Botschaft überbracht hatte.

»Will der Bursche wirklich schlachten, um selber Schweinefleisch zu essen?« Er pfiff durch die Zähne. »Ich würde den Speck an deiner Stelle nicht anrühren. Die Sau muß so verseucht sein, daß er sie nicht verkaufen kann.«

»Die Sau ist kerngesund«, sagte Tommy fest.

Phil sah ihn an.

»Wie verträgst du dich mit Jamesy?« fragte er neugierig.

»Sehr gut.«

»Dann bist du der erste, der sich jemals mit ihm vertragen hat, dem alten ...« Phil zögerte. Niemand wußte, wie man mit einem Monaghan über seinen Vater sprechen sollte. »Halpin vom Grange-Hof hat neulich zu mir gesagt, daß er sich nach einem jungen Landarbeiter umsieht – bei dieser Gelegenheit wurde auch von dir gesprochen.«

»Ich bin mit meiner Stelle ganz zufrieden.«

»Halpin zahlt gut.«

»Ich bin ganz zufrieden«, wiederholte Tommy.

Das Schwein wurde am nächsten Morgen geschlachtet. Phil Donoghue bekam für seine Bemühungen eine kleine Flasche Bier, drei Schilling und ein Stück Fleisch, das er mit nach Hause nahm. Er hatte zwar nicht mehr erwartet, aber er schimpfte trotzdem.

»Alter Geizhals! Du liebe Zeit, es hat ihm richtig weh getan, sich von den paar Schilling zu trennen!«

Tommy antwortete nicht.

»Und wie das Haus aussieht – könnte er es nicht wenigstens von innen und von außen weiß tünchen? Der Kuhstall sieht sogar besser aus! Es ist die ärmlichste Bruchbude im ganzen Bezirk...«

Tommy sah ihn wütend an; in diesem Augenblick hatte er eine ausgesprochene Ähnlichkeit mit seinem Vater.

»Na, laß dich nicht zu sehr von ihm ausnutzen«, sagte Phil gutmütig. Er hatte selbst drei Kinder, und er fürchtete, daß Jamesy diesen Jungen zu schwer arbeiten ließ – so ein besonders netter, zuverlässiger Bursche! Jamesy hatte wirklich Glück. »Und vergiß nicht, ich brauche nur ein Wort zu Halpin zu sagen...«

»Ich will mich nicht verändern«, sagte Tommy.

Phil hatte einen Eimer Schweineblut im Schuppen stehen lassen, den Jamesy später am Abend stirnrunzelnd betrachtete.

»Weißt du, wie man Blutwurst macht, Tommy?«

»Nein, nicht genau. Ich weiß nur, daß man das Blut mit irgendwas vermischt, in die Därme vom Schwein füllt und sie zubindet. Dann wird das Ganze gekocht – mehr weiß ich nicht. Das ist Frauenarbeit«, fügte er verächtlich hinzu.

»Blutwurst hin, Blutwurst her, ich denke nicht daran, fremde Weiber in mein Haus zu lassen, damit sie hier kritisieren und sich in alles einmischen.«

»Nein«, sagte Tommy.

»Kann deine Schwester Blutwürste machen?«

»Ja«, sagte Tommy.

»Dann kann sie morgen herkommen und es tun.«

»Sie wird bestimmt nicht kommen. Außerdem würde sie sich vielleicht auch einmischen und – und kritisieren.«

»Zum Teufel noch mal, das ist mir doch ganz einerlei. Soll sie kritisieren! Sag ihr, sie möchte herkommen.«

»Sie wird nicht kommen.«

»Sie soll mir nicht etwa einen Gefallen tun – ich werde sie für ihre Mühe bezahlen, verstanden?«

»Sie wird nicht in dein Haus kommen.«

Es folgte ein eisiges Schweigen. Jamesys Gesicht wurde

böse und verbittert. Tommy wartete ruhig ab. Jamesy gab dem Eimer einen Fußtritt.

»Du kannst das Zeug in den Ausguß schütten.«

Tommy runzelte die Stirn.

»Warum geben wir's dann nicht lieber einer armen Frau? Es ist ein Jammer, es einfach wegzugießen.«

»Tu gefälligst, was ich dir sage.«

»Also gut.« Tommy trug den Eimer über den Hof. Über dem Abfluß kippte er ihn um und beobachtete kopfschüttelnd, wie das Blut abfloß. »Es ist wirklich ein Jammer«, sagte er nachdenklich. »Blutwurst schmeckt gut.«

Jamesys Stimmung verbesserte sich nach und nach, und er war seit einigen Wochen weniger boshaft. Tommy gegenüber war seine scharfe Zunge machtlos. Wann immer er etwas besonders Giftiges sagte, hörte Tommy ihm ernst und höflich zu, und wenn er glaubte, daß Jamesy unrecht hatte, erklärte er ihm, aus welchem Grund er nicht mit ihm übereinstimmte. Tommy war nur in einem Punkt empfindlich: Er konnte es nicht ertragen, wenn man schlecht über sein Heim und seine Familie sprach. Jamesy traute sich nicht, etwas Abfälliges über die Monaghans zu sagen, weil Tommy dann imstande gewesen wäre, sich ernst und höflich von ihm zu verabschieden und nie wieder zurückzukommen. Und auf diese Weise lernte Jamesy zum erstenmal in seinem Leben seine böse Zunge im Zaum zu halten. Er brauchte den Jungen, weil er ein guter Arbeiter war – aus keinem anderen Grund! Außerdem war er anstelliger und williger als alle seine Vorgänger.

Beim Abendbrot stand ein Teller mit Butter auf dem Tisch. Tommy bestrich sich sein Brot ebenso sparsam, wie Jamesy es getan hatte. Jamesy beobachtete ihn wortlos. Nach dem Essen sagte er: »Du kannst etwas Fleisch und etwas Leber mit nach Hause nehmen; wir können doch nicht alles aufessen.«

Tommy, der gerade dabei war, das Geschirr abzuwaschen, sagte: »Nein, danke.« Jamesy konnte sein Gesicht nicht sehen, aber er bemerkte, daß sein Hals zwischen dem Haaransatz und dem Jackenkragen rot anlief.

»Ich sag' dir doch, daß wir nicht alles aufessen können«, wiederholte Jamesy langsam.

»Vielleicht können wir's doch.«

Jamesys Augen ruhten auf Tommys rotem Hals.

»Essen deine Leute nicht gern Schweinefleisch?«

»Doch.«

»Warum willst du's dann nicht mitnehmen?«

Tommy drehte sich um. Sein Gesicht war ebenso rot wie sein Hals, und seine Augen waren so trotzig wie Jamesys.

»Wir würden es nicht annehmen. Wir wollen keine Almosen«, sagte Tommy, und selbst jetzt klang seine Stimme ziemlich höflich.

Der Wohltäter verzog wütend sein Gesicht.

»Das nenn' ich kein Almosen. Wenn wir's nicht aufessen können, fressen's die Maden.«

Tommy antwortete nicht. Jamesy biß sich auf die Lippen.

»Das ordnet deine Schwester wohl an, was?«

»Ja.« Tommy ließ sich nicht von Jamesys verbissenem Gesicht einschüchtern. »Und ich finde, daß sie recht hat.«

Jamesys Körper war wie eine angespannte Sprungfeder. Er grub die Nägel in seine Handflächen. Dann stieß er ein grunzendes Stöhnen aus und entspannte sich. Er spuckte in die aufzuckenden Flammen.

»Mach, daß du nach Hause kommst. Worauf wartest du noch?«

»Das Haus muß weiß getüncht werden«, sagte Tommy.

Sie waren gerade beim Kartoffelstechen – eine harte Arbeit, die Rückenschmerzen verursacht und nicht zur Verbesserung der Laune beiträgt. Jamesy war ausgesprochen schlecht gelaunt. Er richtete sich fluchend auf, legte eine Hand auf sein schmerzendes Rückgrat und sah Tommy ärgerlich an.

»Haben wir nicht so schon genug Arbeit?«

»Ja, viel Arbeit haben wir, aber wir sollten es trotzdem tun.« Tommy blickte übers Feld auf das kleine Haus, das grau und verloren in der Sonne stand.

»Das kann warten.«

Tommys ernstes junges Gesicht nahm einen besorgten Ausdruck an.

»Es sieht entsetzlich aus.«

»Wenn ich den Anblick ertragen kann, wirst du's wohl auch können.«

»Ich kann es nicht aushalten, wenn die Leute schlecht über uns reden.«

»Die Leute sollten sich lieber um ihre eigenen Angelegenheiten kümmern, und das gilt auch für dich, mein Junge.«

Tommy sagte trotzig: »Aber es ist meine Angelegenheit.«

Jamesy hatte das Gefühl, daß ihm jeder einzelne Muskel seines Körpers weh tat; er sagte drohend: »Seit wann hast du etwas mit meinem Haus zu tun?«

»Seitdem ich bei dir arbeite«, erklärte Tommy geduldig.

»Aha – aha«, sagte Jamesy langsam und begann wieder zu arbeiten. »Die Leute reden also über...«, er machte eine Pause, »über unser Haus?«

»Ja.«

»Und was antwortest du ihnen?«

»Ich sage, daß wir jetzt sehr viel zu tun haben, aber daß wir es tünchen werden, sobald wir Zeit haben.«

»Au... dieser verfluchte Ischias! Ja – dann werden wir's wohl machen müssen, was?«

»Ich glaube ja, und wir sollten es möglichst bald tun.«

»Nur damit die Nachbarn nicht mehr über uns reden?«

»Ja.«

»Du hast es also nicht gern, wenn sie... wenn sie unser Haus kritisieren?«

»Nein.«

»Du bist wirklich ein kleiner Dummkopf, daß du dir das Geschwätz der Leute zu Herzen nimmst.«

Das Haus wurde innen und außen weiß getüncht. Die Ställe, die Schuppen und selbst die Steinmauer, die den Hof umgab, wurden frisch geweißt. Jamesy schwitzte und schimpfte über die Zeitverschwendung, aber Tommy war noch immer nicht befriedigt. Er ließ seine Blicke über das schneeweiße Mauerwerk gleiten; schließlich blieben sie an dem zerbeulten Blechdach hängen.

»Das sieht furchtbar aus«, sagte Tommy.

Es war das Ende eines langen, anstrengenden Tages. Tommy würde niemals lernen, taktvoll zu sein; allerdings hätte auch der größte Takt in diesem Augenblick nicht dazu beitragen können, Jamesys Laune zu verbessern.

»Und wie willst du das ändern?«

»Ich will es anstreichen«, sagte Tommy.

Jamesy war zum erstenmal in seinem Leben sprachlos.

»Ich möchte es rot streichen – ja, rot und weiß passen gut zusammen.«

Jamesys Hals und Mund zuckten, aber er konnte kein Wort herausbringen, nur ein gequältes Grunzen. »Natürlich weiß ich, daß Farbe ziemlich teuer ist, aber es ist ja kein großes Dach. Wir würden nicht viel brauchen. Die Tür und die Holzbalken könnten wir auch rot streichen. Das würde wirklich schön aussehen«, sagte Tommy enthusiastisch.

Endlich gelang es Jamesy zu sprechen; er konnte zwar nicht alle seine Gedanken in Worte fassen, aber wenigstens einen Teil.

»Wenn du dir einredest, daß ich dir zuliebe in einem Puppenhaus wohnen werde, kannst du...«

Er gab Tommy auf deutliche und ordinäre Weise zu verstehen, was er dann könnte. Tommy starrte noch immer mit schiefem Kopf auf das Blechdach; schließlich sagte er mit leichtem Bedauern: »Vielleicht würde es etwas zu bunt aussehen. Sehr hübsch, aber zu bunt. Schwarz wäre nicht schlecht. Dagegen würdest du doch nichts haben? Gegen ein schwarzes Dach wäre wohl nichts einzuwenden.« Nach seinem Ton zu urteilen, hielt er es für unmöglich, daß Jamesy sich auch gegen ein schwarzes Dach wehren könnte. »Und außerdem wäre das billiger, weil wir Teer nehmen könnten.« Tommy glaubte eine beträchtliche Konzession gemacht zu haben; daher fügte er mit großer Bestimmtheit hinzu: »Und dann könnten wir die Tür und die Balken grün streichen. Das würde bestimmt nicht wie ein Puppenhaus aussehen. Ich hab' allerdings noch nie eins gesehen«, gab er ehrlicherweise zu.

»Ich auch nicht«, sagte Jamesy heiser.

»Nein?« fragte Tommy überrascht. »Warum glaubst du dann, daß ein rotes Dach auf ein Puppenhaus gehört?«

»Weil ich es auf einem Bild gesehen habe«, schrie Jamesy verzweifelt. Er war ein gebrochener Mann.

Das Dach war schwarz, Türen und Balken leuchteten grasgrün, aber Tommy war trotzdem noch immer nicht zufrieden.

»Jetzt sieht es sehr hübsch aus, aber ein bißchen kahl. Wir sollten Blumenbeete vorm Haus haben, und Kletterrosen. Rote Rosen.« Er schien fest entschlossen zu sein, um jeden Preis einen roten Farbfleck zu haben. »Und am Gatter sollten große blühende Sträucher stehen. Es ist zwar nicht die richtige Jahreszeit zum Umpflanzen, aber wir könnten es probieren.«

»Du möchtest sie wohl gern im nächsten Frühling blühen sehen«, sagte Jamesy in einem merkwürdigen Ton. »Wieviel wird mich das kosten?«

»Nichts. Über die Beete müssen wir natürlich Drahtnetz legen, damit die Tiere uns nicht die Blumen zertrampeln, aber wir haben welches im Schuppen und Holzpflöcke auch.«

»Und woher sollen die Rosen und die anderen Pflanzen kommen?«

»Wir haben massenhaft Ableger in unserem Garten.«

Jamesy sah ihn an.

»Ich nehme auch keine Almosen an.«

»Aber es sind doch nur Blumen.«

»Blumen oder Schweinefleisch – das macht keinen Unterschied«, sagte Jamesy.

Sie waren in eine Sackgasse geraten. Während Jamesy ihn ansah, starrte Tommy traurig auf das Haus, als sähe er im Geist seine Blumen verwelken, bevor sie geblüht hatten.

»Es ist ein Jammer«, sagte er. »Sie hätten so gut hergepaßt. Das Haus sieht ja auch so ganz nett aus, aber mit den Blumen wäre es wirklich reizend gewesen.«

»Ich werde die Blumen mit Eiern bezahlen«, sagte Jamesy plötzlich.

Tommy stieß einen Seufzer der Erleichterung aus.

»Ja, das ist eine gute Idee«, pflichtete er ihm bei.

»Ja. Aber eins kann ich dir sagen, ich verlange eine Menge Blumen für ein Dutzend Eier.«

Tommys fünfzehnter Geburtstag fiel auf den Markttag in Kilmuc. Tommy, Jamesy und Collie, der Schäferhund, machten sich um sechs Uhr früh auf den Weg nach Kilmuc; sie trieben drei junge Ochsen vor sich her – zwei kräftige gesunde Tiere und einen Schwächling. Tommy pfiff vergnügt; er war jung und glücklich, und es war ein herrlicher Morgen. Collie lief schwanzwedelnd neben Tommy her; bis vor kurzem war er so mürrisch und unzugänglich wie sein Herr gewesen, aber seit Tommys Ankunft hatte sich sein Temperament wesentlich verbessert. Tommy hatte Tieren gegenüber keine sentimentale Einstellung, aber er hatte Collies Herz gewonnen, weil er ihn hin und wieder lobte und ihm den Kopf streichelte, wenn der Hund es verdient hatte. Bisher war er nur an Flüche und gelegentliche Fußtritte gewöhnt gewesen.

Jetzt trottete Collie stolz, mit hocherhobenem Schwanz, neben seinem Freund Tommy. Jamesy folgte mit schlurfenden Schritten und paffte seine erste Pfeife des Tages, aus der ein beizendes schwarzes Rauchwölkchen in die klare Morgenluft emporstieg.

An der Straßenbiegung blieb Tommy stehen, um auf ihn zu warten.

»Diese Tageszeit hab' ich gern; alles sieht sauber und frisch gewaschen aus.«

Jamesy grunzte.

»Du mit deiner übertriebenen Sauberkeit! Ich hab' nichts gegen ein bißchen Schmutz einzuwenden. Schmutz ist gesund.« Er drückte den glühenden Rauchtabak mit seinem schwieligen Zeigefinger in die Pfeife zurück. »Du siehst heute so vergnügt und zufrieden aus. Was ist los?«

»Ich hab' Geburtstag.«

»Na so was! Ein großer Tag für Irland!«

»Ich gehe heute zum Abendbrot nach Hause. Mary hat einen Kuchen gebacken.«

Jamesy nahm die Pfeife einen Augenblick aus dem Mund und spuckte in hohem Bogen.

»Geburtstagsfeier, was? Ich staune, daß du dich zu Hause noch wie ein kleines Kind behandeln läßt.«

»Ich hab' nichts dagegen. Ich esse Kuchen gern.«

Er lief voraus, um die törichten Ochsen daran zu hindern, im Straßengraben zu landen. Jamesy folgte ihm, ohne seine schlurfenden Schritte zu beschleunigen, mit düsterem Gesicht und gebeugtem Rücken.

Sie mußten eine ganze Zeit in Kilmuc warten, bis die Ochsen verkauft waren. Jamesy war fest entschlossen, die beiden kräftigen Tiere nur zusammen mit dem Schwächling abzugeben. Er ließ sich auf keine Verhandlungen ein, und schließlich gelang es ihm, einen Käufer für die drei Tiere zu finden. Dann gab er Tommy eine Besorgungsliste.

»Hol mich in einer Stunde bei Hurley ab«, sagte er,

»und ... und noch etwas ...« Er zog Tommy zur Seite, nahm eine Handvoll Münzen aus der Tasche und betrachtete sie nachdenklich; dann wählte er langsam und bedächtig ein Zwei-Schilling-Stück, das er Tommy hinhielt: »Hier, das ist für dich. Dafür kannst du dir was kaufen, weil du Geburtstag hast ...« Er starrte Tommy in die Augen und wiederholte: »Du kannst dir was kaufen!«

Einen Augenblick standen beide stockstill. Dann nahm Tommy das Geld, sagte: »Vielen Dank«, und ging schnell fort.

Der Laden von William Bates war voll mit Kunden, die schnelle Bedienung und Unterhaltung erwarteten. Da es völlig unmöglich war, beides zu vereinigen, war William an Markttagen meistens am Rande eines Nervenzusammenbruchs. Er war fast erleichtert, Jamesy zu sehen, den er im allgemeinen ebensowenig leiden konnte wie alle anderen. Jamesy würde ihn wenigstens nicht unnötig aufhalten. Aber unerklärlicherweise hielt Jamesy ihn heute auf.

»Ich möchte einen Kuchen«, sagte Jamesy.

»Weiß oder schwarz?«

»Ich will kein Kuchenbrot; ich will einen richtigen Kuchen.«

William war in solch großer Eile, daß er vergaß, überrascht zu sein. Er schob eine Pappschachtel über den Ladentisch.

»Der kostet zwei Schilling und sechs Pence.«

Jamesy öffnete den Karton und sah sich die darinliegende Biskuitrolle mißbilligend an.

»Sieht nach nichts aus. Haben Sie keinen besseren Kuchen?«

William nahm eine andere Schachtel vom Regal.

»Hier ist ein Rosinenkuchen. Drei Schilling und sechs Pence. Ja, ich komme gleich, Mrs. Daly!«

Jamesy öffnete die Schachtel auch, und der Inhalt schien ihm wieder nicht zu gefallen.

»Was ist in diesem Kuchen?«

»Rosinen, Korinthen und Nüsse; es ist ein sehr guter Kuchen.«

»Sieht aber nicht besonders aus«, sagte Jamesy.

»Was Besseres haben wir nicht. Ja, Mrs. Thompson, einen Augenblick, ich bediene Sie sofort.«

»Im Schaufenster steht ein Kuchen...«, sagte Jamesy.

Im Schaufenster stand tatsächlich ein Kuchen, und zwar in der äußersten Ecke; zwischen dem Kuchen und William türmte sich eine künstlerisch arrangierte Pyramide von Konservenbüchsen.

»Das ist kein besonders guter Kuchen«, sagte William verzweifelt.

Jamesy ließ sich nicht davon abbringen zu sagen: »Ich möchte ihn trotzdem gern sehen.«

William kochte vor Wut, aber er schob das Schiebefenster zur Seite und griff nach unten. Für einen kurzarmigen, dickbäuchigen kleinen Mann war es völlig unmöglich, an den Kuchen heranzukommen, aber darüber wurde William sich erst klar, als er die sorgfältig erbaute Pyramide umgestoßen hatte und die Büchsen in die Richtung des Kuchens rollten. Erst dann rief er, schweratmend und mit hochrotem Gesicht, seinen Angestellten zur Hilfe, und der Kuchen wurde aus dem Chaos gerettet und vor Jamesy auf den Ladentisch gestellt.

»Der sieht gut aus, so schön verziert«, sagte Jamesy anerkennend. Schön verziert war der Kuchen wirklich, und zwar mit einem zitronengelben Zuckerguß und giftgrünen und gelben Zuckerperlen. »Den nehme ich.«

»Drei Schilling und sechs Pence«, sagte William erschöpft.

»Drei Schilling«, sagte Jamesy.

William hatte sich oft gewünscht, ein tapferer Mann zu sein, aber niemals so inbrünstig wie in diesem Augenblick. Seine Hände zitterten, und sein Gesicht wurde feuerrot, aber er sagte nur: »Der Kuchen kostet drei Schilling und sechs Pence.«

Jamesy schüttelte den Kopf.

»Das ist unmöglich. Der andere Kuchen, der, wie Sie eben sagten, besser sein soll, kostet doch drei Schilling und sechs Pence. Wieso kostet dieser ebensoviel, wenn er nicht so gut ist?« fragte Jamesy unerschütterlich.

»Ja, jawohl, meine Dame, komme schon!« William warf Jamesy einen wütenden Blick zu und sagte: »Also gut – ist mir recht, aber machen Sie schnell. Sie sehen doch, daß ich keine Zeit habe.«

Jamesy lächelte.

Tommy wartete im Gasthaus Hurley auf ihn. Sie machten sich auf den Heimweg. Die Sonne stand jetzt hoch am Himmel, und sie waren müde von der Hitze und dem langen Weg. Sie sprachen nicht viel. Jamesy dachte nach; er beobachtete Tommy heimlich und bemerkte, daß er wiederholt in seine Tasche griff, als wollte er sich überzeugen, daß etwas Bestimmtes darin war. Schließlich fragte er, ohne Tommy anzusehen: »Hast du dein Geld ausgegeben?«

»Ja.«

»Du hast dir wohl Süßigkeiten gekauft?«

»Nein.« Tommy steckte die Hand in die Tasche und holte eine Mundharmonika heraus. »Das hab' ich gekauft.«

»Kannst du denn darauf spielen?«

»Nein; aber es lernt sich ganz leicht, und ich wollte schon immer eine Mundharmonika haben.«

»Tatsächlich! Und hast du zu Hause auch etwas geschenkt bekommen?«

»Ja.«

»Was hast du bekommen?«

»Einen Gürtel und ein gepunktetes Taschentuch; und Mutter hat mir ein Hemd genäht.«

»So... und du hast dir schon immer eine Harmonika gewünscht?«

»Ja«, sagte Tommy und sah sich die Harmonika begeistert an.

Jamesy beschleunigte seine Schritte. Er sagte: »Ich hab'

in meiner Jugend ganz gut Mundharmonika gespielt; bin neugierig, ob ich's noch nicht ganz vergessen habe.« Er nahm das Instrument in die Hand. »Ich konnte ›Faith of Our Fathers‹ spielen und ›Lily of Laguna‹.« Er blies versuchsweise ein paar Noten auf der Harmonika. »Ich konnte noch viel mehr spielen, aber ich kann mich im Augenblick nur an diese beiden Lieder erinnern.«

Er nahm die Harmonika sachkundig in die rechte Hand, legte sie an seinen Mund, holte tief Atem und blies. Tommy und Jamesy marschierten zur Melodie von ›Faith of Our Fathers‹ die Landstraße entlang; der Rhythmus war flott, und auch wenn hin und wieder eine Note falsch war, klang es gut. Collie umsprang die beiden mit aufgeregtem Bellen.

(Die Leute, denen sie begegneten, stellten staunend fest, daß Jamesy Casey zum ersten Mal in seinem Leben betrunken vom Markt zurückgekommen war.)

Am nächsten Abend zierte der gelbe Kuchen den gedeckten Tisch.

»Hab' ich William Bates abgekauft, wahrscheinlich konnte er ihn nicht loswerden«, erklärte Jamesy.

»Ein sehr guter Kuchen«, sagte Tommy und nahm sich eine zweite zitronengelbe Scheibe.

»Wirklich? Ich selbst mach' mir nichts aus Kuchen«, sagte Jamesy und fügte wie zufällig hinzu: »So gut wie der Kuchen, den sie zu Hause für dich gebacken haben, wird er wahrscheinlich nicht sein.«

»Doch, aber unser Kuchen war auch sehr gut, er hatte allerdings keinen Zuckerguß.«

»Ach so«, sagte Jamesy und betrachtete den glänzenden Zuckerguß, »und womit war euer Kuchen gefüllt?«

(Der gelbe Kuchen bestand aus drei Lagen, die mit einer seltsamen, gelatineartigen Masse zusammengeklebt waren.)

»Er hatte eine Marmeladenfüllung.«

»Sonst nichts? Nur Marmelade?«

»Ja.«

Jamesy gab Tommy eine dritte Scheibe Kuchen.

In der vergangenen Woche hatten sie alle Gartenarbeit erledigt, und Tommy ging wieder gleich nach dem Abendbrot nach Hause. Während er das Geschirr abwusch, saß Jamesy schweigend am Feuer. Tommy, der seine Hausarbeit so sorgfältig wie eine Frau verrichtete, wrang gerade den Abwaschlappen aus, als Jamesy plötzlich fragte: »Was machst du eigentlich abends?«

»Ich helfe ein bißchen im Haus, und ich bringe verschiedene Kleinigkeiten in Ordnung, oder ich spiele Fußball, oder ich gehe zu Quealys rüber, um Radio zu hören.«

»Hörst du gern Radio?«

»O ja, sehr gern«, sagte Tommy mit leuchtenden Augen; dann fügte er traurig hinzu: »Leider kann ich die Vorträge nur selten hören, nur wenn die Quealys ausgehen und mich allein in ihrer Küche lassen, und das kommt nicht oft vor. Es ist sehr schade; du glaubst gar nicht, was man alles lernen kann. Neulich waren eine Reihe von landwirtschaftlichen Vorträgen, und die waren wirklich interessant, aber ich konnte noch nicht mal die Hälfte davon hören. Ich kann viel leichter vom Zuhören lernen als vom Lesen. Ich konnte nie viel mit Büchern anfangen«, sagte Tommy bedrückt und faltete den Abwaschlappen zusammen, »ich bin zu dumm.«

»Du bist nicht dumm«, sagte Jamesy ärgerlich, aber Tommy schüttelte den Kopf.

»Doch, sonst hätte ich eine Freistelle für die Landwirtschaftsschule bekommen. Miss Kelly wollte das gern, und sie hat mir ein Jahr lang Nachhilfestunden gegeben, aber es hat nichts genützt. Wie die Pflanzen wachsen und das alles hab' ich begriffen, aber Arithmetik und Geschichte konnte ich einfach nicht lernen.«

Jamesys lange Nase zuckte verächtlich.

»Wozu braucht ein Bauer Geschichte und den anderen Blödsinn zu lernen?« Er machte eine Pause. »Sonderbar, daß du gerade vom Rundfunk sprichst, weil ich mir sowieso vorgenommen habe, einen billigen Radioapparat zu kaufen, um mir im Winter die Zeit zu vertreiben.« Er fügte hinzu: »Du kannst natürlich jederzeit abends hierbleiben und zuhören.«

Jamesy kaufte den billigsten Radioapparat, den es gab, obwohl der Preis ein großer Schock für ihn war. Um diese Ausgabe etwas auszugleichen, führte er seinen Vorsatz, Tommy eine wöchentliche Zulage von zwei Schilling und sechs Pence zu geben, nicht aus. Da er Tommy glücklicherweise noch nichts davon gesagt hatte, würde der Junge das Geld nicht vermissen.

Und es stellte sich heraus, daß es sich gelohnt hatte, ein Radio anzuschaffen, da Tommy jetzt selten vor neun Uhr abends nach Hause ging; Jamesy konnte es sich nicht verhehlen, daß ihm Tommys Gesellschaft sehr willkommen war.

Fünftes Kapitel

Im Juni fuhren Willie und Sissy nach Waterford, um die Aufnahmeprüfungen für eine Freistelle in einer höheren Schule zu machen.

Das wurde natürlich wieder als ein Beispiel für die Prahlsucht und den Stolz der Familie Monaghan angesehen, die doch allen Grund zur demütigen Bescheidenheit hatte. Selbst die wohlmeinendsten ihrer Nachbarn vergaßen ihre christliche Nächstenliebe und hielten sich sogar über Miss Kelly auf, die den Ehrgeiz der Kinder nach Kräften unterstützt hatte. Man hatte allgemein die schwache Hoffnung, daß die beiden das Examen nicht bestehen würden.

Anfang August wurden die Resultate bekanntgegeben. Zehn Kinder hatten Freistellen gewonnen; Sissy war an vierter Stelle und Willie an sechster. Es hatte sich wieder einmal herausgestellt, wie ungerecht die Welt war. Bessere Kinder als diese beiden, deren Existenzberechtigung fraglich war, mußten damit vorlieb nehmen, nur bis zu ihrem vierzehnten Lebensjahr auf Kosten des Staates erzogen zu werden, aber der Staat würde für eine gründliche Ausbildung der Monaghan-Kinder sorgen, sie in ein Internat schicken und sie zu feinen Damen und Herren erziehen.

»Wenigstens werden sie die meiste Zeit fort sein«, bemerkte Mrs. Bates bitter.

»Bald werden sie hoffentlich für dauernd fort sein«, erinnerte sie Mr. Bates.

Mrs. Bates hatte sich niemals ganz mit der Ausgabe der hundert Pfund, über die William sie informiert hatte, abgefunden. Jetzt sagte sie: »Vielleicht ja, vielleicht nein. Ich hab' immer das Gefühl, daß die Sache einen Haken hat.«

Diesen unbegründeten Verdacht hatte sie schon unzählige Male geäußert, und William hatte ihr unzählige Male widersprochen, und das tat er auch jetzt.

»Aber wo soll denn der Haken sein, Kind? Der Fall liegt doch ganz klar: Das Geld bleibt auf der Bank liegen, bis der Ankauf eines Bauernhofes endgültig festgesetzt ist, und dann geht alles durch die Hände des Anwalts.«

»Möglich, möglich. Aber du bist ein Karnickel, William Bates, und Jamesy Casey ist ein Fuchs, und ich habe noch nie gehört, daß ein Karnickel einen Fuchs überlistet hätte.«

William sagte geduldig: »Es kommt ja gar nicht in Frage, daß jemand überlistet wird. Es wird uns allen nützen ... Willst du vielleicht behaupten, daß Jim Power ein Narr ist?«

»Verglichen mit Jamesy Casey seid ihr alle Narren«, erklärte Mrs. Bates nachdrücklich.

William seufzte. Dann sagte er mit einem Anflug von Mut: »Diese Zwillinge müssen kluge Kinder sein.«

Mrs. Bates warf ihm einen eiskalten Blick zu, und er zuckte zusammen. Wie konnte er es nur wagen, mit väterlichem Stolz auf die Intelligenz des illegitimen Paares anzuspielen?

»Sie haben Glück, daß sie dir nur äußerlich ähnlich sind.« Sie sah ihn durchdringend an.

»Pius hat graue Augen«, sagte sie dann nach einer langen Pause.

Auch William hatte graue Augen. Er starrte sie entsetzt an. »Mein Gott, Julia, du redest dir doch nicht etwa ein ...«

»Ich rede mir gar nichts ein. Ich habe nur festgestellt, daß Pius graue Augen hat.«

Die Zwillinge freuten sich auf ihre ruhige Art über ihren Erfolg. Sie hatten hart dafür gearbeitet und ihn erwartet. Sie würden auch weiter hart arbeiten und Erfolg haben.

»Und ich werde nie heiraten«, sagte Sissy.

»Ich wahrscheinlich auch nicht«, sagte Willie pflichtschuldig.

»Meinetwegen kannst du ruhig heiraten, Willie. Für dich macht das nichts aus. Aber wenn eine Frau in Irland heiratet, muß sie ihren Beruf aufgeben. Dann würde ich von meinem Mann abhängig sein, und das möchte ich nicht. Ich will unabhängig sein, sonst fühle ich mich nicht sicher.«

»Ich werde immer für dich da sein«, sagte Willie fest.

»Das wäre nicht dasselbe, Willie.« Sie sah ihm in die Augen und sagte: »Du könntest sterben.«

»Aber warum sollte ich vor dir sterben?« sagte Willie leicht verärgert. »Ich bin nur eine halbe Stunde älter als du.«

»Du könntest einen Unfall haben, oder krank werden«, meinte sie und starrte mit weitaufgerissenen Augen in die unsichere Welt. »Aber wenn ich unabhängig bin, werde ich gesichert sein, selbst wenn ich alt bin, denn dann bekomme ich eine Pension. Wir werden beide für immer sichergestellt sein, Willie.«

Mary saß etwas von den beiden entfernt und hörte ihnen traurig lächelnd zu. Sie hob die Augen von ihrer Näharbeit und blickte aus dem Fenster. Die Sonne schien hell und heiß von einem klaren blauen Himmel, und die Blätter der Platane am Gartenzaun raschelten in der leichten Brise. Draußen war Leben und Farbe – aber nicht für Mary, nein, nicht für sie. Augenblicke des Bedauerns gingen bei Mary schnell vorbei. Sie lächelte den Zwillingen freundlich zu und beugte sich wieder über ihre Näharbeit.

Ein paar Tage später sagte Mary zu Miss Kelly: »Es ist gar nicht mehr viel Zeit bis zum September.« Dann machte sie eine Pause. Sie hatte die Hände im Schoß gefaltet und sah plötzlich sehr jung und hilflos aus. Miss Kelly sagte mitleidig und besorgt: »Du übernimmst dich, Mary. In deinem Alter sollte man nicht die ganze Verantwortung für eine Familie tragen, das tut nicht gut.«

»Ich bin kerngesund«, sagte Mary, und Miss Kelly lachte, aber es war ein ärgerliches Lachen.

»Möchtest du denn niemals jung und töricht und sorglos sein?«

»Nicht sehr oft.« Sie zögerte. »Ich glaube, ich bin von Natur aus nicht sehr fröhlich und unternehmungslustig. Ich bin ziemlich ruhig und langweilig.«

Miss Kelly erinnerte sich betrübt an das kleine zehnjährige Mädchen, das kaum Zeit gehabt hatte, seine Schulaufgaben zu machen, weil es für seine jüngeren Brüder und Schwestern sorgen mußte, und an das vierzehnjährige Mädchen, das sich geweigert hatte, sich um eine Freistelle an einer höheren Schule zu bemühen ... »Wenn ich sie bekäme, könnte ich sie ja doch nicht annehmen«, hatte Mary damals erklärt.

Miss Kelly sagte ärgerlich: »Du hast herzlich wenig Gelegenheit gehabt, festzustellen, ob du vergnügt und unternehmungslustig sein kannst, und ...« Aber sie unterbrach sich, weil sie fürchtete, zuviel zu sagen.

»Die Nonnen werden Sissy gegen ein bescheidenes Kostgeld annehmen«, sagte Mary stirnrunzelnd, »aber es sind noch so viele andere Ausgaben – Kleidung, Bücher und Hockeyschläger, und was sonst noch alles dazukommt. Ich will, daß Willie und Sissy dasselbe wie die anderen Kinder haben; sie sollen sich nicht benachteiligt fühlen. Das ist nicht gut, wenn man jung ist.«

»Gar nicht gut«, bestätigte Miss Kelly, dann fuhr sie zögernd fort: »Ich wünschte, du würdest mir erlauben, etwas beizusteuern, Mary!«

»Sie wissen, daß ich das nicht tun kann.«

Miss Kelly schüttelte traurig den Kopf.

»Das sehe ich nicht ein, Mary. Du weißt, wie gern ich die Zwillinge habe und wie stolz ich auf sie bin – und daß ich allen Grund habe, stolz zu sein.«

»Ja, ich weiß, Miss Kelly, und verschiedene Leute, die uns eigentlich hätten helfen sollen, haben es nie getan ... Ich bin froh, daß sie es nicht getan haben! Lieber möchte ich, daß wir alle hungern, als uns von diesen Leuten helfen zu lassen.« Ihr weicher Mund wurde bitter, und sie sagte hart: »Lieber würde ich mir von dem ärmsten Straßenbettler einen Penny schenken lassen, als diesen Leuten zu Dank verpflichtet sein.« Sie schwieg, dann fuhr sie lächelnd fort: »Ich will das Gefühl der Selbständigkeit um keinen Preis aufgeben; wir wollen uns von niemandem helfen lassen, selbst nicht von Ihnen, Miss Kelly.«

Miss Kelly seufzte.

»Warum müssen junge Menschen immer versuchen, sich das Leben unnötig schwer zu machen? Ich habe es vergessen.«

Eine Woche später ging Mary nach Kilmuc, um ein Paar Schuhe für Tommy zu kaufen. Als sie auf dem Rückweg die Dorfstraße entlang ging, rief ihr Johanna Hogan zu ihrer Überraschung zu, daß sie einen Augenblick in den Laden kommen möchte.

»Pansy?« fragte sie bedrückt.

Johanna runzelte die Stirn. »Pansy? – Nein, mit meiner Nichte« (sie sagte das ohne besondere Betonung) »hat es nichts zu tun. Ich möchte mit Ihnen sprechen.«

»Ja?« sagte Mary steif.

»Möchten Sie nicht hereinkommen?«

Johanna ging voran; sie ging durch den Laden und in die Küche, ohne sich umzusehen, und Mary fühlte sich gegen ihren Willen verpflichtet, Johannas Vertrauen nicht zu enttäuschen und ihr zu folgen. Sie warf einen schnellen Blick auf Matthews weißes erstauntes Gesicht hinterm Ladentisch, und dann war sie in der Küche. Johanna machte schnell die Tür hinter ihr zu und sagte freundlich: »Wollen Sie sich nicht setzen?« Sie schob ihr einen bequemen Stuhl zu, auf dem Matthew sonst saß.

Mary zögerte.

»Ich weiß nicht, ob es sich lohnt – ich bin ziemlich eilig.«

»Ich sehe nicht ein, warum Sie stehen wollen«, sagte

Johanna. Mary setzte sich auf die äußerste Kante von Matthews Stuhl, den er für sein unverletzliches Privateigentum hielt. Johanna nickte, nahm eine Teekanne aus dem Schrank und blickte zufrieden auf den summenden Kessel, der über dem offenen Küchenfeuer hing.

»Um diese Zeit trinke ich immer gern ein Täßchen Tee.«

Mary antwortete nicht, aber als Johanna mit der Teebüchse in der Hand fragte: »Trinken Sie gern starken Tee?«, sagte Mary: »Vielen Dank, ich möchte keinen Tee.«

Johanna hielt die Teebüchse noch immer in der Hand.

»Sind Sie zu Fuß von Doon gekommen?«

»Ja.«

»Und gehen Sie zu Fuß zurück?«

»Ja.«

»Dann müssen Sie unbedingt eine Tasse Tee trinken«, sagte Johanna bestimmt.

Mary saß kerzengerade auf Matthews Stuhl und sagte kurz: »Ich will keinen Tee.« Obwohl sie das nicht beabsichtigt hatte, klang ihr Ton unfreundlich. Johanna sah sie scharf an, stellte die Teebüchse auf den Tisch und holte tief Atem: »Ich bin anders als mein Bruder.« Darauf folgte ein kurzes Schweigen. Dann brühte Johanna den Tee auf und füllte zwei Tassen. Sie sagte: »Ich höre von Miss Kelly, daß Sie gewisse Schwierigkeiten mit den Zwillingen haben.«

Mary wurde rot; sie war in ihrem Stolz verletzt und versuchte vergeblich zu sprechen. Sie schluckte und räusperte sich und flüsterte schließlich: »Ich hatte keine Ahnung, daß Miss Kelly ...«

»Ach, machen Sie sich keine Gedanken, Miss Kelly ist keine Klatschbase«, meinte Johanna. »Sie hat nur mit mir darüber gesprochen, und das war kein Klatsch.«

Mary sagte mit leiser, eiskalter Stimme: »Wahrscheinlich hat sie unsere Schwierigkeiten übertrieben. Außerdem geht das alles nur uns an; wir sind bisher immer ganz gut allein fertig geworden.«

Sie stand auf. Johanna nieste.

»Machen Sie sich nicht lächerlich, Kind. Setzen Sie sich! Ich wünschte, Sie würden nicht gleich Ihre Krallen herausstrecken, ich kann empfindliche Leute nicht vertragen. Reden Sie sich nicht ein, daß ich Ihr Feingefühl verletzen und Ihnen Geld anbieten will. Selbst wenn ich es mir leisten könnte, was ich nicht kann, und selbst, wenn Sie es annehmen sollten, was Sie natürlich nicht tun würden, sehe ich keinen Grund, Ihrer Familie gegenüber großzügig zu sein, nur weil Ihre Halbschwester zufällig meine Nichte ist, wofür weder Sie noch ich verantwortlich sind. Außerdem kann ich Pansy nicht sehr gut leiden«, sagte sie nachdenklich, »genau genommen kann ich sie gar nicht leiden. Ich kann nicht behaupten, daß ich ihren Charakter bewundere.«

Johanna schüttelte sinnend den Kopf. »Sie hat sehr viel Ähnlichkeit mit Matthew.« Dann sah sie Mary ärgerlich an und sagte: »Setzen Sie sich endlich wieder hin, Kind. Es fällt mir auf die Nerven, Sie stehen zu sehen.« Und diesmal setzte sich Mary gehorsam auf Matthews Stuhl. Johanna schob ihr einen Teller mit Butterbroten hin. »Bitte bedienen Sie sich.« Sie nahm sich selbst eine Scheibe Brot, die sie in der einen Hand hielt, und in der anderen eine Tasse Tee; sie stützte die Füße bequem auf den Kaminvorsatz und die Ellbogen auf ihre Knie. »Die Zwillinge würden mir wahrscheinlich auch nicht gefallen. Miss Kelly spricht sehr nett von ihnen, aber sie ist sentimental, und das bin ich nicht. Ich mache mir nicht viel aus Kindern, besonders nicht im Übergangsalter.« Sie legte den Kopf zur Seite und betrachtete Mary. »Mir gefallen ruhige, vernünftige Mädchen, und Sie scheinen ruhig und vernünftig zu sein – jedenfalls wäre ich davon überzeugt, wenn Sie endlich stillsitzen und mir zuhören würden.«

»Ich höre zu«, sagte Mary eingeschüchtert.

Johanna biß in ihr Brot und trank einen Schluck Tee. »Das Vernünftigste wäre natürlich, Miss Kellys Hilfe anzunehmen; sie ist alt genug, um zu wissen, was sie tut, und ich sehe nicht ein, warum Sie sie daran hindern wollen, sich zum Narren zu machen. Aber leider haben Sie sie ja bereits gehindert. Eine andere Möglichkeit wäre, wenn Sie Geld verdienten.«

»Daran habe ich auch schon gedacht«, sagte Mary, »aber ich wüßte nicht, was ich tun sollte, ich habe nichts gelernt – außerdem kann ich nicht von zu Hause fortgehen.«

»Sie sorgen für Ihre Familie, nicht wahr? Wenn Sie mit Ihrem eigenen Haushalt fertigwerden, können Sie sich auch um anderer Leute Haushalt kümmern. Als ich mich mit Belinda Kelly unterhielt, kam mir der Gedanke, daß ich zwei Fliegen mit einer Klappe schlagen könnte, und ich habe sofort Schritte unternommen. Kennen Sie die Darmodys, denen das Wirtshaus an der Ecke gehört?«

»Ich habe viel von ihnen gehört«, sagte Mary langsam.

»Davon bin ich überzeugt«, meinte Johanna trocken. »Am vorigen Dienstag erschien Florrie Darmody nachts um elf im Nachthemd auf der Straße. Nur den vereinten Bemühungen verschiedener entrüsteter Mitbürger gelang es schließlich, sie dazu zu bewegen, nach Hause zu gehen. Ihr Nachthemd war bestimmt nicht sauber genug, als daß sie sich öffentlich darin hätte zeigen dürfen«, sagte Johanna mißbilligend. »Ich bin mit den Darmodys befreundet, und ich weiß, daß sie dringend eine Haushälterin suchen. Ich bin sofort nach meiner Unterhaltung mit Belinda Kelly zu ihnen gegangen und habe von Ihnen gesprochen. Wenn Sie die Stellung annehmen wollen, können Sie sie haben... von acht bis sechs, so daß Sie abends nach Hause gehen und sich um Ihre Familie kümmern könnten. Über das Gehalt haben wir uns auch geeinigt.« Sie nannte die Summe, und Mary hielt erstaunt den Atem an. Johanna hob die Hand.

»Ja, es ist ein sehr gutes Gehalt – muß es auch sein, um die Nachteile aufzuwiegen. Der größte Nachteil ist natürlich Florrie selbst – eigentlich der einzige Nachteil, denn Paul ist ein harmloser Mensch. Florrie ist ganz vernünftig, wenn sie nüchtern ist, aber das ist leider nur selten der Fall; wenn sie betrunken ist, beginnt sie sich mit theologischen Problemen zu beschäftigen – äußerst störend! Als ich neulich mit ihr sprach, machte sie sich Gedanken über die heilige Dreieinigkeit. Sie war fest davon überzeugt, daß wir uns irrten und daß es sich um die heilige Viereinigkeit handelte. Sie glaubte, daß wir armen unwissenden Sünder auf ewig verdammt werden würden. Sehr peinlich!« Johanna runzelte die Stirn. »Man kann es begreifen, daß ihr unglücklicher Bruder Schwierigkeiten hat, eine Haushälterin zu finden – obwohl er bereit ist, ein außergewöhnlich hohes Gehalt zu zahlen.«

»Es ist sehr viel Geld«, sagte Mary eifrig. Sie dachte an das unerschütterliche Vertrauen der braven, fleißigen Zwillinge, und der Gedanke tat nun nicht mehr weh. »Es würde einen großen Unterschied für uns machen ...« Sie zögerte. »Aber wird Mr. Darmody ... ich meine ... wird er mit mir zufrieden sein? Ich seh' ja leider ziemlich jung aus«, sagte Mary unglücklich.

»Das stimmt, aber Paul ist an Kummer gewöhnt. Er hat alle Arten von Haushälterinnen gehabt – alte und junge – Drachen und Schlampen. Aber außerdem habe *ich* ihm gesagt, daß Sie geeignet wären«, sagte Johanna kühl und betont.

»Das war furchtbar nett«, sagte Mary verwirrt.

»Ganz und gar nicht. Ich hab's hauptsächlich den unglückseligen Darmodys zuliebe getan, und nicht, um Ihnen einen Gefallen zu tun. Ich glaube genügend Menschenkenntnis zu besitzen, um zu wissen, daß Sie zwar auch nicht imstande sein werden, Florrie an ihren Eskapaden zu hindern, aber wenigstens dafür sorgen werden, daß ihre Nachthemden sauber sind. Eigentlich könnten wir jetzt gleich hingehen und alles besprechen.«

Bei den Darmodys wurde die Unterhaltung fast ausschließlich von Johanna geführt. Paul Darmody stimmte ihr in allem zu. Seine krankhafte Schüchternheit stand in starkem Gegensatz zu Johannas stark ausgeprägtem Selbstvertrauen. Er wagte kaum, Mary anzusehen. Er war klein, dünn und zart. Sein blondes Haar war graumeliert; er hatte ein sanftes Gesicht und müde, gütige Augen. Auch seine Stimme war sanft, aber Johanna gab ihm wenig Gelegenheit, sie zu benützen. Nur am Anfang wagte er es, einen schüchternen Einwand zu machen.

»Ich wußte nicht, daß sie noch so jung ist.«

»Sie ist siebzehn«, sagte Johanna. »Wenn du *das* für zu jung hältst...«, sagte sie vorwurfsvoll.

Paul sagte schnell: »Nein, nein. Natürlich nicht.« Er wandte sich an Mary: »Meine Schwester ist nämlich etwas schwierig...«

»Das hab' ich ihr schon alles erklärt«, sagte Johanna finster. Nach weiteren zehn Minuten stand sie auf. »So, nun ist also alles erledigt, und ich hoffe, daß ihr beide zufrieden sein werdet. Und vergiß nicht, Paul, daß sie pünktlich um sechs Uhr nach Hause gehen muß, um ihre eigene Familie zu versorgen.«

»Selbstverständlich. Ich würde sie auf keinen Fall länger hierbleiben lassen.«

Die Tür öffnete sich, und Florrie Darmody kam herein. Sie war zehn Jahre älter als ihr Bruder, groß und hager; aus ihrem verwüsteten Gesicht starrten ein Paar milchblaue Augen, die ebenso gütig wie die ihres Bruders waren, erstaunt und bestürzt in die Welt. Die weit verbreitete und oft einzige Eitelkeit von Frauen, die auf dem Lande leben, drückt sich in ihrer Abneigung gegen graues Haar aus; offensichtlich war das auch bei Florrie der Fall, aber während andere sich mit einem bescheidenen Braun oder Schwarz zufriedengaben, war Florries alterndes Pferdegesicht von einer flammend-roten, krausen Hennamähne umgeben.

Sie ging schnell zu Paul hinüber.

»Wirklich, Paul, noch drei Schilling mehr!« Er sah sie verzweifelt an, aber Johanna sagte schnell: »Sie hat einen weiten Weg, und sie muß ein Fahrrad haben. Wenn sie nicht hier arbeiten würde, brauchte sie sich keins anzuschaffen. Sie muß es abzahlen.«

»Ja, ja«, murmelte Florrie. »Das ist ganz richtig, nicht wahr, Paul? Aber wir müssen uns jeden Pfennig überlegen, und ich bin davon überzeugt, daß du ebensowenig zur Verschwendung neigst wie ich, Johanna.« Sie betrachtete Mary. »Scheint ein nettes Mädel zu sein.« Sie seufzte. »Wir haben schon lange kein nettes Mädchen mehr gehabt, nicht wahr, Paul?« sagte sie. »Oder irre ich mich?« Dann sagte sie fast flehend zu Mary: »Ich hoffe, Sie werden hier glücklich sein. Die Arbeit ist nicht sehr schwer.«

»Ich bin an harte Arbeit gewöhnt«, sagte Mary.

»Ich werde Ihnen viel helfen.« Johanna räusperte sich. »Ich habe vorige Woche das Gelübde der Enthaltsamkeit abgelegt ... ja, ich weiß, ich hab's schon ein paarmal getan – ein- oder zweimal –« sagte sie unsicher, »aber wenn ich es oft genug tue, werde ich mich eines Tages daran halten – vielleicht schon dieses Mal«, sagte sie hoffnungsvoll.

»Vielleicht«, sagte Johanna.

Florrie wandte sich wieder an Mary.

»Ich trinke nämlich, ich will es Ihnen lieber gleich sagen.« Dann verbesserte sie sich schnell und sagte: »Ich wollte sagen, ich habe getrunken ...«

»Viele Leute trinken«, meinte Mary.

»Ja, aber hauptsächlich Männer, nicht wahr? Bei einer Frau scheinen es die Leute mehr zu verachten. ›Es ist unweiblich‹, sagen sie. Ist es nicht sonderbar«, sagte Florrie nachdenklich, »daß man, um den Männern zu gefallen, weiblich sein muß, aber nicht männlich sein darf, wenn man es den Frauen rechtmachen will?«

»Nicht sonderbarer als viele andere Bräuche, die man

uns aufgezwungen hat«, sagte Johanna. »Wann soll Mary anfangen?«

»So bald wie möglich. Im Augenblick haben wir gar keine Hilfe, und ich bin leider keine gute Köchin – keine *sehr* gute Köchin.«

Zu Marys Erleichterung stellte es sich bald heraus, daß sie ihren Pflichten im Darmody-Haushalt durchaus gewachsen war. Innerhalb einer Woche hatte sie das Haus von oben bis unten gescheuert, und es glänzte vor Sauberkeit. Von ihrer Kochkunst erwartete man kaum mehr als zu Hause; wenn sie mit Hilfe eines alten zerrissenen Kochbuchs, das sie in einer Schublade gefunden hatte, Experimente machte, wurden die Resultate gelobt und bewundert. Jeden Abend nahm sie ein Bündel Kleider zum Stopfen nach Hause, und bald sah Pauls Garderobe ordentlich aus, und Florries auffallende Kleider waren heil und sauber. Florrie, die überzeugte Abstinenzlerin, hielt ihr Versprechen und half Mary bei der Hausarbeit. Florrie war zwar keine wirkliche Hilfe – im Gegenteil –, aber sie gab sich solche Mühe und war so stolz auf ihre Versuche, daß Mary sich gutwillig von ihr bei der Arbeit stören ließ und Florries Anfälle von Verzagtheit durch freundlichen Zuspruch behob.

»Ich weiß, daß ich nicht viel vom Haushalt verstehe – Sie brauchen mir nicht zu widersprechen, Mary! Ich kenne meine Fehler. Ich hab' mich Paul zuliebe bemüht, eine gute Hausfrau zu werden, aber nicht oft genug und nicht energisch genug, denn diese unglückselige Sucht macht einen faul und nachlässig. Allerdings war ich bestimmt nicht so faul wie die vielen Schlampen, die wir nacheinander hier hatten«, fügte Florrie mit Überzeugung hinzu. »Und deshalb sind wir so froh, Sie zu haben, Mary! Sie können sich nicht vorstellen, wie schön es für mich ist zu beobachten, wie Paul das Essen schmeckt und wie gut er in seinen sauberen, gebügelten Sachen aussieht. Finden Sie nicht auch, daß er gut aussieht, Mary?«

»Ja«, sagte Mary.

Mindestens einmal am Tag erkundigte sich Florrie, ob Mary auch glücklich wäre, und wenn sie ja sagte, strahlte Florrie und begann ein fröhliches Liedchen zu summen.

Gleich am Anfang ihrer Bekanntschaft hatte sie Mary angeboten, sie Florrie zu nennen, aber Mary hatte sich energisch geweigert, das zu tun, weil es nicht korrekt wäre.

»Sie sind sehr korrekt, nicht wahr, Mary?« seufzte Florrie, dann sagte sie schnell, um nicht den Anschein zu erwecken, daß sie Mary kritisieren wollte: »Ich habe natürlich nichts dagegen. Alle anderen waren gar nicht korrekt. Sie stahlen und logen und bekamen Kinder, wenn sie jung genug waren, oder waren schlecht gelaunt, wenn sie zu alt waren – es war furchtbar! Auch für Paul, obwohl er vielleicht weniger darunter gelitten hat als ich, weil er so geistesabwesend ist, daß er nichts bemerkt. Er ist nämlich geistesabwesend, weil er klug ist. Halten Sie ihn nicht auch für klug, Mary?«

»Ja.«

»Sie sehen ja, was für Bücher er liest – über Philosophie und Geschichte und Ökonomie. Das gefällt ihm. Gedichte gefallen ihm auch, und Sonnenuntergänge, und das Meer, und der Frühling, und all das. Die Leute, die ihm vorwerfen, daß er nicht mit ganzem Herzen bei seinem Beruf ist, verstehen ihn nicht. Wie könnte sein Herz an einer Kneipe hängen?« fragte sie erregt. Dann fuhr sie schwungvoll fort: »Natürlich nicht! Und mir geht es ebenso. Zweifellos gibt es Zeiten – *gab* es Zeiten – in denen ich an der Qualität der Getränke interessiert war, aber nur für den persönlichen Bedarf, nicht am Ausschank. Paul langweilt sich entsetzlich in der Wirtsstube, manchmal ist er vor Langeweile ganz erschöpft. Leute, die trinken, sind meistens langweilig, und wenn sie zuviel trinken, reden sie zuviel, und das ist das Allerschlimmste. Ich habe das Gefühl, daß jeder andere Beruf für Paul besser gewesen wäre. Und außerdem weigert er sich, nach Ablauf der Sperrstunde Getränke zu servieren, und natürlich verliert er dadurch viele Kunden.«

»Ja«, sagte Mary.

»Paul war ein reizendes Kind, ein süßer kleiner Junge – er ist ein oder zwei Jahre jünger als ich – kaum zu glauben –« Florrie berührte kokett ihr brandrotes Haar, dann fuhr sie fort: »Was er damals nicht alles werden wollte – Dichter, Ingenieur, Apotheker! Aber das war leider nicht möglich. Wir besaßen das Wirtshaus, und er war der einzige Sohn. Vater war ein sehr erfolgreicher Gastwirt. Er trank sich zu Tode. Er war ungeheuer beliebt. Trunkenbolde sind in Irland immer beliebt, nicht wahr? Wenigstens männliche Trunkenbolde«, sagte sie unglücklich. »Die Leute haben immer gesagt, daß Vater sein eigener größter Feind war, aber wenn man immer betrunken ist, ist man kaum fähig, der Feind eines anderen zu sein, nicht wahr?« Sie schüttelte traurig den Kopf. »Ich fürchte, daß Paul ein Vorurteil gegen seinen Beruf hat, weil er so lange mit Vater gelebt hat, und das ist schlecht fürs Geschäft, aber vielleicht gut für Paul. Für mich wäre es wahrscheinlich auch besser gewesen, wenn ich mich durch Vaters Beispiel hätte abschrecken lassen. Aber all das gehört jetzt der Vergangenheit an«, sagte Florrie mit einem strahlenden Lächeln, »und ein neues Leben liegt vor mir.«

Sie zupfte sich ihr lila Kleid über den Hüften zurecht, strich mit der Hand über ihr gekräuseltes Haar und starrte aus ängstlichen blaßblauen Augen auf ihren verborgenen unsichtbaren Feind – die Zeit.

Mary hatte die gleichen Gefühle für Florrie wie für ihre eigene Familie. Sie fühlte sich zu ihr hingezogen, weil sie glaubte, Florrie beschützen zu müssen. Auch Paul mochte sie gut leiden, und nach einiger Zeit begann sie sogar, ihn sehr zu bewundern. Nachdem sie nun mehrere Wochen in seinem Haus tätig war, war er noch immer so freundlich, liebenswürdig und zurückhaltend wie am ersten Tag. Sie bemerkte, daß er auch anderen gegenüber die gleiche Zurückhaltung zur Schau stellte. Nur zu seiner Schwester hatte er eine andere Einstellung, und er tat alles, was in seinen Kräften stand, um ihr seine große Liebe und Zuneigung zu beweisen. Sie erwiderte seine Gefühle mit ungeheurer Intensität, und seine Anerkennung und sein Lob waren für sie von ausschlaggebender Wichtigkeit. Sie bemühte sich dauernd darum, ihm gefällig zu sein, und sie erwartete selbst für Kleinigkeiten – für einen ordentlich gestopften Strumpf, für ein aufgeräumtes Zimmer – von ihm gelobt zu werden. Manchmal hörte Mary sie sagen: »Ist dieses Mal alles in Ordnung, Paul? Ist bestimmt alles in Ordnung?« Und er antwortete: »Ja, jetzt ist alles in Ordnung.«

»Und wird es immer so bleiben, Paul?«

»Ja, wenn du willst, Florrie.«

»Das weißt du doch.«

»Dann wird es so bleiben.«

Florrie kam herein und setzte sich auf die Kante des Küchentisches. Mary war gerade dabei, einen Kuchen zu backen, und Florrie nahm sich eine Rosine von einem Häufchen, hielt sie zwischen Daumen und Zeigefinger, und begann zierlich daran zu knabbern. Sie sagte: »Ich mache mir Sorgen.«

Mary blickte von der Teigschüssel auf. Florries blasse Augen glänzten, und ihr schweißbedecktes Gesicht hatte die Farbe des Kuchenteigs.

»Ich mache mir große Sorgen«, wiederholte Florrie.

»Das tut mir leid, Miss Darmody. Kann ich Ihnen helfen?« fragte Mary.

»Oh, nein ... nein, das ist ja gerade das Unglück«, sagte Florrie. »Mir kann niemand helfen.« Sie starrte traurig auf die halbaufgegessene Rosine. »Für mich gibt es keine Hilfe – nicht in dieser Welt. Ich mach' mir Sorgen um den Himmel ...«

Marys Magen krampfte sich in plötzlicher Furcht zusammen; die blassen Augen, die sie anstarrten, leuchteten unheimlich. Aber sie sagte ruhig: »Ich würde mir an Ihrer Stelle darüber nicht den Kopf zerbrechen. Ich glaube, daß wir, wenn wir nicht ganz besonders schlecht sind, keinen Grund zur Besorgnis haben. Vielleicht ist sogar keiner so böse, daß er nicht am Ende doch noch in den Himmel kommt.«

Aber scheinbar bedurfte Florrie keiner tröstlichen Versicherungen. Sie richtete sich ärgerlich auf und sagte: »Ich mache mir keine Sorgen, weil ich fürchte, nicht in den Himmel zu kommen, sondern weil ich nicht weiß, wie es mir dort gefallen wird.« Dann fuhr sie erregt fort: »Ich frage mich, ob man uns nicht alle zum besten gehalten hat.«

Mary war schlicht und gläubig, aber sie hatte sich seit ihren Schultagen nicht mehr viel mit diesen Dingen beschäftigt. Jetzt dachte sie verzweifelt nach, dann fiel ihr zu ihrer großen Erleichterung die Stelle wieder ein: »Und kein Auge hat ihn geschauet, und das Herz des Menschen hat ...«

Florrie unterbrach sie mit einer schwungvollen Geste.

»Ich weiß, daß kein menschliches Auge ihn geschauet hat, aber warum nicht? Von der Hölle erzählt man uns dauernd«, sagte Florrie düster. »Das Fegefeuer –. Jeder hat Angst vorm Feuer – wir wissen, was wir in der Hölle zu erwarten haben. Aber was erwartet uns im Himmel? Wir haben keine Ahnung, und das ist schlecht. Aus welchem Grund soll man sich auf den Himmel freuen?«

Mary schwieg.

»Selbst die Mohammedaner haben mehr Vernunft als wir«, sagte Florrie, die scheinbar auf diesem Gebiet sehr gut unterrichtet war. »Bei denen gibt es im Himmel viel zu essen und zu trinken und so viele schöne Frauen, wie man will, und das muß für gewisse Männer ein großer Anreiz sein. Und die Frauen der Mohammedaner haben keine Seelen, über die braucht man sich also nicht den Kopf zu zerbrechen.« Sie machte eine Pause, dann sagte sie: »Wissen möchte ich nur, wie all die schönen Frauen in diesem

Fall in den Himmel gekommen sind?« Sie legte den Kopf nachdenklich zur Seite. »Ob sie vielleicht gewisse weibliche Engel für diesen besonderen Zweck benutzt haben?«

Obwohl Mary völlig verwirrt war, erkannte sie die Unlogik dieses Gedankenganges.

»Aber da wir keine Mohammedaner sind, brauchen wir über dieses Problem nicht weiter nachzugrübeln«, sagte Florrie. »Und auf was können wir uns freuen«, fuhr sie verächtlich fort, »auf das Himmelstor und auf das goldene Pflaster, auf weiße Gewänder und auf Harfen? Finden Sie das vielleicht sehr verlockend, Mary?«

»Vielleicht freuen sich manche Leute darauf«, sagte Mary schwach.

»Bestimmt nur sehr wenige. Vielleicht sieht das Himmelstor ganz hübsch aus, aber über hartes Goldpflaster zu gehen ermüdet die Füße. Außerdem finde ich, daß Männer im Pyjama am besten aussehen. Na und Harfen ...« Florrie rümpfte die Nase. »Die meisten Leute sind unmusikalisch, und die Harfe ist kein schönes Instrument. Ich kann das dünne Klimpern nicht leiden.«

Mary rührte den Kuchenteig, obwohl das gar nicht mehr nötig war, und sagte: »Ich glaube, man darf diese Beschreibungen nicht zu wörtlich nehmen.«

»Das weiß ich. Aber über die Hölle hat *Er* sich gründlich ausgesprochen, und über den Himmel wußte *Er* nichts zu sagen, und wissen Sie weshalb?« Sie machte eine Pause, dann sagte sie triumphierend: »Weil mit dem Himmel nicht viel los ist.« Plötzlich sank sie verzweifelt in sich zusammen. »Ich habe gestern nacht ununterbrochen darüber nachgedacht. Es ist furchtbar! Ich werde mich dort entsetzlich langweilen, davon bin ich fest überzeugt. Stellen Sie sich vor, daß man sich für alle Ewigkeit langweilen muß! Wenn ich *Ihn* von Herzen bitte, wenn ich bete, daß er mich nicht unsterblich machen soll ... ach Mary, glauben Sie, daß er mein Gebet erhören würde? Ich kann nicht für immer im Himmel leben – ich könnte es einfach nicht ertragen.«

Mary blickte sehnsüchtig auf die Tür, aber Florrie marschierte weiter händeringend vor der Tür auf und ab.

»Heute nacht, um zwei Uhr dreiundzwanzig, ist mir klar geworden, daß der Himmel nicht vollkommen ist. Ganz und gar nicht! Der Beweis fiel mir ganz plötzlich ein, ich wundere mich, daß noch niemand vor mir auf den Gedanken gekommen ist.« Florrie blieb stehen, dann sagte sie mit Grabesstimme: »Wenn der Himmel vollkommen wäre, würden alle Engel dort wunschlos glücklich gewesen sein. Aber sie waren es nicht. Sie wollten mehr, und deshalb rebellierten Luzifer und seine Engel. Und wenn die Engel nicht glücklich im Himmel sind, wie sollte ich es dann sein«, sagte die arme Florrie und setzte sich wieder hin. »Geben Sie mir einen Drink, Mary, nur als Medizin natürlich. Damit breche ich mein Gelübde der Enthaltsamkeit nicht, das würde ich ja auch um keinen Preis tun.« Sie seufzte. »Aber nach einer schlaflosen Nacht ist das unbedingt notwendig, das können Sie mir glauben.«

»Ich werde Mr. Darmody fragen.«

»Oh, nein. Bitte fragen Sie Paul nicht. Er ist manchmal sehr egoistisch und verständnislos. Aber Sie verstehen mich, Mary, Sie sind ein vernünftiger Mensch. Ich möchte nur einen kleinen Drink – als Medizin. Sie haben doch sicher etwas Whisky in der Küche – zum Würzen, nicht wahr?«

»Nein.«

»Nein?« Florrie war entsetzt. »Wollen Sie damit sagen, daß Sie niemals Whisky zum Würzen benutzen?«

»Ja, Miss Darmody.«

»Daran fehlt's also. Ich wußte, daß Ihre Küche nicht ganz perfekt ist, daß es an einer Kleinigkeit fehlt, obwohl ich nicht genau wußte, an was. Sie sollten alles mit Whisky würzen, mein Kind!«

»Ja, Miss Darmody.«

»Ein Napfkuchen ohne einen Schuß Whisky ist wie ein – wie ein schlechter Napfkuchen. Gehen Sie jetzt mal schnell in die Gaststube und bitten Sie Paul, Ihnen eine halbe Flasche Whisky zu geben. Tun Sie einen Eßlöffel voll in den Kuchenteig, und Sie werden erstaunt sein, wieviel besser der Kuchen schmecken wird. Aber nicht mehr als einen gestrichenen Löffel voll«, sagte Florrie. »Ich sage Ihnen jetzt so genau Bescheid, weil ich, wenn Sie zurückkommen, wahrscheinlich nicht mehr hier sein werde.«

Nachdem Mary es ihm erzählt hatte, schwieg Paul einen Augenblick. Dann sagte er ruhig: »Ist es sehr schlimm?«

»Sie regt sich über den Himmel auf.«

Er holte tief Atem. Sein Gesicht nahm einen gespannten Ausdruck an, als müßte er sich gewaltsam zusammenreißen, um eine unangenehme Aufgabe zu erfüllen.

»Sie muß während der Nacht in der Gaststube gewesen sein. Ich hatte das Gefühl, daß meine Schlüssel heute morgen an einem anderen Platz lagen. Könnten Sie sie ins Bett bringen, Mary? Dort ist sie am besten aufgehoben.«

Florrie ließ sich erst dazu überreden, ins Bett zu gehen, nachdem man ihr eine »Medizin« versprochen hatte. Selbst danach zögerte sie noch.

»Ich bin doch nicht krank, Mary. Krank genug, um eine Medizin zu bekommen, aber nicht so krank, um ins Bett zu müssen.«

»Selbst wenn man nur ein bißchen krank ist, ist Bettruhe gut, Miss Darmody«, sagte Mary.

»Glauben Sie? Ich finde, daß man diese Dinge nie verallgemeinern soll. Man muß jeden Fall individuell behandeln. Die besten Ärzte sind darin ganz meiner Meinung. In meinem Fall hat sich nichts so gut bewährt wie frische Luft und Bewegung – viel Bewegung.«

Während dieser unheilverkündende Ausspruch Mary durch den Kopf ging, zog sie Florrie ihr bestes Nachthemd an. Und da sie sowohl um Florries Gesundheit wie um ihre Tugend besorgt war, bestand Mary darauf, daß Florrie ihre Unterwäsche anbehielt. Nachdem sie den gestopften, aber sauber gewaschenen Morgenrock für alle Fälle auf den Stuhl neben dem Bett gelegt hatte, glaubte sie alles, was in ihrer Macht stand, getan zu haben.

Aber Florrie hatte nicht den Wunsch, allein zu sein. Sie saß bequem in die Kissen zurückgelehnt und schlürfte mit damenhaften kleinen Schlucken den Whisky, den Paul ihr gegeben hatte. Dabei sehnte sie sich nach Gesellschaft und Unterhaltung.

»Es ist nämlich alles schwierig, sehr, sehr schwierig«, sagte sie. »Man sollte sich aussprechen. Finden Sie nicht auch, daß man sich aussprechen muß, Mary?«

Mary, die sich in ihrem ganzen und oft nicht leichten Leben niemals diesen Luxus gestattet hatte, stimmte zu. Über den Rand ihres Glases hinweg warf Florrie ihr einen scharfen Blick aus ihren blassen Augen zu.

»Zuerst hält man sich an die strengen Sitten und Gebräuche, bis man entdeckt, daß man Kompromisse machen muß. Das ist das Geheimnis des Lebens – zu wissen, wann man Kompromisse machen muß. Aber Sie sind noch zu jung, um das zu verstehen, Mary. Sie müssen warten, bis Sie so alt sind wie ich.« Sie strich sich übers Haar. »Noch ein paar Jahre. Ich will Ihnen ein Beispiel geben ...« Sie hielt ihr Glas in der ausgestreckten Hand, die sie jedoch schnell zurückzog, weil sie fürchtete, daß Mary ihr das Glas abnehmen könnte. »Ich lege das Gelübde der Enthaltsamkeit ab – das scheint eine ganz einfache Angelegenheit zu sein, nicht wahr? Aber warten Sie – was geschieht?«

»Was?«

»Haben Sie denn keine Augen im Kopf, Kind? Sie sind doch nicht dumm, Mary! Sie sind doch so ein liebes Mädel, es wäre wirklich ein Jammer, wenn es sich herausstellen würde, daß Sie dumm sind. Hören Sie zu, Mary! Meine augenblickliche Lage ist ein ausgezeichnetes Beispiel – ein klassisches Beispiel – für das, was wir eben diskutiert haben.« Sie runzelte die Stirn. »Was haben wir eben diskutiert?«

»Ob ich dumm bin.«

»Aber nein, Mary. Das war doch nur eine kleine Abschweifung. Allerdings fürchte ich, daß Sie nicht besonders klug sind, stimmt's?« Florrie runzelte wieder die Stirn. »Worüber habe ich vorher gesprochen?«

»Vielleicht über Ihr Gelübde, Miss Darmody?«

»Ja, natürlich, das war es. Wie gesagt: Ich habe das Gelübde der Enthaltsamkeit abgelegt, und ich habe die Absicht, es zu halten, das ist ja nur natürlich, und was geschieht? Ich werde krank, und die einzige Medizin für mich ist eben der Alkohol, den ich nicht mehr trinken wollte. Und *das* hat mir ein sehr weiser alter Arzt in Dublin gesagt. Ein sehr weiser Mann! Er berechnet drei Pfund, wenn er einen nur ansieht. Ich will natürlich nichts gegen unseren Doktor Condon hier sagen, aber er hat nicht genügend *Erfahrung*. Und so sitze ich also, sozusagen, zwischen zwei Stühlen. Auf dem einen Stuhl sitzt mein Gelübde, auf dem anderen mein kranker Körper. Und zu welcher Entscheidung werde ich kommen? Soll ich mein Gelübde brechen?«

Mary war dankbar, daß sie diese Frage leicht beantworten konnte. Sie blickte auf das halbleere Glas und sagte: »Ja.« Und wieder zeigten sich schwere Sorgenfalten auf Florries Stirn.

»Kind, Kind! Wissen Sie denn, was Sie sagen? Wenn ich diesen Alkohol nicht trinke, begehe ich Selbstmord, und würde ich damit nicht gegen die Gesetze verstoßen?« Glücklicherweise beantwortete sie ihre eigene Frage, bevor Mary einen weiteren Irrtum begehen konnte. »Doch. Und daher, um einen Selbstmord zu vermeiden, trinke ich dieses abscheuliche Zeug«, sagte Florrie und trank einen großen Schluck. »Wenn man zwischen zwei Übeln zu wählen hat, wählt man das kleinere. Daraus ergibt sich, daß ich mein Gelübde nicht breche«, sagte Florrie im Brustton der Überzeugung. »Ist das ganz klar?«

»Ja, Miss Darmody.«

Florrie hielt Mary ihr leeres Glas mit zitternder Hand

hin: »Und deshalb werde ich noch ein Schlückchen trinken«, sagte sie.

Es dauerte drei Wochen, bis die müde, erschöpfte Florrie, bedrückt, weil sie wieder einmal eine Schlacht geliefert und verloren hatte, bereit war, mit Vater Healy schwierige theologische Probleme zu diskutieren. Es waren drei anstrengende Wochen für alle Beteiligten gewesen.

»Aber nicht ganz so schlimm wie früher, und das verdanken wir Ihnen«, sagte Paul zu Mary.

Obwohl sie noch immer scheu miteinander waren, standen sie jetzt auf einem etwas freundschaftlicheren Fuß. Es war kaum zu verwundern, daß sie sich während der letzten drei Wochen ein wenig nähergekommen waren. Florrie durfte nicht einen Augenblick unbewacht bleiben, sonst würde sie wie ein zitternder, aber eigenwilliger Schatten in die Wirtsstube huschen, um von der verbotenen Frucht zu naschen. Während des Tages wurde Florrie entweder von Paul oder von Mary bewacht. Aber nachts hatte der übermüdete Paul ein paarmal die leisen Schritte auf der Treppe überhört, und da er Florrie nicht in ihr Zimmer einschließen konnte – einmal hatte er es getan, und Florrie hatte die Fenster geöffnet und ganz Kilmuc mit ihren wilden Schreien geweckt –, bot Mary ihm an, bis zum Ende der Krisis im Haus zu übernachten. Paul hatte das Angebot dankbar angenommen. Sie hatten Florrie gemeinsam gepflegt und die Whiskyration allmählich reduziert, bis die Unglückliche geistig und körperlich wieder so wohl war, wie sie sein konnte. Paul und Mary waren sehr erschöpft.

Mary errötete, als Paul sich bei ihr bedankte. Sie sagte rasch: »Ich habe nur meine Pflicht getan.« Dann zögerte sie, errötete noch mehr, und sagte stockend: »So hab' ich's nicht gemeint. Ich – ich wollte nur sagen ...«

Paul lächelte.

»Versuchen Sie nicht, es mir zu erklären; Sie können

sich nicht sehr gut ausdrücken, ich mich auch nicht. Ich wollte nur eins sagen: vielen Dank!«

»Ich glaube, Miss Darmody ist jetzt wieder in Ordnung«, sagte Mary ruhig.

»Ja, eine Zeitlang wird es ihr nun wohl besser gehen. Sie sind sehr lieb und gut zu ihr gewesen, Mary.«

»Ich hab' sie sehr gern.«

»Die anderen haben sie ausgelacht, und das war das Schlimmste, was sie tun konnten.« Mary schwieg, und nach einer Weile fuhr Paul fort: »Dr. Condon hat mir gesagt, daß sie nicht mehr viele derartige Anfälle überstehen könnte, weil sie ein schwaches Herz hat.« Er blätterte mechanisch in dem Buch auf seinen Knien. »Daher habe ich um so mehr Grund, Ihnen für Ihre Hilfe dankbar zu sein.«

Mary starrte nachdenklich auf seinen gebeugten Hinterkopf. Er war viel zu schmal, und sein Haar schien grauer geworden zu sein. Er sollte einen Menschen haben, der ihn richtig betreute, ihm gut zuredete, wenn er sich Sorgen machte, und darauf sah, daß er genug aß. Für einen Augenblick empfand sie der armen unglücklichen Florrie gegenüber fast ein Gefühl des Hasses, bis sie sich darüber klar wurde, daß er ohne sie noch viel schlechter daran wäre. Jetzt hatte er wenigstens ein wenn auch kümmerliches Heim und jemanden, der ihn gern hatte. Von Florrie abgesehen, hatte er keinen Menschen...

Florrie schlenderte ins Zimmer. Ihre Stimme und ihr Benehmen waren gedämpft, aber ihre Lippen, ihre Wangen und ihr Haar waren grellrot – greller denn je. Paul lächelte ihr freundlich zu, und sie lächelte scheu zurück und setzte sich ihm schweigend gegenüber. Mary deckte den Tisch, und Paul blätterte in seinem Buch. Florrie wurde unruhig und begann sich zu räuspern. Paul hob den Kopf. »Aber Florrie!«

Als sie seinen bestürzten Ton hörte, blickte Mary erstaunt auf.

Dicke Tränen rollten über Florries eingefallene Backen

und hinterließen tiefe Furchen in der dicken Puderschicht. Ihre Lippen bebten, ihre Schultern zuckten. Sie weinte so verzweifelt und hilflos wie ein Kind. Paul und Mary beugten sich über sie, aber sie hielt sie mit zitternden Händen zurück.

»Nein, nein! Laßt mich weinen, das tut mir gut. Ich weine, weil es mir leid tut – von Herzen leid tut.«

»Sie weinen, weil Sie krank waren, Miss Darmody. Das tut jeder. Und es ist gar nicht gut für Sie. Bitte, hören Sie auf!«

»Ich bin nicht krank gewesen – nur betrunken. Ich hab' mich einfach betrunken, schamlos betrunken – tagelang. Ich hab' mich wie ein Schwein benommen, wie ein Ferkel, wie eine Sau«, sagte Florrie verzweifelt. Der Schweinestall schien es ihr angetan zu haben. »Ich wünschte, ich wäre tot. Ich schäme mich, daß ich am Leben bin, ich schäme mich, euch beiden in die Augen zu sehen. Ich schäme mich, weil ich Mary so ein schlechtes Beispiel gebe und weil ich dir so eine schlechte Schwester bin, Paul...«

»Ich wünsche mir keine bessere Schwester«, sagte er sanft.

»Du solltest heiraten, Paul. Nur meinetwegen hast du weder eine Frau noch Kinder. Ohne mich wärst du längst verheiratet, aber du konntest es keiner Frau zumuten, im selben Haus wie ich zu leben. Ich bin eine unmögliche Person. Du solltest mich fortschicken, Paul, Leute meiner Art gehören in ein Heim«, seufzte sie händeringend.

»Ich bin noch nie einer Frau begegnet, derentwegen ich dich hätte aufgeben wollen, Florrie.«

Sie blinzelte ihn unter Tränen an, dann fragte sie feierlich: »Ist es wirklich wahr, daß ich dich nicht am Heiraten gehindert habe? Kannst du mir das schwören, Paul?«

»Ja.«

»Dann fällt mir allerdings ein Stein vom Herzen«, sagte Florrie strahlend. Sie schluchzte kurz auf. »Und schließlich sind wir drei ja hier ganz glücklich, nicht wahr? Sie sind doch glücklich, Mary?«

»Ja, Miss Darmody.«

»Könnten Sie nicht ganz bei uns bleiben – oder wenigstens nicht so oft nach Hause gehen? Paul muß sich doch ums Geschäft kümmern, er kann nicht dauernd auf mich aufpassen, aber wenn Sie da wären und ich das Gefühl hätte, daß die Versuchung wieder an mich herantritt, könnten Sie mir bestimmt helfen, ihr zu widerstehen. Vielleicht könnten wir zusammen spazierengehen, die Blumen betrachten und dem Sang der Vöglein lauschen und – und schönes, klares Quellwasser trinken!«

»Sie haben den Darmodys sehr geholfen«, sagte Johanna anerkennend.

Mary war zu ihr gekommen, um sich zu bedanken. Die Zwillinge waren im Begriff, in ihre neue Schule zu fahren; sie würden imstande sein, den Pensionspreis voll zu bezahlen, sie würden neue Schuluniformen tragen und ihren Mitschülern stolz in die Augen sehen können. Aber Johanna zeigte nicht das geringste Interesse an den Zwillingen.

»Bisher hat Florrie noch niemals einen ihrer Anfälle überstanden, ohne sich mindestens einmal öffentlich zur Schau gestellt zu haben. Ich gratuliere Ihnen wirklich von Herzen, Mary.«

»Es war gar nicht so schwierig, mit ihr fertig zu werden.«

»Nein? Sie müssen mehr Autorität besitzen, als man annehmen sollte. Und Paul verwalten Sie wohl auch ganz gut, was?«

Mary errötete; leider passierte ihr das in letzter Zeit sehr oft.

»Ich verwalte ihn gar nicht, und Florrie hab' ich auch nicht tyrannisiert.«

»Du liebe Zeit, man weiß wirklich nicht, wie man mit Ihnen reden soll, Mary, Sie sind so empfindlich. Natürlich haben Sie Florrie nicht tyrannisiert! Sie haben ihr einfach geholfen, das Richtige zu tun.« Sie klopfte Mary ermutigend auf die Schulter. »Paul sieht auch viel besser aus – nicht mehr wie eine halbverhungerte Maus.« Sie machte absichtlich eine Pause.

Marys Gesicht und Nacken waren dunkelrot.

»Man braucht ja nicht gleich ausfallend zu werden und Leute herumzukommandieren, um ein bißchen Ordnung in einen Haushalt zu bringen. Aber wenn man anders als andere Menschen ist, sehen sie auf einen herab und nehmen gleich das Schlimmste an. Oder vielleicht wollen sie einen einfach falsch verstehen!«

Johanna sah aus wie eine zufrieden schnurrende Katze.

»Ich glaube, Mary, Sie bringen alles etwas durcheinander – oder hab' ich Sie nicht richtig verstanden? Wer sieht auf Sie herab?«

Mary schluckte.

»Ich habe ruhige Menschen gern«, sagte sie trotzig.

»Ach, das wollten Sie mir zu verstehen geben. Also, ich bin ein ruhiger Mensch«, sagte Johanna mit falscher Sanftmut und zog die Krallen ein, »dann wollen wir jetzt in Ruhe und Frieden zusammen ein Täßchen Tee trinken.«

Sechstes Kapitel

Ein Literat aus Dublin hatte einen Roman veröffentlicht.

Es war ein mittelmäßiger Roman; ein noch tieferes Niveau wäre unwürdig gewesen, und ein höheres töricht, weil es dann schwierig gewesen wäre, einen Verleger zu finden. Das Buch war langweilig genug, um nicht als melodramatisch verrissen zu werden, und es war sarkastisch und bitter genug, um dem Geschmack der Intellektuellen gerecht zu werden; es war voller Anspielungen auf bekannte Persönlichkeiten, wodurch es in gewissen führenden Kreisen ein Erfolg wurde. Es war nicht ganz leicht gewesen, den Roman zu schreiben, und es hatte ziemlich viel Zeit in Anspruch genommen, aber der Autor glaubte, daß er sich durch die Veröffentlichung dieses Buches seinen literarischen Ruf für mindestens zehn Jahre gesichert hatte. Das Buch hatte einen reizvollen, modernen Einband.

Seine Freunde lobten den Roman (auf jeden Fall in seinem Beisein, obwohl sie, seitdem er nun wirklich gedruckt worden war, nicht mehr ganz so enthusiastisch waren), seine Rivalen verdammten ihn in Grund und Boden, denn sie glaubten alle an das alte Prinzip, daß die Niederlage eines anderen zu ihrem eigenen Erfolg beitragen müßte. Der Autor hatte insofern Pech, als seine Rivalen bessere Beziehungen zur Presse hatten als seine Freunde, aber dieses Mißgeschick wurde mehr als ausgeglichen, weil er eine Verwandte besaß, die zur Zeit in einem englischen Film-Atelier beschäftigt war. Dieses reizende Geschöpf machte den Regisseur auf das Buch ihres Vetters aufmerksam, und er erfaßte die filmischen und finanziellen Möglichkeiten des Romans sofort.

Der glückliche Verfasser hielt seinen Kopf sehr hoch, wenn er von neiderfüllten Blicken verfolgt durch die Straßen der Stadt schlenderte, mit seinem Scheck über zweitausend Pfund in der Tasche, der seinen Erfolg in den Augen der Welt ein für allemal etabliert hatte. Sein Name und sein Gesicht waren den Zeitungslesern nun wohlbekannt. Es lächelte ihnen aus allen illustrierten Zeitungen freundlich zu, während er die Schauspieler begrüßte, die in seinem Film spielen sollten und zu denen natürlich auch seine Cousine gehörte, die die Rolle einer überspannten Irin für sich ergattert hatte. Er zeigte Regisseur und Schauspielern die Sehenswürdigkeiten von Dublin, er machte sie auf interessante georgianische Bauwerke aufmerksam, ging mit ihnen durch die Altstadt, dinierte und trank mit ihnen.

Eine Anzahl von Szenen wurden in Dublin selbst gefilmt; später mußten sie auf die Suche nach einem geeigneten, typisch irischen Dorf gehen, in dem das überspannte irische Mädchen seine Kindheit verbracht hatte. Irgend jemand schlug die Küste von Waterford vor. (Es war spät abends, und der Vorschlag entsprang einer rührseligen, alkoholischen Stimmung; der Betreffende entsann sich einer Fahrt an der Küste an einem sonnigen Sommermorgen, an dem sein Auto und seine Leber sich in glänzendem Zustand befunden hatten.) Er erwähnte das Dorf Ballybay, ein hübsches Wirtshaus, eine pausbäckige Wirtin und einen besonders guten Whisky. Man fuhr nach Ballybay und fand es geeignet; etwas später folgte das gesamte Personal – Schauspieler, Fotografen und Techniker.

Ihre Ankunft erzeugte große Aufregung in Ballybay. Im Dorf und in der unmittelbaren Umgebung gab es wenig Quartiere, aber die Dorfbewohner waren gewillt, zu zehnt in einem Zimmer zu schlafen, um die großzügigen Besucher bei sich aufnehmen zu können. Die unwichtigeren der Filmleute wurden auf diese Weise untergebracht, während die wichtigeren in den beiden Hotels in Tramore und Waterford abstiegen, von wo aus sie mit ihren Autos in wenigen Minuten ins Dorf Ballybay fahren konnten.

Und schließlich war auch noch ein leibhaftiger Filmmagnat auf der Bildfläche erschienen. Ein Mensch aus Fleisch und Blut – nicht nur ein Wunschtraum! Sobald Pansy von seiner Ankunft gehört hatte, zog sie sich ihr bestes Kleid an – der Puppe Jennifer natürlich auch –, schmierte sich und Jennifer rote Geranienblätter über die Backen und machte sich auf den Weg zum Filmmagnaten.

An einem heißen Tag ist ein Marsch von drei Meilen für ein kleines Mädchen eine anstrengende Sache. Aber Pansy verlangsamte ihre Schritte nicht für einen Augenblick. Nur als sie an der Grenze des Dorfes Ballybay ankam, machte sie eine Pause und nahm einen kleinen Spiegel und einen zerbrochenen Kamm aus der Tasche. Sie kämmte ihr Haar, bog die Wimpern mit angefeuchtetem Zeigefinger nach oben und marschierte weiter. Sie hielt den ersten Mann an, den sie auf der Straße traf.

»Wo sind die Filmleute?« fragte sie.

Zu Pansys Erstaunen sah der Mann sie äußerst unfreundlich an. Er hatte drei Nächte lang vergeblich versucht, mit seinen sechs kleinen Kindern in einem Zimmer zu schlafen – vier der Kinder lagen in seinem Bett. Er liebte seine Familie, aber das ging ihm denn doch zu weit. Im Augenblick hatte er entsetzliche Kopfschmerzen und einen Haß auf alle Kinder.

»Die ...!« stieß er hervor und spuckte in hohem Bogen. »Die sind überall.« Dann ging er brummig weiter.

Pansy stand stocksteif mitten auf der Straße. Dann zog sie schnell noch einmal den Spiegel heraus und betrachtete sich prüfend – nein, das war es nicht, sie sah ganz gut aus. Sie verdrängte den unangenehmen Kerl aus ihren Gedanken und sah sich um, ohne jedoch eine Spur von den Filmleuten entdecken zu können. Dann ging sie mit entschiedenen Schritten auf den kleinen Laden zu, in dem sich das Postamt befand. Hinter dem Ladentisch stand eine sehr alte Frau, von der sich Pansy mit Matthews Geld eine Flasche Limonade kaufte, die sie in einem Zug austrank.

»Das war gut – ich war nämlich schrecklich durstig«, sagte sie.

»Das ist die Hitze.«

»Ich komme von weit her«, erklärte Pansy, »aus Doon.«

»Aus Doon? Wie heißt du denn, Kleine?«

»Ich heiße Monaghan, Pansy Monaghan.«

»Tatsächlich?« Die alte Frau wurde plötzlich sehr interessiert. »Zu welchen Monaghans gehörst du? Ist deine Mutter vielleicht die Bridget Monaghan?« fragte sie vorsichtig.

»Ja.« Pansy bemerkte, daß die Alte sehr neugierig war und gern etwas über ihre Familie erfahren wollte; daher hielt sie den Augenblick für gekommen, zur Tür zu gehen. »Ich muß gehen; ich bin nur hergekommen, um die Filmleute zu sehen, und Mutti wird böse, wenn ich nicht rechtzeitig zum Tee zu Hause bin.«

»So – die Filmleute willst du sehen! Die sind unten am Hafen – gleich um die Ecke. Du kannst sie nicht verfehlen, weil sie immer von einer Menge Leute umgeben sind.« Die alte Frau rümpfte verächtlich die Nase. Dann, als Pansy im Begriff war, aus dem Laden zu gehen, sagte sie verzweifelt: »Möchtest du nicht noch eine Limonade trinken?«

Pansy befühlte zärtlich den Schilling in ihrer Tasche.

»Ich hab' kein Geld mehr«, sagte sie traurig.

Sie bezahlte ihre zweite Flasche Limonade mit Auskünften über sich und ihre Familie, die zwar nicht unbedingt den Tatsachen entsprachen, jedoch ihre Zuhörerin zu beeindrucken schienen. Schließlich verließ Pansy den Laden, ohne einen Blick auf die Bonbon-Büchsen und die Keksdosen zu werfen.

Die Zuschauermenge stand an eine Steinmauer gepreßt und blickte auf den kleinen Hafen hinunter. Pansy bahnte sich mühsam einen Weg zwischen knochigen Knien und spitzen Ellbogen hindurch und starrte ebenfalls nach unten. Auf der einen Seite der kleinen Bucht befand sich ein natürliches Felsplateau, auf der anderen eine Asphaltmole, die sich zum Meer hinuntersenkte. Dazwischen lag ein halbmondförmiger, gelber Sandstrand, auf dem einzelne Figuren und Gruppen von Menschen zu sehen waren. Rechts von ihnen entdeckte Pansy, mit einem bei ihr seltenen Gefühl echter Erregung, die Kameras.

Eine ganze Viertelstunde starrte sie in schweigender Bewunderung auf die Bucht, dann, nachdem ihr klar wurde, daß sie damit nicht weiterkäme, begann sie Umschau zu halten...

Es war schwer, festzustellen, wer der Magnat war, da man ihn an einem so heißen Tag leider nicht an seinem Pelzkragen erkennen konnte. Sie kniff die Augen zusammen und sah sich nach einem Mann mit einer dicken Zigarre um, aber sie konnte nur Zigarettenraucher entdecken. Die einzige Möglichkeit war, hinunterzugehen und sich zu erkundigen. Sie nahm ihren Ellbogen von der Hüfte ihrer Nachbarin, auf die sie sich bisher bequem gestützt hatte, und fragte höflich: »Ach bitte, wie kommt man zum Strand?«

»Was?« sagte die Frau, froh, endlich von Pansys scharfem Ellbogen befreit zu sein. »Du willst runtergehen? Das kannst du nicht – es ist verboten.«

Sie suchte sich einen besseren Platz, von dem aus sie Pansys Aussicht fast völlig verdeckte. Noch während die Frau sprach, bemerkte Pansy plötzlich ein kleines Mädchen, das allein auf dem Felsenvorsprung neben dem Strand saß. Wenn dieses Kind dort hingelangt war, konnte Pansy Monaghan es bestimmt auch fertigbringen. Pansy drängte sich wie ein rücksichtsloser Igel durch die Menge und hinterließ wunde Stellen, blaue Flecke und schimpfende Leute. Sie hatte einen guten Ortssinn, der sie auch jetzt nicht im Stich ließ. Sie ging zielbewußt nach rechts, bis sie zu einer grasbewachsenen Felsenklippe kam, dann kletterte sie einen steilen Ziegenpfad hinab, der ins Geröll führte, dann ging sie nach links und kletterte halb rutschend über mehrere Felsblöcke. Einmal fiel sie – aber glücklicherweise auf die Puppe Jennifer – und schließlich kam sie mit nur einer Knieschramme bei dem Kind an, das sie von oben gesehen hatte.

Sie setzte sich dreist neben das kleine Mädchen und sah es an. Stolz auf ihre erfolgreiche Tour sagte sie »Hallo!«, obwohl sie normalerweise mit Kindern dieser Art nicht gesprochen hätte. Das kleine Mädchen trug einen völlig zerrissenen grünen Rock und einen durchlöcherten roten Sweater, durch den ihre nackte Haut zu sehen war. Ihr blondes Haar hing in Strähnen über ihre Schultern; sie hatte weder Haarband noch Spange. Sie war barfuß.

Sie sah Pansy stirnrunzelnd an. Pansy sagte noch einmal: »Hallo«, nur etwas lauter, aber noch immer freundlich. Das andere Kind wandte seinen Kopf ab und sagte mit hoher schriller Stimme: »Was machst du denn hier?«

Pansy fiel fast von ihrem Felsvorsprung ins Wasser. Sie hatte diesen kultivierten englischen Akzent schon oft gehört, manchmal auf der Leinwand, und manchmal von den Teilnehmern der Fuchsjagd in Doon, und sie wußte, was sie davon zu halten hatte. Jetzt fiel ihr auf, daß das Kind trotz seiner zerrissenen Kleidung nicht ein einziges Schmutzfleckchen hatte und daß sein langes, offenes Haar sauber und glänzend war. Pansy sagte vorsichtig: »Ich wollte zusehen.«

Das fremde Kind sah sie hochmütig an.

»Hier kannst du nicht bleiben. Weißt du nicht, daß sich niemand hier aufhalten darf, während sie Aufnahmen machen?«

»*Du* bist doch auch da«, sagte Pansy.

Das Kind lachte zornig.

»Ich bin Maybella Merton.« Pansy sagte nichts. Das Kind fragte scharf: »Kennst du mich nicht?«

»Nein«, sagte Pansy.

Maybella Merton zuckte die Achseln und blickte gelangweilt aufs Meer hinaus. »An einem Ort wie hier gibt's natürlich keine Kinos«, sagte sie verächtlich.

»Doch, in Kilmuc sind mindestens drei. Ich geh' oft ins Kino.«

»Wirklich?« Das Kind hob die Augenbrauen. »Und hast du ›Die Liebesschaukel‹ nicht gesehen?«

»Ich glaube nicht.«

»Das war mein letzter Film.«

Pansy fand, vielleicht zum erstenmal in ihrem Leben, keine Worte. Schließlich sagte sie langsam: »Bist du eine Filmschauspielerin?«

»Natürlich; ich hab' dir doch gesagt, daß ich Maybella Merton bin.«

Es folgte ein längeres Schweigen. Maybella starrte auf den Horizont, und Pansy starrte auf Maybella. Dann holte Pansy tief Atem.

»Es ist... es ist einfach wundervoll, deine Bekanntschaft gemacht zu haben.«

Maybella schien jetzt nicht mehr ganz so gelangweilt zu sein, und sie gab es auf, den Horizont zu betrachten.

»An einem Ort wie hier muß jedes ungewöhnliche Ereignis aufregend sein.«

»O nein, nicht *jedes;* es gibt viele ungewöhnliche Dinge, die überhaupt nicht aufregend sind, aber dich kennenzulernen – einen berühmten Filmstar – das ist wirklich aufregend.«

Maybella sagte fast schmunzelnd: »Viel kannst du ja von mir nicht wissen, wenn du keinen meiner Filme gesehen hast.«

»Doch, ich weiß sogar sehr viel von dir. Ich hab' dich zwar noch nicht gesehen, aber ich hab' in Filmzeitschriften über dich gelesen. Ich weiß, daß du wundervoll bist und sehr, sehr berühmt. Ich hab' nur zuerst deinen Namen nicht verstanden«, erklärte Pansy geschickt, »aber ich weiß selbstverständlich, wer du bist. Und selbst wenn man dich nur ansieht, merkt man, daß du berühmt bist.«

Jetzt schmunzelte Maybella ganz offen.

»Ich bin wohl ziemlich bekannt.«

Pansy ließ nicht locker.

»Natürlich bist du sehr bekannt. Überall! Wahrscheinlich hast du gedacht, daß gewöhnliche Kinder wie ich noch nichts von dir gehört haben, aber wie du siehst, hast du dich geirrt. Wir haben zu Hause oft von dir gesprochen«, sagte Pansy, die fühlte, daß diese Kreatur unersättlich war. »Wir haben uns deine Bilder in der Illustrierten angesehen, sogar sehr oft.« Pansy machte eine Pause und seufzte, dann fragte sie bescheiden: »Hast du was dagegen, wenn ich hierbleibe? Ich bin ganz still, ich möchte nur neben dir sitzen.«

»Ich glaube, das wird gehen. Zu meinen Szenen werden sie wohl heute doch nicht mehr kommen.«

Pansy seufzte erleichtert auf. Sie suchte sich einen weniger kantigen Platz auf dem Felsen und setzte Jennifer neben sich. Ruhig und entspannt beobachtete sie die scheinbar chaotischen Vorgänge am Strand; sie war so nah, daß sie die sonderbar geschminkten Gesichter der Schauspieler erkennen konnte. Aber den Magnaten konnte sie nicht entdecken. Sie mußte Maybella fragen.

»Wer macht diesen Film, Maybella?«

»Was meinst du? Wir alle machen ihn natürlich.«

»Aber wer ist der Oberste?«

»Meinst du Alan Horton? Der ist da drüben.«

Alan Horton sprach ernsthaft mit einem Mädchen in einem grünen Schal und einem roten Rock, der fast so zerrissen war wie Maybellas, und mit einem fetten kleinen Priester, der seinen runden Hut auf den Hinterkopf geschoben hatte. Alle drei fuchtelten wild mit ihren Zigaretten. Mr. Horton trug ein grünlichgelbes Hemd, braune Waschsamthosen und Sandalen. Er war ein kleiner, traurig aussehender Mann. Pansy war irgendwie enttäuscht, aber immerhin – er war ein Filmmagnat, und sie verschlang ihn mit gierigen Augen.

»Ich spiele sie – als Kind.«

Sie zeigte auf das Mädchen mit dem grünen Schal.

»Ach, deshalb sind deine Sachen wohl auch zerrissen?«

»Wir sind die Familie eines armen Fischers.«

Pansy hatte noch nie die Familie eines Fischers so bunt und so unordentlich gekleidet gesehen. Sie sagte ernst: »Ich finde es merkwürdig, daß du so zerlumpt aussiehst, und die da unten sollte wirklich alt genug sein, um ihre eigenen Kleider zu stopfen. Und selbst du, wenn du sie als Kind spielst, solltest eine Mutter oder eine Tante haben, die deine Sachen flickt.«

Maybella zuckte die Achseln.

»Wir spielen doch Iren.«

Pansy war bestürzt.

»Aber ich bin doch selbst irisch, und ... und ...«

»Sei still«, sagte Maybella heftig. »Sie machen eine Aufnahme.«

Die anderen hatten sich von dem Mädchen und dem Priester zurückgezogen, die nun zusammen neben einem gestrandeten Boot standen. Das Mädchen sprang in das Boot hinein und wieder hinaus. Dann starrte es mit wildem Gesicht aufs Meer und sagte etwas, das Pansy nicht verstehen konnte. Der Priester ging einen Schritt zurück, nahm seinen runden Hut ab und bekreuzigte sich schwungvoll. Das Mädchen warf seinen Kopf leidenschaftlich zurück und streckte seine Arme aus.

»Die hellen Lichter rufen mich, Hochwürden«, sagte das Mädchen jetzt so laut, daß Pansy es verstehen konnte. »Hier würde ich mich verzehren, ich würde sterben, wenn ich noch länger dem einsamen Rauschen der Wellen lauschen müßte.« Sie fiel auf die Knie. »Segnen Sie mich, Hochwürden, und lassen Sie mich von hinnen ziehen.«

Der willige Priester segnete sie gründlich, und danach formte der Rest der Filmleute sich wieder zu einer aufgeregt gestikulierenden Gruppe.

Maybella gähnte.

»Das haben sie nun schon dreimal aufgenommen, und

wahrscheinlich werden sie den ganzen Nachmittag über nichts anderes tun. Sie ist nicht besonders begabt.«

Pansy hatte das Gefühl, daß es richtig wäre, Maybella von ganzem Herzen zuzustimmen.

»Sie sprechen so komisch.«

»Irisch«, sagte Maybella.

»Ach so...«, sagte Pansy zögernd. »Und warum hat er sich mit soviel Schwung bekreuzigt?«

»Das solltest du doch wissen, du bist doch römisch, nicht wahr?«

Pansy war von Stolz geschwellt. Sie hatte Sissy und Willie über die Römer sprechen hören, meistens von Kaisern und großen Helden, die alle ganz besonders edel waren. Maybella hatte sie scheinbar, von ihrer eleganten Erscheinung geblendet, für eine Römerin gehalten. Sie sagte: »Das bin ich allerdings, aber...«

Maybella streckte die Hand aus und zog Jennifer an sich.

»Deine Puppe ist hübsch angezogen, dasselbe Kleid wie du...« Sie legte den Kopf zur Seite. »Lohnt sich eigentlich gar nicht, eine häßliche alte Puppe so fein zu machen!«

»Alle meine Puppen sind gut angezogen«, sagte Pansy strahlend, und dann fiel ihr der Titel eines Schlagers ein, der ihr für diese Gelegenheit sehr geeignet erschien, ›Aus alter Freundschaft‹. »Ich wollte meine häßliche Puppe auch mal ausführen«, sagte sie, »aus alter Freundschaft.«

»Das verstehe ich«, sagte Maybella mit einem sentimentalen Augenaufschlag. »Ich hab' auch eine alte Lieblingspuppe, sie ist sogar schon sehr alt.«

»Ich dachte, wenn man so viele Puppen wie du hat, braucht man keine Lieblingspuppe.«

»Ich bin ein sehr bescheidenes Kind«, sagte Maybella. »Ich verdiene durchschnittlich achtzig Pfund die Woche, davon geht allerdings die Einkommensteuer ab, und alles, was ich in die Hand bekomme, sind drei Schilling Taschengeld in der Woche. *So* bescheiden bin ich.«

Pansy fand das heimlich auch mehr als dürftig; ihr eigenes Wocheneinkommen, das sie von ihrem unwilligen Vater bezog, überschritt Maybellas ganz beträchtlich. Sie beobachtete Maybella, die Jennifer gelangweilt in ihren Armen wiegte. Schließlich sagte sie ohne jedes mütterliche Gefühl: »Wenn du willst, kannst du meine Puppe behalten.«

»Nein, danke«, sagte Maybella kühl und legte Jennifer zurück auf den Felsen. »Sie ist mir *zu* alt.«

Pansy hätte ihr am liebsten eine Ohrfeige gegeben, statt dessen sagte sie mit süßer Stimme: »Ich möchte zu gern sehen, wenn *du* gefilmt wirst.«

»Das kannst du wahrscheinlich morgen, falls sie nicht zu sehr im Rückstand sind.«

»Wunderbar! Bist du morgen wieder hier? Hier auf dem Felsen? Und darf ich morgen wieder bei dir sitzen?«

»Ja, wenn du ruhig bist«, sagte Maybella huldvoll.

»Natürlich bin ich ruhig; war ich doch heute auch, nicht wahr? Und ich werde dir Süßigkeiten mitbringen. Was ißt du am liebsten?«

Maybella sah wieder ärgerlich aus.

»Ich darf keine Süßigkeiten essen; ich kriege nur zwei Bonbons am Abend, bevor ich mir die Zähne putze. Süßigkeiten sollen schlecht für meine Zähne sein.«

Pansy zögerte, schließlich sagte sie: »Wenn du Süßigkeiten essen dürftest – welche würdest du dann am liebsten haben?«

»Am liebsten ess' ich Cremehütchen – außen Schokolade und innen rosa Creme.«

»Die werde ich dir morgen mitbringen.« Die Kameras am Strand wurden jetzt zusammengelegt. Pansy stand auf. »Wird in diesem Film noch ein Kind gebraucht?« fragte sie wie zufällig.

»Natürlich nicht. Ich bin das einzige Kind in diesem Film.«

»Ach so.«

Pansy warf ihr von der Seite einen merkwürdigen Blick zu.

Eine halbe Meile hinter Ballybay überholte sie ein Brotwagen. Sie sah so klein und hilflos aus, daß der Fahrer anhielt und sie bis beinahe nach Hause brachte. Sie sprach kaum mit ihm, sondern bedankte sich beim Aussteigen nur höflich und etwas zerstreut. Sie hatte keine Zeit zum Sprechen, weil sie so angestrengt nachdenken mußte.

Am nächsten Morgen war sie sehr früh auf. Sie machte sich auf den Weg nach Kilmuc, und wieder hatte sie Glück, denn dieses Mal wurde sie von einem Milchwagen mitgenommen. In Kilmuc ging sie geradewegs zu Darmodys, wo Mary ihr die Tür öffnete. Mary war überrascht und erschrocken über diesen unerwarteten Besuch ihrer kleinen Schwester.

»Was machst du denn hier, Liebes? Ist zu Hause alles in Ordnung?«

»So ziemlich, bis auf Tommys Fahrrad; er muß es reparieren lassen, und deshalb hat er mich hergeschickt, weil er sich deins inzwischen borgen will; du brauchst es ja im Augenblick nicht, solange du hier wohnst, hat er gesagt.« Pansy holte nach diesem langen Satz tief Atem.

Sie schob Marys neues Fahrrad langsam vor sich her und nickte ernsthaft, als Mary sie ermahnte, nicht selbst auf der Hauptstraße darauf zu radeln.

»Weil deine Beine nämlich noch zu kurz sind und du nicht im Sattel sitzen kannst und weil es dann schwer ist, das Gleichgewicht zu halten. Willst du mir fest versprechen, nicht zu radeln?«

»Ehrenwort«, sagte Pansy und fügte sittsam hinzu: »Selbst wenn du es mir nicht verboten hättest, würde ich nicht radeln, aus Angst, daß deinem schönen, neuen Fahrrad was passieren könnte.«

Ihre unverbesserlich gutgläubige Schwester küßte und umarmte sie.

»Und du versprichst mir, gleich nach Hause zu gehen und mit niemandem in Kilmuc zu sprechen, ja?«

Pansy sah bei dieser Anspielung auf Matthew Hogan etwas gekränkt aus.

»Natürlich geh' ich gleich nach Hause; das hab' ich Mutti versprochen.«

Zu Pansys Glück saß Matthew vor seinem Haus in der Morgensonne; sie hätte keinen großen Wert darauf gelegt, Johanna anzutreffen, vor der sie einen ganz gehörigen Respekt hatte. Sie ging schnell zu ihm und sagte: »Ich möchte ein Pfund haben.«

Matthew fühlte einen scharfen Stich in der Magengegend. Bis vorhin hatte er sein Frühstück noch in großer Ruhe verdaut, aber jetzt schien es in seinem Magen sauer zu werden und zu revoltieren. Selbst Pansy verlor unter seinen haßerfüllten Blicken für einen Augenblick ihr seelisches Gleichgewicht.

»Ich muß es unbedingt haben«, sagte sie schnell. »Nur dieses eine Mal.« Er sah sie weiter wütend an. »Dann will ich auch für lange Zeit nichts mehr haben – vielleicht nie mehr.« Er lachte schrill auf. Pansy sah ihn mit großen verzweifelten Augen an. Sie wußte, wie gewagt es war, ihren Pakt mit ihm zu brechen und ihn hier vor seinem Haus zu belästigen, aber sie brauchte das Geld so dringend, daß ihr keine andere Wahl blieb. »Wahrscheinlich werde ich nichts mehr brauchen, weil ich nicht mehr hier sein werde.« Ganz offensichtlich war Matthew von der Richtigkeit ihrer Worte nicht überzeugt. Sie blickte zum Himmel empor, weil sie auf eine göttliche Eingebung hoffte, die sie dort auch wirklich fand. »Weil ich wahrscheinlich bald tot sein werde.«

»Wenn es nach mir gegangen wäre, hättest du niemals das Licht der Welt erblickt«, sagte Matthew heftig und recht unlogisch.

Er lachte nochmals bitter und schrill und wandte sich zum Gehen; Pansy wußte, daß sie den Stier jetzt bei den Hörnern packen mußte.

»Wenn ich erst tot bin, wird es dir leid tun, daß du nicht nett zu mir warst. Alle sind nett zu mir, weil ich... nicht mehr lange zu leben habe.« Sie entsann sich der aufregenden Präliminarien zum Tode einer Nachbarin in Doon. »Ich spucke nämlich Blut!«

Matthew blieb stehen.

»Was?«

»Ich spucke Blut, sogar sehr oft«, sagte Pansy schnell, »und deshalb kann ich dich von jetzt an nicht mehr um Geld bitten, weil ich morgen ins Krankenhaus komme. Ich muß jahrelang dortbleiben – Jahre und Jahre – wenn ich nicht schon vorher sterbe. Es ist ein besonderes Krankenhaus – ein Sanatorium oder so was ähnliches.« Matthew blickte besorgt auf sie herunter. »Wenn du willst, kann ich jetzt mal etwas Blut ausspucken«, bot sie ihm freundlich an.

»Das ist nicht nötig.«

»Nein, das hab' ich mir schon gedacht, weil... weil es kein sehr schöner Anblick ist. Zuerst muß ich immer husten. Ich huste und huste, und dann spuck' ich Blut.«

Sie hustete kurz und trocken.

»Hier brauchst du nicht zu husten«, sagte Matthew scharf.

»Ich wollte auch nicht, ich mußte.« Sie machte eine Pause. »Wirst du mir jetzt ein Pfund geben? Ich möchte im Sanatorium nicht ohne Geld sein.«

Matthew steckte seine Hand in die Tasche.

»Wann kommst du ins Sanatorium?«

»Morgen.«

»Das hast du bis jetzt sehr geheim gehalten.«

»Ja.« Ihre Nachbarin hatte es auch lange geheim gehalten – zu lange, wie es sich leider herausgestellt hatte. »Weil sie zu Hause nicht wollten, daß ich fortgeschickt werde.«

Und damit hatte Pansy seine Zweifel endgültig besiegt. Mit einem ganz anderen, und noch unangenehmeren Lachen zog Matthew einen Pfundschein aus der Tasche und überreichte ihn seiner großäugigen Tochter.

»Das ist also das letzte kleine Geschenk, das ich dir gebe, was?«

»Ja – außer wenn du mir was ins Sanatorium schicken willst.«

»Nein, das will ich nicht.«

»Wahrscheinlich würde es ja auch nicht lohnen, mehr als das werde ich wohl gar nicht mehr ausgeben können.« Pansy fühlte sich kreuzelend, sie war bleich und konnte sich kaum auf den Beinen halten. Mit einem kleinen traurigen Lächeln sagte sie schließlich: »Willst du mir noch einen Abschiedskuß geben, Vater?«

»Ich hab' dir doch verboten...«

»Aber es ist das letzte Mal.« Wenn Pansy einen Fehler besaß, so war es ihre Sucht, eine Situation unnötig zu verlängern. »Bis wir uns im Himmel wiedersehen!« Wieder starrte sie zum wolkenlosen Himmel empor. Sie wußte genau, wie diese Szene enden mußte, weil sie erst in der vorigen Woche im Astoria-Kino eine ähnliche Episode gesehen hatte. »Manchmal... manchmal fürchte ich mich vorm Sterben...«

»An deiner Stelle würde ich mich auch davor fürchten«, sagte Matthew und ging ins Haus.

Es dauerte einige Augenblicke, bis Pansy ihr Gleichgewicht wiedergefunden hatte. Sie schob das Fahrrad mühselig vor sich her, aber bald schritten ihre Füße in den sauberen weißen Socken und Sandalen wieder kräftig aus. Sie ging in Richtung von Bates' Kolonialwarenladen. Sie war nachdenklich, weil sie wußte, daß sie die Brücken zu Matthew endgültig abgebrochen hatte, aber sie war ein tapferes Kind und gewillt, alles für die Chance einer glorreichen Zukunft aufs Spiel zu setzen.

William Bates war keinem Mitglied der Monaghan-Familie besonders wohlgesinnt, aber er hatte die beste Schokolade. Pansy kaufte zwei Pfund der teuersten Pralinen und Cremehütchen; danach blieben nur noch sieben von ihren letzten zwanzig Schilling übrig; sie verstaute ihr Paket sorgfältig in der Fahrradtasche und machte sich auf den Heimweg, nachdem sie alle ihre Geschäfte erfolgreich erledigt hatte.

Sie brachte ihr Paket heimlich ins Haus, aber sie machte keinen Versuch, das Fahrrad zu verbergen, sondern erzählte ihrer vertrauensvollen Mutter, daß Mary es ihr geliehen hätte, weil sie es derzeit ja selbst nicht brauchte und weil sie glaubte, daß es für Pansy zu anstrengend wäre, zu Fuß nach Kilmuc zu kommen, um ihr Bestellungen zu überbringen.

Dann begann Pansy sich umzuziehen, und das dauerte sehr lange. Sie fand einen abgetragenen blauen Sweater von Tommy, der sorgfältig gestopft und gewaschen für Willie beiseite gelegt worden war. Dann entdeckte sie Sissys weißes Firmungskleid, das Pansy selbst einmal am Tage der heiligen Handlung tragen sollte. Sie schnitt Löcher in diese Kleidungsstücke, zog sich das Kleid an und darüber den blauen Sweater. Der Effekt war gut, aber die Füße waren noch nicht richtig. Sie zog sich die Söckchen aus, zerkratzte das Oberleder ihrer Schuhe und rieb sie kräftig mit Asche ein. Jetzt brauchte sie sich nur noch ihre Haarschleife abzunehmen und sich das Haar über ihr rechtes Auge zu kämmen. Sie betrachtete das endgültige Resultat ihrer Bemühungen kritisch im Spiegel und war zufrieden. Sie sah irisch aus, nicht ganz so irisch wie Maybella, aber immerhin irisch.

Jennifers Kleidung schien auf unüberwindliche Schwierigkeiten zu stoßen. Es war ganz unmöglich, die Puppe in der kurzen Zeit genau so anzuziehen wie Pansy. Pansy überlegte sich, ob sie sie zurücklassen sollte, aber sie hatte die alte Puppe so lange mit sich herumgeschleppt, daß es ihr zur Gewohnheit geworden war. Endlich hatte Pansy eine ihrer berühmten Eingebungen; sie zog Jennifer aus und entschied, daß der abgetragene graue Leinwandkörper mit den schlapp herunterbaumelnden Gliedmaßen irisch genug aussah.

Jetzt war sie korrekt gekleidet und im Besitz eines unwiderstehlichen Köders für Maybella; außerdem hatte sie ein Fahrrad zu ihrer Verfügung, wodurch sie unabhängig geworden war. Sie machte sich auf den Weg.

Maybella aß die ganze Cremeschokolade auf und überließ Pansy die harten Füllungen und die Sahnebonbons. Pansy lutschte und kaute mit bösartigem Vergnügen.

»Morgen bring' ich dir noch eine Schachtel.«

»Wirklich?« Maybella saß träge da, nachdem sie gierig dreiviertel Pfund Schokolade hintereinander aufgegessen hatte. »Morgen werde ich wohl den ganzen Tag zu tun haben. Sie müssen meine Szenen zu Ende drehen, weil ich nächste Woche wieder in London sein muß. Die hier haben mich nur von meinem Atelier in London ausgeborgt.«

Pansy führte ihre abscheulichen Pläne unbeirrt weiter durch.

»Deine Londoner Filmgesellschaft ist wohl viel besser als diese hier?«

»Hast du eine Ahnung!« sagte Maybella.

Sie nahm einen Sahnebonbon, biß geistesabwesend hinein, rümpfte die Nase und spuckte ihn in hohem Bogen wieder aus. Pansy sah den Bonbon blutenden Herzens ins Meer fallen. Sie hustete. Sofort rückte Maybella von ihr ab.

»Bist du erkältet? Wenn du einen Schnupfen hast, mußt du sofort gehen, ich stecke mich nämlich furchtbar leicht an. Und sowie ich nasse Füße habe, bekomme ich eine Erkältung. Ich muß sehr, sehr vorsichtig sein, weil ich nicht sehr kräftig bin«, sagte Maybella feierlich.

»Ich bin nicht erkältet, aber sehr kräftig bin ich auch nicht. Ich spucke Blut.«

»Das kann jeder; als mir Weihnachten ein Zahn ausgefallen ist, hab' ich das auch getan.«

Aber Pansy stand der Sinn nicht mehr danach, mit ihrer Anfälligkeit zu prahlen. Sie dachte nach.

»Wie schade, daß du so zart bist; wenn du von Kopf bis Fuß naß wirst, kriegst du sicher sofort eine Erkältung, und dann würdest du wahrscheinlich nicht weiter in diesem Film spielen können«, sagte Pansy langsam.

»Ganz bestimmt nicht – ich würde sofort sterben.«

»Morgen bring' ich dir wieder Süßigkeiten mit – eine andere Sorte – was ganz Besonderes. Ich komme morgen ganz früh, weil ich dir einen entzückenden Platz unterhalb des Felsens zeigen will – da ist nämlich ein kleiner Teich mit bunten Fischen. Sehr interessant! Da bring' ich dich morgen hin, und du kannst dir die Fische ansehen und dabei Schokolade essen.«

Im Augenblick war Maybella bis zum Rande mit Schokolade angefüllt; daher fehlte ihr der nötige Enthusiasmus, um auf Pansys Vorschlag einzugehen.

»Morgen muß ich arbeiten.«

»Ich komme ganz früh. Die Fische in dem Teich sind was ganz Tolles, rot und grün ... na, du wirst ja sehen.«

Maybella gab Jennifer einen verächtlichen Stoß.

»Die sieht ja scheußlich aus!«

»Sie nimmt ein Sonnenbad; das tut ihr gut.«

Maybella antwortete nicht. Sie sah auf Pansys absichtlich zerschlissene Kleidung, und es war ganz klar, daß ihr heute weder Pansy noch Jennifer gefielen. Außerdem bestand kein Zweifel, daß sie sich langweilte. Sie stand gähnend auf.

»Ich muß jetzt gehen; sie werden mich bald brauchen.«

Als sie fortschlenderte, rief Pansy ihr nach: »Bist du morgen hier?«

»Vielleicht.«

Pansy saß wie eine versteinerte Medusa auf ihrem Felsenvorsprung und beobachtete die unschuldige Maybella vor der Kamera. Maybella rannte leichtbeschwingt über den Strand, watete bis zu den Knöcheln im unbewegten Meer (und an dieser Stelle mußte die Aufnahme unterbrochen werden, während eine Frau in einem schwarzen Leinenkittel ihr sorgfältig die Füße abtrocknete), sprang ins Boot hinein und wieder hinaus (scheinbar hatte die irische Heldin des Films diese Gewohnheit schon in ihrer frühen Jugend gehabt) und sprach mit einem merkwürdigen Akzent. Sie tat nichts, das Pansy nicht ebensogut und besser tun könnte.

Bis zu einer gewissen Grenze war Pansy ein gutmütiges Kind. Sie würde keine grausamen Methoden wählen, wenn es nicht unbedingt notwendig wäre. Als die Kameras zusammengepackt wurden, ging sie mutig über den Strand zu der Stelle, von der aus der aufgeregte Mann mit den Samthosen und Sandalen mit lauter Stimme Anweisungen für den morgigen Tag gab. Pansy ging zu ihm und sprach ihn an.

»Kann ich bitte in diesem Film spielen?«

Er schien sie gar nicht zu bemerken; niemand schien sie zu bemerken.

»Ich kann ebenso gut spielen wie Maybella, sogar besser. Das sagen alle!«

Das Stimmengewirr über ihrem Kopf ging ununterbrochen weiter. Sie stand still, während langsam die Wut in ihr aufstieg. Plötzlich packte sie sein Hemd und zwickte ihn.

»Kann ich eine Rolle in Ihrem Film haben?«

Er sagte ein sehr gewöhnliches Wort, das man in Doon oft zu hören bekam.

»Als ob man an diesem besch ... Ort nicht schon genug Ärger hat!« brüllte er. »Müssen einem die verfluchten Eingeborenen auch noch zu nahe treten! Scher dich zum Teufel!«

Pansy war so gekränkt, daß sie beinahe vergessen hätte, den Schilling aufzuheben, den er vor ihre Füße geworfen hatte.

Am nächsten Morgen verließ Pansy das Haus, bevor alle anderen aufgewacht waren. Sie hatte eine leere, sorgfältig verpackte Schachtel in der Hand. Es bestand kein Grund mehr, Maybella mit luxuriösen Geschenken zu überschütten.

Maybella erschien erst, nachdem Pansy über zwei Stunden auf sie gewartet hatte. Sie zeigte ihr den Weg über Felsen und Geröll; Maybella stolperte mühselig nach. Mehrere Male schimpfte sie und wollte nicht weitergehen, aber Pansy redete ihr gut zu, bis sie zu dem hinter Felsen verborgenen Teich kamen. Hinter ihnen lag das offene Meer.

»Da ist er«, sagte Pansy und zeigte auf den Teich.

Maybella war sehr heiß, und sie fühlte sich sehr müde. Sie starrte verdrießlich auf den mit dunklen Schlinggewächsen überwucherten Teich.

»Ich sehe keine Fische.«

»Die schwimmen unter den Algen. Beug' dich vor und wirf einen Stein ins Wasser. Dann wirst du die Fische sehen.«

Maybella warf einen Stein ins Wasser und beugte sich vor. Pansy gab ihr einen Stoß, und Maybella fiel ins Wasser.

Pansy war niemals auf den Gedanken gekommen, daß Maybella ertrinken könnte, aber gerade das schien sie jetzt tun zu wollen. Der kleine Teich war nicht sehr tief, aber immerhin etwa einen halben Meter tiefer, als Maybella hoch war, und Pansys Kraft und Ausdauer reichten nur mit knapper Not dazu aus, Maybella herauszufischen.

Jetzt saß Maybella schnaufend, spuckend und weinend auf einem Felsen. Pansy betrachtete sie befriedigt. Sie war von Kopf bis Fuß, von innen und von außen, gründlich durchnäßt. Dann fing sie an, sich zu übergeben. Pansy beobachtete den Anblick mit großem Interesse, dann sagte sie: »Jetzt wollen wir lieber zurückgehen.«

Maybella stöhnte und jammerte.

»Ich kann mich nicht rühren. Ich sterbe. Du hast mich umgebracht!«

»Ich hab' dich gerettet«, sagte Pansy gekränkt.

»Du hast mich reingestoßen.«

»Ich bin ausgerutscht; das kann jedem passieren. Diese Felsen sind sehr glitschig.«

Maybella stieß einen verzweifelten Schrei aus.

»Ich friere ... ich sterbe ...«

»Glaubst du, mir ist nicht kalt? Ich bin auch naß geworden, als ich dich rausgeholt habe. Jeder anständige Mensch würde sich bei mir bedanken, wenn ich ihm das Leben gerettet hätte.« Sie unterbrach sich, aber Maybella zeigte keine Spur von Dankbarkeit. »*Ich* gehe jedenfalls zurück; du kannst meinethalben hierbleiben.«

Sie schickte sich an, fortzuklettern, und die unglückliche Maybella, die sich bereits einsam und verlassen sterben sah, begann ein ohrenbetäubendes Geschrei. Aber Pansy hatte genug von ihr. Sie kletterte weiter und drehte sich nur einmal um, um festzustellen, daß Maybella ihr langsam nachkroch.

Der Strand war voller Menschen, und das Durcheinander war noch größer als gewöhnlich. Die Frau im schwarzen Leinenkittel lief verstört herum und schrie fast so laut wie Maybella.

»Sie ist heruntergekommen, das weiß ich bestimmt. Sie wollte sich das Meer ansehen.«

»Suchen Sie Maybella? Die ist dort hinten.« Pansy zeigte auf die Felsen. »Sie ist in einen Teich gefallen.« Sie machte eine Pause. »Ich hab' sie wieder herausgefischt.«

Aber auch dieses Mal bedankte sich niemand bei Pansy. Alle sprachen auf einmal und liefen verstört im Kreise herum, bis Maybella in ihre Mitte getragen wurde. Sie klammerte sich an die Frau in Schwarz.

»Ich bin fast ertrunken, Mama. Sie hat versucht, mich zu ertränken.«

»Ja, mein Liebling, ja. Aber jetzt ist alles wieder gut.«

Maybella schnaufte und röchelte. Plötzlich wurde sie ganz still, dann lief sie allmählich blau an. Die Frau in Schwarz wandte sich wütend zu Mr. Horton und sagte mit harter, klarer Stimme: »Ich bringe sie sofort nach Hause. Wir nehmen das nächste Flugzeug von Dublin.«

»Aber das geht doch nicht, um Gottes willen ...«

»Sie muß sofort von Dr. Denvan behandelt werden. Sie hat einen ihrer Asthma-Anfälle.«

»Aber machen Sie doch nicht so viel davon her. Können Sie denn hier keinen Arzt bekommen? Vielleicht ist sie morgen wieder ganz in Ordnung.«

»Das Kind wird frühestens in zwei Wochen wieder in Ordnung sein – *wenn* sie sich nicht noch eine Lungenentzündung geholt hat.«

»Aber ich bitte Sie, Mrs. Merton...«

»Und was Ihren Film betrifft, der ist sowieso hundsmiserabel«, sagte Maybellas Mutter bösartig. »Der würde bestimmt nichts zu Maybellas Karriere beigetragen haben.«

»Und Ihr Vertrag?« fragte Mr. Horton ebenso bösartig.

»Höhere Gewalt«, sagte Mrs. Merton, und die schweigende, blau angelaufene Maybella wurde abtransportiert.

Es folgte ein unheimliches Schweigen.

»Jetzt sitzen wir schön in der Tinte«, sagte Mr. Horton und zündete sich mit beängstigender Ruhe eine Zigarette an. »Was machen wir nun, meine Herrschaften? Einpacken und nach Hause fahren, was sonst?«

Von allen Seiten wurden Vorschläge gemacht. Dann sagte jemand: »Aber irgendwo wird man doch noch einen anderen Balg finden können.«

»Wo?«

Darauf schien niemand eine Antwort zu wissen, aber jemand anderes schlug vor: »Könnten wir uns nicht mit verschiedenen Agenten in Verbindung setzen?«

Mr. Horton schien in den Anblick des zarten Rauchwölkchens seiner Zigarette vertieft zu sein.

»Am Dienstag müssen wir wieder in London sein, um dort weitere Aufnahmen zu machen«, sagte er mit der gleichen beängstigenden Ruhe wie vorher. »Wir hatten drei Tage vorgesehen, in denen wir die Szenen mit dem Kind drehen wollten. Sollen wir vielleicht in diesem gottverlassenen Nest auf unseren Hintern sitzen und warten, bis alle Agenturen abgeklappert worden sind? Verfluchte

Schweinerei ...«, brüllte Horton und warf seine Zigarette fort.

»Ich wußte, daß wir hier kein Glück haben würden«, sagte ein langhaariger Mann. »Ich habe das sofort bei unserer Ankunft gefühlt. Die ganze Atmosphäre ...«

»Hören Sie auf«, sagte Mr. Horton und fügte ein sehr ordinäres Schimpfwort hinzu.

Pansy hielt den Augenblick für gekommen, in Erscheinung zu treten. Sie sagte mit höflicher, deutlicher Stimme: »Wenn Sie ein Kind brauchen, warum wollen Sie mich nicht nehmen?«

»Himmlischer Vater, das ist doch wieder die Göre, die mich gestern gezwickt hat!« Seine Augen leuchteten, weil er endlich ein wenn auch unbedeutendes Objekt gefunden hatte, an dem er seine Wut auslassen konnte. »Scher dich zum Teufel, du ... du kleine Hexe!«

»Ich kann spielen«, sagte Pansy. »Ich kann jede Rolle spielen ... mindestens ebenso gut wie die arme Maybella.«

Ohne ihm Zeit zu einer Antwort zu geben, begann sie, es ihm zu beweisen. Sie sprang ins Boot hinein und wieder hinaus. Sie rannte zum Meer und planschte lachend durchs Wasser. Sie lief zurück, stellte sich vor den Priester und sagte: »Es macht mich fürwahr traurig, zu denken, daß ich vielleicht eines Tages nicht mehr lustig herumspringen und nicht mehr spielen mag, sondern still und ruhig sein werde wie die Alten.« (Pansy hatte ein ausgezeichnetes Gedächtnis.) »Glauben Sie, daß die Engel alle schön ruhig sind, oder gibt's vielleicht gar kleine Engelein, die mit mir spielen würden?« Um besonderen Eindruck zu machen, fügte sie noch hinzu: »Hochwürden?«

Da die Filmleute nichts anderes zu tun hatten, beobachteten sie Pansy. Mr. Horton steckte sich eine neue Zigarette an und betrachtete Pansy, die mit der Puppe Jennifer im Arm, mit klopfendem Herzen und großen, ängstlichen Augen vor ihm stand. »Schlechter als das andere Kind ist sie auch nicht«, sagte Mr. Horton.

Man stimmte allgemein erleichtert zu.

»Verflucht hübsches kleines Ding!«

»Hat keine schlechte Stimme!«

»Die andere war ein kleines Biest, und die Mutter auch«, sagte der langhaarige Mann.

»Vielleicht gar keine schlechte Idee.« Mr. Horton starrte in Pansys Richtung, aber er schien sie gar nicht zu bemerken. Er schien durch sie hindurch zu sehen. »Filmgesellschaft entdeckt neuen Star – ein Wunderkind.« Er verbesserte sich rasch. »Bekannter Filmregisseur entdeckt Wunderkind. Aus dem einsamen kleinen Dorf Ballybay, an der sturmgepeitschten Küste von Waterford, steigt ein neues Licht am Filmhorizont auf. Ein einfaches irisches Bauernmädchen... und das übliche Gewäsch. Vielleicht kann man damit Reklame für den Film machen – er kann's, weiß Gott, brauchen.« Jetzt sah er Pansy kritisch an: »Außerdem ist sie wirklich nicht schlecht – wenigstens nicht aufreizend schlecht. Da wir sowieso festsitzen, kann ein Versuch nichts schaden. Heute abend können wir uns die Probeaufnahmen ansehen und uns dann entscheiden. *Schlecht* ist sie nicht!« Er drehte sich um seine eigene Achse. »Na los, Jungens, worauf warten wir?«

Pansy verbrachte einen sehr geschäftigen Tag. Am Abend wurde sie von dem Magnaten selbst, in seinem eigenen Auto, nach Hause gebracht. Während der kurzen Fahrt redete sie ohne Unterbrechung. Er sagte nicht viel, aber sah sie oft von der Seite an. Sie führte ihn in ihr Haus und stellte ihn ihrer Mutter vor. Er war sehr höflich und geduldig, obwohl es sehr lange dauerte, bis Bridget Monaghan die Bedeutung der Ereignisse begriffen hatte. Bevor er sich verabschiedete, gab er ihr einen Fünfpfundschein.

»Wenn wir Pansy noch einige Tage beschäftigen, bekommen Sie weitere zehn Pfund. Ist Ihnen das recht?«

Bridget Monaghan konnte ihre Zustimmung nur durch schwaches Kopfnicken zu erkennen geben.

»Wir wissen natürlich erst, woran wir sind, nachdem

wir uns heute abend Pansys Szenen angesehen haben. Wenn wir zufrieden sind, werde ich sie morgen früh um neun hier abholen.«

Pansy brachte ihn zur Tür.

»Ich werde um neun auf Sie warten«, sagte sie. »Ich bin sehr pünktlich.«

»Natürlich – aber du weißt doch, Pansy, daß ...«

»Ich werde pünktlich sein«, sagte Pansy ruhig.

Er sah sie noch einmal prüfend an, dann lachte er.

»Wer weiß, vielleicht hab' ich dieses Mal wirklich einen Volltreffer gemacht ... wer weiß, wer weiß!«

Aus überquellender Dankbarkeit teilte Pansy die Schokolade, die sie Maybella nicht mehr gegeben hatte, mit ihrer Familie. In dieser Nacht schlief sie den traumlosen Schlaf der erfolgreichen Ungerechten. Als das Auto um neun Uhr ankam, stand sie bereits mit Jennifer am Gartentor.

Siebentes Kapitel

Während Mary fort war, war Toughys Freiheit unbeschränkt. Seine Mutter ließ sich nicht durch seine Abwesenheit aus der Ruhe bringen, obwohl sie sich immer freute, wenn er von seinen Ausflügen zurückkam. Sissys gewissenhafte Versuche, ihn unter Kontrolle zu halten, scheiterten an Toughys männlicher Entschlossenheit.

Während er nach Herzenslust durch die Welt spazierte, wurde er strammer und gefährlicher denn je. Er war jetzt immer bewaffnet, um allen möglichen Gefahren auf seinen ausgedehnten Reisen gewachsen zu sein. Tommys altes Taschenmesser war rostig, und die Spitzen waren abgebrochen, aber Toughy schärfte es mit einem Stein und der nötigen Muskelkraft; nun war es eine gefährliche Waffe.

Eines Morgens, als er sich noch besser und unternehmungslustiger als sonst fühlte, entschloß er sich zu einem Ausflug, den er schon lange geplant hatte. Er steckte sein Messer in die Tasche, zog entschlossen seine Trägerhosen hoch, machte ein finsteres Gesicht und marschierte los.

Er ging zu dem Haus, das dem Mann mit dem Stier gehörte.

Als er schließlich bei dem Feld ankam, auf dem der Stier graste, ging er kühl daran vorüber; seine Blicke waren nur auf das Haus gerichtet. Es war noch schöner, als er es in Erinnerung hatte. Das Dach schimmerte wie Honig unter der Sonne, und große Mengen von dunkelroten Rosen rankten sich an der weißen Mauer empor... wie große Kleckse von Himbeermarmelade. Schade, daß der Besitzer des Hauses so unfreundlich war, aber er konnte nichts dagegen tun, daß ein kleiner Junge auf der Straße stand und sich das Haus betrachtete. Dazu hatte schließlich jeder ein Recht.

Toughy stand am Straßenrand und starrte trotzig auf das Haus.

Vor dem Haus war eine große Glasveranda, an der Klumpen von sonderbaren blauen Beeren zwischen blaßgrünen Blättern hingen. Auf beiden Seiten der Veranda befanden sich große offene Fenster. Vor dem Haus lag ein wunderschöner Garten mit Gras und Blumen. Es gab auch Sträucher und Fuchsien und eine schön gestutzte Hecke, und hinter der Hecke standen drei Bienenkörbe, und die Bienen summten wie wild um die Glocken der Fuchsien oder flogen zum Himmel hinauf.

Die Bienen interessierten Toughy sehr. Er kletterte an dem grünen Holzgatter empor, um sie sich genau anzusehen, aber er war zu weit entfernt, um sie aus ihrem Haus herausfliegen zu sehen. Er schaute sich vorsichtig um. Niemand war im Garten oder am Fenster zu erblicken; keine Stimme war zu hören – nur das Summen der Bienen. Er kletterte hinunter in den schönen Garten.

Die Bienen waren wirklich hochinteressant. Er beobachtete sie lange und hoffte, daß ein Zusammenstoß zwischen den ein- und ausfliegenden Bienen erfolgen würde, aber es ereignete sich nichts, und als sie ihn zu langweilen begannen, wanderte er über die gewundenen Pfade, die von dem mit Kies bestreuten Hauptweg abzweigten, durch den Garten. Er berührte die bunten Blumen, vergrub seine Nase in ihren duftenden Kelchen, aber er war sehr vorsichtig und beschädigte nicht eine einzige Blüte. Er wanderte weiter und vergaß seine anfängliche Vorsicht. Schließlich stand er vor einem der offenen Fenster. Er wollte schrecklich gern hineinsehen. Er blickte auf das Gatter zurück. Er würde einmal schnell hineingucken und dann sofort zurück zur Straße gehen. Er legte die Hände auf das niedrige Fensterbrett und lehnte seinen Oberkörper in den Raum.

Die beiden Fenster auf dieser Seite gehörten zu einem Zimmer. Es war ein wunderschönes Zimmer, so schön wie der Garten und das Haus. Bunte Blumen blühten auf der dunkelbraunen Tapete, und Vögel und rote Schmetterlinge saßen auf den Zweigen. Auch auf dem roten Linoleum waren große blaue Blumen. In der Mitte des Zimmers stand ein Tisch, auf dem eine rote Plüschdecke mit Fransen lag, und auf dem Kaminsims lag eine ähnliche Decke. Um den Tisch herum standen vier Stühle, und in einer Ecke war ein glänzendes schwarzes Sofa. Ja, in diesem Zimmer gab es viel zu sehen. Toughys Blicke wanderten schnell von den Spitzenvorhängen, die mit rosa Schleifen zusammengebunden waren, zu dem kleinen Blumenstand mit dem Geranientopf in einer Kupferschale, den vielen Fotografien an der Wand, und zum Bild des Papstes überm Kamin. Plötzlich öffnete sich die Tür an der gegenüberliegenden Wand, und eine Frau kam ins Zimmer.

Sie war groß und schlank, hatte schwarzes Haar und ein blasses Gesicht. Sie trug ein dunkles Kleid und darüber einen Kittel. Sie schien weder in das Zimmer noch in das Haus und in den Garten zu passen. Toughy und die Frau starrten einander an. Die Frau sagte: »Was machst du denn hier?«

»Ich gucke rein«, sagte Toughy.

Die Frau ging hinaus und machte die Tür hinter sich zu. Toughy wartete. Er hatte nur einmal in seinem Leben die Flucht ergriffen, aber selbst erwachsene Männer laufen fort, wenn sie von einem gefährlichen Stier verfolgt werden. Die Frau kam von der Veranda geradewegs auf ihn zu. Sie sah zu ihm herab. Ihr Gesicht wurde noch bleicher, und sie fragte heiser: »Wie heißt du?«

»Toughy.«

»Und dein Nachname?«

»Ich heiße Toughy Monaghan.« Sein Selbstbewußtsein kehrte langsam zurück. »Mich kennt doch jeder.«

»Das glaube ich gern. Warum bist du hier?«

»Ich wollte mir das Haus ansehen! Ich wollte nur auf der Straße stehenbleiben und mir das Haus ansehen – aber dann sah ich die Bienen...« Toughy war jetzt ganz sicher, daß die Bienen an allem schuld waren. »Ich wollte sehen, wie sie in ihr Haus hineinfliegen, und vom Gatter aus konnte ich das nicht. Und deshalb bin ich hereingekommen. Und als ich hier war, dachte ich, dann kann ich auch schnell mal ins Haus gucken. Wenn die Bienen näher gewesen wären«, schloß Toughy vorwurfsvoll, »wär' ich gar nicht reingekommen.«

»Warum wolltest du das Haus sehen?«

»Weil es so ein hübsches Haus ist. Ich bin extra hergekommen.«

»Wer hat dich hergeschickt? Deine Mutter?«

»Niemand hat mich hergeschickt. Ich bin ganz von alleine gekommen, weil mir das Haus gefällt.«

Die Frau beugte sich tiefer zu ihm herab.

»Hast du es schon einmal gesehen?«

»Ich und ein Mann haben Rough vor dem Stier gerettet. Der Mann hat gesagt, es wäre sein Haus und ich sollte mitkommen, und er wollte mir was zu essen geben – wahrscheinlich Kuchen. Dann wurde er böse und hat mich fortgeschickt.«

»Da hat er ganz recht gehabt.« Das bleiche Gesicht der Frau war jetzt auf der gleichen Höhe wie Toughys; ihre dunklen Augen starrten in seine runden blauen Augen.

»Du hast hier nichts zu suchen, hast du verstanden? Geh jetzt sofort und untersteh dich nicht, noch einmal herzukommen!«

Er wich ein paar Schritte vor der alten Hexe zurück, steckte seine Hand in die Tasche und umklammerte sein rostiges Messer. Das gab ihm etwas Mut. Er erinnerte sich daran, daß er Toughy Monaghan hieß und daß ihn niemand zum Weinen bringen konnte.

»Ich gehe schon von selber, hier möchte ich gar nicht bleiben«, sagte er. Die Frau stand kerzengerade und schweigend da. Er ging aufs Gatter zu, wandte sich um und sagte, ohne sich brüsten zu wollen, nur um eine rein sachliche Feststellung zu machen: »Die meisten Leute haben mich gern.«

»Ich habe dich nicht gern; in diesem Haus hat dich keiner gern.«

Toughy ging weiter. Der Garten war nur noch ein verschwommener bunter Farbfleck hinter einer Nebelwand. Das Gatter war weit entfernt. Er fürchtete sich; er wünschte, er wäre zu Hause. Er hielt den Kopf hoch; seine Hand umklammerte das Messer, und er versuchte, durch den Nebel hindurch zu sehen. Er stieß gegen etwas Hartes und wußte, daß es das Gatter war. Seine Hände zitterten, als er unsicher hinaufkletterte. Oben angekommen, suchte er mit einem Bein nach einem unsichtbaren Stützpunkt, dann verlor er das Gleichgewicht und fiel auf den kiesbestreuten Gartenweg zurück. Einen Augenblick blieb er regungslos liegen; er fühlte einen brennenden Schmerz in den Armen und in den Schenkeln. Dann hörte er schnelle Schritte auf dem Kies, und als er sich aufsetzte und sich die Augen rieb, stand die Frau neben ihm.

Sie sagte: »Bist du verletzt?«

Toughys Knie und Handflächen waren blutig, und viele kleine Kieselsteine hatten sich in sein Fleisch eingegraben. Es war ein fürchterlicher Anblick. Es war ihm noch niemals so schwer gefallen, sich daran zu erinnern, daß er Toughy Monaghan war. Er holte tief Atem.

»Nein.«

»Unsinn«, sagte sie ärgerlich. »Warum hast du denn das Gatter nicht aufgemacht? Du bist wirklich ein dummer kleiner Junge!«

Sie war selber dumm.

»Ich mache niemals ein Gatter auf«, sagte Toughy stirnrunzelnd. »Warum sind Sie nicht aus dem Fenster gestiegen, anstatt zur Tür zu gehen? Wenn ich hier wohnte, würde ich immer durchs Fenster gehen«, sagte Toughy, der sich bemühte, trotz seiner Schmerzen die Unterhaltung aufrechtzuerhalten. »Ich würde niemals durch die Tür gehen. Wozu, wenn man solche Fenster hat?«

Er bewegte vorsichtig ein Bein. Es tat sehr weh. Er blieb sitzen und wünschte, daß die Frau fortgehen und ihn allein lassen würde. Statt dessen sagte sie: »Komm jetzt lieber mit ins Haus und wasch dir deine Hände und Knie.«

»Nein.«

»So kannst du nicht nach Hause gehen.«

»Doch.«

»Der Schmutz und der Kies müssen sofort herausgewaschen werden.«

»Ich hab' Schmutz und Kies gern, und Blut auch«, log Toughy und beobachtete das langsam heraussikkernde Blut. »Wenn Sie weggehen, geh' ich nach Hause. Aber ich kann nicht aufstehen, wenn Sie da stehenbleiben.«

Ellen Powers nervöse Spannung steigerte sich und wurde fast unerträglich. Sie blickte auf das schmutzige, blutverschmierte Gesicht hinunter. Runde Tränen rollten langsam über die Backen, aber die zitternden Lippen waren fest zusammengepreßt. In diesem Augenblick war es ihr unmöglich, den Sohn ihres Mannes zu hassen. Zum erstenmal sprach sie mit sanfter Stimme; sie sagte: »Ich werde schnell deine Wunden reinigen, danach kannst du dann besser nach Hause laufen!«

Er saß trotzig und unbeweglich auf dem Kies.

»Jetzt kann ich auch laufen.«

»Nein, das geht wirklich nicht«, sagte Ellen verstört. Die blauen Augen starrten sie wütend an. Sie strich sich das Haar aus der Stirn. Er war noch so klein, daß sie ihn mit Leichtigkeit aufheben und ins Haus tragen könnte, aber er war so sehr auf seine Würde bedacht, daß das unmöglich gewesen wäre. Sie sagte langsam: »Sicher könntest du jetzt auch laufen, aber so nach Hause zu gehen, wäre sehr unvernünftig. Wenn sich die Männer bei der Arbeit verletzen, lassen sie sich sofort die Wunden reinigen, selbst wenn sie nicht so groß sind wie deine Verletzungen, weil es das Vernünftigste ist.«

»Ebenso vernünftig, wie den Stier nicht zu ärgern, ja?«

»Genau so.« Ellen hatte einen plötzlichen Geistesblitz. »Und du kannst durchs Fenster hereinkommen.«

Toughy stand auf. Er ging steif einen Schritt vorwärts, dann blieb er stehen. Seine Knie brannten wie Feuer.

»Denken Sie nur nicht, daß ich weine.«

»Du weinst bestimmt nie.«

»Vielleicht als ich noch sehr jung war – da hab' ich manchmal geweint«, sagte Toughy und humpelte neben ihr her. »Kleine Kinder schreien meistens nur, weil sie noch nicht sprechen können, und deshalb ist es kein richtiges Weinen.«

Zu seiner großen Enttäuschung war es ihm unmöglich, durch eines der schönen Fenster zu steigen, weil seine Knie zu steif und schmerzhaft waren. Er folgte ihr durch die Tür in das wunderschöne Zimmer, und sie setzte ihn auf das glatte, glänzende Sofa, holte eine Schüssel Wasser und eine Flasche und begann seine Wunden auszuwaschen. Das tat sehr weh, so weh, daß er ihr nochmals versichern mußte, daß er nicht weinte.

»Wahrscheinlich ist es das brennende Zeug in der Flasche; es macht mir nichts, aber es ist wie . . . wie Zwiebeln.«

»Ja, genau wie Zwiebeln«, sagte sie, und er stellte zu seiner Beruhigung fest, daß auch in ihren Augen Tränen standen.

Es dauerte lange, bis der Schmutz und die vielen kleinen Steinchen aus den Wunden entfernt waren und bis seine Handflächen und seine Knie verbunden und mit Pflasterstreifen verklebt werden konnten. Dann wusch sie auch noch sein Gesicht, und das empfand er als unnötig. Aber er war zu höflich, dagegen zu protestieren. Sie war jetzt ganz freundlich und redselig geworden, nur hin und wieder verfiel sie noch in ein sonderbares Schweigen; dann sah sie ihn ebenso an, wie vorhin im Garten, als ihr Gesicht ganz dicht bei seinem gewesen war. Als er schließlich zu ihrer Zufriedenheit gesäubert und bandagiert worden war, gab sie ihm ein Glas Milch und eine große Scheibe Rosinenkuchen.

Sie brachte ihn zum Gatter.

»Wirst du auch nach Hause finden?«

Diese Frage war Toughy schon oft auf seinen Reisen gestellt worden. Die Leute schienen nicht zu wissen, daß jemand, der seinen Weg zu einem Ort fand, natürlich auch den Rückweg finden würde. Er beantwortete diese Frage nie. Auch heute tat er es nicht, sondern sagte nur: »Auf Wiedersehen«, und machte sich auf den Heimweg.

Am nächsten Tag erschien er wieder und klopfte an die Verandatür. Als die Frau ihm aufmachte, starrte sie ihn ebenso kalt und sonderbar an wie bei ihrer ersten Begegnung. Auch ihre Stimme war kalt.

»Warum bist du wieder hergekommen?«

»Ich hab' die ganze Nacht über etwas nachgedacht – außer wenn ich schlief«, sagte Toughy stirnrunzelnd. »Sie haben gesagt, daß Sie mich nicht mögen, aber dann haben Sie mich gewaschen und mir Kuchen gegeben und alles. Das war dumm – wenn Sie mich nicht leiden können. Aber jetzt haben Sie mich wohl gern? Vielleicht hab' ich Ihnen zuerst nicht gefallen, und dann lernten Sie mich kennen, und dann mochten Sie mich – war es so?«

Sie antwortete ihm nicht sofort; schließlich sagte sie: »Ja, so war es.«

»Das hab' ich mir doch gedacht. Ich bin froh, daß Sie mich jetzt mögen. Dann kann ich ja reinkommen und Ihnen Gesellschaft leisten.«

Er blieb, bis sie ihn nach Hause schickte. Sie erlaubte ihm nicht, durch die Tür zu gehen, die zu den hinteren Räumen des Hauses führte, aber er wanderte vergnügt durch die Vorderzimmer. (Das zweite Zimmer, das ebenfalls zwei Fenster hatte, war ein Schlafzimmer; es war ebenso schön wie das Wohnzimmer und wie der Garten.) Bevor sie ihn nach Hause schickte, gab es wieder Milch und Kuchen. Am Gatter sagte er: »Morgen komm' ich wieder. Vielleicht sind morgen meine Knie wieder gut, dann kann ich durchs Fenster steigen, Sie haben mir doch versprochen, daß ich das darf.«

Sie kniete nieder und legte ihre Hände auf seine Schultern.

»Hast du irgend jemandem erzählt, daß du hier warst, Toughy?«

»Ich erzähle nie jemandem, wo ich war.«

»Bitte erzähle keinem Menschen davon, Toughy. Es soll unser Geheimnis bleiben, weil...«, sie wurde unsicher, »weil der Mann mit dem Stier furchtbar böse sein würde, wenn er es wüßte. Er würde dir verbieten, jemals wieder herzukommen, und das wäre ein Jammer.«

»Ja, ich würde Ihnen sehr fehlen.«

Sie lachte sonderbar; sie war überhaupt sonderbar, aber er begann sich daran zu gewöhnen.

»Deshalb mußt du dich im vorderen Teil des Hauses aufhalten. Wenn dich einer der Arbeiter sehen würde, könnte der Mann davon hören. Wenn irgend jemand wüßte, daß du herkommst, würde der Mann es sofort erfahren, und deshalb müssen wir beide unser Geheimnis bewahren, Toughy.«

Als er am nächsten Tag ins Haus kam, schien sie verändert zu sein. Sie sah jünger aus, und sie lächelte. Sie seien ganz allein im Haus, sagte sie, die Arbeiter wären weit draußen in den Roggenfeldern. Als Toughy meinte, daß sie doch sicher froh wäre, daß er ihr nun helfen könnte, lachte sie freundlich. Sie führte ihn durch die Küche und in den Bauernhof; dort sollte er auf sie warten, während sie Brot backte. Im Hof war Rough, der zwar einmal kurz bellte, dann aber Toughy wiedererkannte und ihn auf allen seinen Erkundungstouren begleitete. Es war ein schöner, sauberer Hof, der gut zum Garten paßte. Sogar die Schweine sahen sauber aus, und die Hennen waren alle weiß, und es gab auch einen bildschönen weißen Hahn.

Sie verbrachten einen sehr arbeitsamen Nachmittag. Sie machten Butter, und Toughy drehte das Rad am Herd, um das Feuer zu schüren und das Wasser für den Tee und die Eier zum Kochen zu bringen. Sie konnten sich nicht viel Zeit für die Mahlzeit nehmen, weil die Männer bald vom Feld zurückkommen würden, aber obwohl sie beim Essen und Trinken die Uhr im Auge behalten mußten, waren sie glücklich und zufrieden. Dann sagte sie, er müßte nun gehen.

»Du wirst doch bald wiederkommen, Toughy?«

»Wahrscheinlich werd' ich jeden Tag kommen, bis es mir langweilig wird.«

»Glaubst du, es wird dir bald langweilig werden, herzukommen?«

»Ich glaube nicht, aber so etwas kann man nie wissen. Neue Sachen machen immer Spaß, aber andere Sachen, die man noch nicht getan hat, sind dann vielleicht noch schöner.« Er fühlte, daß sie enttäuscht war, und sagte tröstend: »Aber hier wird es sicher noch lange sehr schön sein.«

Er kam jeden Tag. Manchmal durfte er nicht durch die Tür nach hinten gehen, aber meistens konnte er durchs ganze Haus wandern. Er half ihr fleißig bei der Arbeit und war sich darüber klar, wie wertvoll ihr seine Hilfe sein mußte. Merkwürdigerweise wurden ihm seine Besuche nicht über, obwohl ihm das Haus sehr vertraut geworden war. Da er die Hühner oft gefüttert hatte, zeigte er jetzt ein persönliches Interesse an ihrem Wohlergehen. Als er hörte, daß man die Butter auf dem Markt sehr gelobt hatte, wußte er, daß ein Teil dieses Erfolges ihm zu verdanken war. Nachdem er die Gartenwege gejätet hatte, durfte er sich zur Belohnung eine Blume pflücken.

Eines Tages sagte er zu ihr: »Unser Hof ist der schönste auf der Welt.«

»Ach Toughy ... was hast du gesagt?« Und nachdem er es noch einmal wiederholt hatte, begann sie zu weinen.

Einen Augenblick fürchtete er, daß sie wieder so

merkwürdig wie früher werden würde. Aber alles war in bester Ordnung, und sie machte ihm einen ganz besonders schönen Eierkuchen mit Marmelade zum Tee.

Achtes Kapitel

Tommy hatte Schmerzen. Ziemlich unangenehme Schmerzen, aber erträglich. Tommy hoffte, bis abends um neun durchzuhalten. Dann würde Jamesy nach Hause kommen, und er konnte fortgehen und sich mit seinen Schmerzen ruhig ins Bett legen – eine paradiesische Vorstellung.

Jamesy hatte das Haus vor fünf Tagen verlassen, um irgendwelchen Geschäften nachzugehen. Er hatte Tommy die Verwaltung von Haus und Hof überlassen und ihm zwanzig Pfund gegeben, die er für einen Notfall unter einer Lage Mehl in einer unschuldig aussehenden Keksdose aufbewahrte. Diese Keksdose stand unter Jamesys Bett, in dem Tommy während seiner Abwesenheit schlief; in der Ecke, neben dem Bett, stand ein Zwölfkaliber-Jagdgewehr. Jamesy gab Tommy die uneingeschränkte Erlaubnis, das Gewehr gegen jeden Eindringling zu benutzen, bei Tag oder bei Nacht, gegen jeden, der es auf sein Geld, seine Hühner oder seine Kartoffeln abgesehen hatte. Am besten wäre es, auf die Beine zu zielen, sagte Jamesy; wenn man ein paar Schrotkörner in diese Richtung schösse, könnte man nicht viel Unheil anrichten. Tommy hörte ihm ernsthaft zu, aber nachdem Jamesy gegangen war, entlud er das Gewehr und ließ Collie statt dessen auf einem Getreidesack neben seinem Bett schlafen.

Jamesy sagte mehrmals, bevor er sich verabschiedete: »Wirst du auch nichts vergessen?«

»Nein.«

»Paß gut auf das weiße Kalb auf; es ist noch gar nicht in Ordnung.«

»Ja.«

»Was hältst du vom Kildare-Bezirk?« fragte er Tommy plötzlich.

»Guter kalkreicher Boden«, sagte Tommy.

»Hübsche kleine Bauernhöfe in der Gegend – sehr hübsch sogar«, sagte Jamesy.

Er lachte, sah Tommy an, lachte nochmals und erwähnte die Gegend von Kildare nicht wieder.

Niemand kam, um sich am Inhalt der Keksdose, an den Hühnern oder an den Kartoffeln zu vergreifen, und während der ersten drei Tage war Tommy sehr glücklich. Jamesy fehlte ihm; er war daran gewöhnt, mit ihm zusammen zu arbeiten, und es war langweilig, alles allein tun zu müssen. Selbst das Radio war ohne einen Gefährten weniger unterhaltsam. Aber dafür ging sonst alles sehr gut, sogar das weiße Kalb schien sich besser als bisher zu entwickeln. Er gab ihm eine besondere Futtermischung, die er schon einmal vorgeschlagen hatte; Jamesy hatte damals behauptet, daß diese Mischung das Kalb töten würde. Aber sie bekam ihm sehr gut.

Tommy war ein braver Junge, obwohl er sehr halsstarrig sein konnte, wenn er glaubte, im Recht zu sein.

Am vierten Tag begann der Schmerz, und zwar in der Mitte seines Magens; der Schmerz wanderte, bis er sich unten rechts fortsetzte. Ein wandernder Schmerz konnte nichts Schlimmes bedeuten, dachte Tommy. Wenn er noch weiter nach unten wanderte, würde er sich schließlich als Ischias entpuppen. Aber der Schmerz wanderte nicht mehr weiter. Er schien sich auf die eine Stelle konzentriert zu haben, und er saß so tief und wurde so heftig, daß der arme Tommy nur noch staunen konnte, daß so etwas überhaupt möglich war.

Am fünften Tag konnte er sich nur noch in gebückter Haltung weiterschleppen. Mühselig verrichtete er seine Arbeit, er tat nur das unbedingt Notwendige; hin und wieder kroch er wie ein verkrüppelter alter Mann in den Hof, um sich zu übergeben. Er erbrach sich so oft, bis er ein völlig leeres Gefühl im Magen hatte; dann sank er erschöpft in den Stuhl beim Feuer und würgte nur noch hin und wieder.

Jamesys ärgerliches Fluchen weckte ihn aus seinem schmerzdurchzuckten Halbschlaf. Er bewegte sich, stöhnte und bemerkte Jamesy bei der offenen Tür; sein schattenhafter Umriß hob sich scharf von dem dämmerigen Hof ab. Tommy schloß die Augen, öffnete sie noch einmal, und wieder erblickte er Jamesy.

»Ach, du bist zurückgekommen«, sagte er.

»Ja, und du scheinst dich sehr zu freuen, mich wiederzusehen. Schönes Willkommen ist das ...«, schalt Jamesy. Er wollte Collie einen Fußtritt geben, statt dessen stieß er einen Wassereimer um, den Tommy in der Mitte der Stube stehengelassen hatte, als ihn seine Kräfte verließen. »Aber laß dich nur nicht stören! Schlaf ruhig weiter. Du hast wohl nichts dagegen, wenn ich die Lampe anzünde, was? Dagegen ist wohl nichts einzuwenden ...«

»Es ist kein Öl drin«, sagte Tommy unglücklich.

Erst beim dritten Versuch gelang es Jamesy, ein Streichholz anzuzünden; die beiden ersten hatte er in seiner Wut zerbrochen. Schweigend, schweratmend und mit fest zusammengepreßten Lippen zündete er einen Kerzenstummel an, der in einem Blechteller auf dem Tisch stand. Er zitterte vor Ärger und bitterer Enttäuschung. Er hatte sich zum erstenmal in seinem Leben aufs Nachhausekommen gefreut, weil Tommy da sein und auf ihn warten würde. Lampe und Feuer würden hell brennen, der Kessel würde summen, und Tommy würde ein üppiges Mahl von Schinken und Eiern für ihn vorbereitet haben. Nach dem Essen würden sie mit einer Tasse Tee beim Feuer sitzen, und er würde Tommy das Buch ›Moderne Landwirtschaft‹ von Kurt Gebler geben, das am Sonntag abend im Radio besprochen worden war. Dann würden sie vielleicht noch ein bißchen Musik hören und sich unterhalten.

Er sah sich in der unordentlichen Küche um, blickte auf das verglommene Feuer und auf Tommy, der noch immer zusammengekrümmt auf seinem Stuhl saß. Jamesys Herz krampfte sich zusammen.

»Ich war ein Narr, zu erwarten, daß du deine Arbeit tun würdest, wenn ich nicht hier bin, um dich anzutreiben. Würdest du die große Liebenswürdigkeit haben, aufzustehen und dich zum Teufel zu scheren, während ich das Feuer anzünde und mir nach meiner langen Reise eine Kleinigkeit zu essen mache?«

»Bitte entschuldige«, sagte Tommy mit zitternden Lippen und mit einem verzweifelten Versuch, die Tränen zurückzuhalten. »Ich wollte alles so schön für dich vorbereiten. Ich muß wohl eingeschlafen sein. Aber alles andere ist in Ordnung – ganz bestimmt – du wirst ja sehen.« Er stand mit großer Anstrengung auf. »Es ist noch etwas Glut unter der Asche.« Er sah auf das vergossene Wasser, das auf dem staubigen Fußboden schmutzige kleine Kanäle geformt hatte. »Ich werde...« Er zögerte. »Wenn du zur Pumpe gehst, bring' ich das Feuer in Ordnung.«

Er ging langsam auf den Haufen von Holzscheiten in der Ecke zu. Obwohl er sich vor Schmerzen krümmte, machte er einen vergeblichen Versuch, gerade zu gehen. Jamesy beobachtete ihn regungslos. Plötzlich ging er auf ihn zu und hielt die Kerze dicht unter Tommys Gesicht.

»Was hast du denn?«

Tommy schloß die Augen; das Licht war unerträglich.

»Mir ist nicht gut. Aber du wirst sehen, daß alles in Ordnung ist – wirklich! Sogar das weiße Kalb...«

»Zum Teufel mit dem weißen Kalb!« sagte Jamesy. »Hast du dir weh getan?«

»Nein. Ich hab' nur solche Schmerzen. Daher bin ich eingeschlafen. Ich dachte, wenn ich mich ausgeruht habe, wird's besser werden, und dann wollte ich alles für dich vorbereiten. Ich hätte nicht einschlafen sollen, entschuldige bitte! Wenn du vielleicht Wasser holen würdest – ich kann es leider nicht reintragen, aber das Feuer kann ich machen – ich glaube wenigstens...«

»Ja, so siehst du gerade aus«, sagte Jamesy ironisch. Er starrte in Tommys müde blinzelnde, von schwarzen

Schatten umgebene Augen und auf sein gelblich-bleiches Gesicht. »Wo sitzt der Schmerz?«

»Hier«, sagte Tommy, und als Jamesy auf die Stelle drückte, schrie er vor Schmerzen.

»Verflucht unangenehme Stelle. Ich entsinne mich, daß Polly Carey ...« Jamesy unterbrach sich. »Seit wann hast du das?«

»Seit gestern. Aber da war's noch nicht so schlimm. Gestern konnte ich noch herumlaufen ... und heute morgen ging's auch noch. Es ist wirklich alles in Ordnung, sogar das weiße Kalb ...«

»Himmel Herrgott, ich hab' dich nicht gefragt, wie's dem weißen Kalb geht! War denn gestern und heute kein Mensch bei dir?«

»Nein, warum sollte denn jemand herkommen?«

»Warum, warum«, zischte Jamesy. »Das wäre wohl ganz außergewöhnlich! Leben wir in einem christlichen Land, oder nicht? Man sollte annehmen, daß gelegentlich mal ein Nachbar vorbeikäme, um sich zu erkundigen, wie es einem Jungen geht, der ganz allein einen Hof bewirtschaftet. Aber das ist wohl zuviel verlangt?« Tommy versuchte nicht, diese rhetorische Frage zu beantworten. Er lehnte sich in gebückter Haltung an die Mauer. »Du könntest tot und begraben sein, und keine Menschenseele würde sich darum kümmern.« Trotz seiner Schmerzen fiel Tommy die Unlogik seiner Feststellung auf. Aber er lehnte nur den Kopf gegen die Wand und seufzte. Der Seufzer schien Jamesy in eine noch größere Wut zu bringen. »Und kein Mitglied deiner Familie würde sich so weit erniedrigen, dich zu besuchen – o nein! Tot und begraben könntest du sein ...«

»Nicht begraben«, sagte Tommy schwach, »dann müßte es ja jemand wissen – wer immer mich begraben hätte, müßte es doch wissen.«

Nachdem er diesen heiklen Punkt klargestellt hatte, schloß Tommy befriedigt die Augen und seufzte noch einmal.

Jamesy sagte kurz angebunden: »Geh ins Bett und rühr dich nicht fort, bis ich den Arzt geholt habe.«

»Aber ich muß doch gehen; zu Hause warten sie auf mich. Und wahrscheinlich brauch' ich gar keinen Arzt. Mary wird mir was geben ...«

Jamesy staunte, daß es ihm gelang, die Geduld nicht zu verlieren. Er wiederholte ziemlich sanft: »Geh sofort ins Bett!«

»Ich muß nach Hause gehen.«

»Und wie willst du das schaffen?« fragte Jamesy brutal.

Tommy entfernte sich einen Schritt von der stützenden Wand.

»Ich ...« Er machte eine Pause. »Wenn ich erst mal auf dem Fahrrad sitze ...«

»Wenn du erst mal im Sarg liegen wirst ...«, sagte Jamesy. Halb stieß er ihn, halb trug er ihn ins Schlafzimmer und legte ihn ins Bett. Dann fiel ihm ein, daß Wärme sehr wichtig wäre, und er warf sämtliche in der Nähe liegende Kleidungsstücke auf die Bettdecke, zündete eine neue Kerze an und blickte zornig auf Tommy.

»Du bleibst ruhig liegen, bis ich zurückkomme!« Es war nur zu offensichtlich, daß Tommy gar nichts anderes tun konnte. Jamesy sagte noch einmal drohend: »Und tu gefälligst, was ich dir sage. Ich bin dein Vater!«

»Mein Name ist Monaghan.«

»Dein verfluchter Name ist mir verflucht gleichgültig«, sagte Jamesy. »Dein Vater bin ich trotzdem.« Und damit verließ er das Zimmer. Er machte seinen Gefühlen ein wenig Luft, indem er Collie einen Fußtritt versetzte und den leeren Eimer in eine Ecke stieß. Am Gartentor drehte er sich um und blickte auf das Haus zurück, das weiß im frühen Mondlicht schimmerte, und auf die dunklen Büschel der von Tommy gepflanzten Dahlien – bisher waren es nur Knospen – und auf das goldene Lichtquadrat des Schlafzimmerfensters. Dann setzte er sich auf sein Fahrrad und fuhr mit gesenktem Kopf schnell die Straße hinunter.

Mary öffnete ihm die Tür, und als sie sein bleiches, schweißüberströmtes Gesicht sah, wurde sie ebenfalls blaß.

»Ist Tommy etwas passiert?«

»Er ist krank. Ich hole den Arzt.«

»Ist er sehr krank?«

»Woher soll ich das wissen – verdammt noch mal! Aussehen tut er entsetzlich. Gehen Sie schnell zu Tommy, und kümmern Sie sich um ihn, bis ich mit dem Doktor zurückkomme.«

Wenn sie sich geweigert oder ihm weitere Fragen gestellt hätte, würde er sie bestimmt geschlagen haben. Aber sie sagte nur: »Ja«, und er machte sich sofort wieder auf den Weg.

Dr. Condon hatte sich gerade zu einem verspäteten Abendbrot an den Tisch gesetzt, als Jamesy sich an einem gekränkten Mädchen vorbeidrängte und ins Zimmer stürzte.

»Entschuldigen Sie, Herr Doktor, ich muß Sie leider stören. Schon gut, Mädel, er kann ja selbst sehen, daß mich niemand zurückhalten kann!« Er schlug dem beleidigten Mädchen die Tür vor der Nase zu. »Sie hat gesagt, ich müßte eine Viertelstunde warten, bis Sie gegessen hätten, aber das ist unmöglich. Der Junge, der für mich arbeitet, ist krank – der junge Monaghan. Er ist sehr krank. Sie müssen sofort kommen.«

»Selbstverständlich«, sagte der Doktor und machte sich schnell daran, seine schönen braunen Hammelkoteletts zu essen. »Was hat er denn?«

»Er sieht aus wie der Tod.« Jamesy sah selbst wie der Tod aus. Er starrte Dr. Condon verzweifelt an. »Der Schmerz sitzt hier unten, und als ich auf die Stelle drückte, hat er laut geschrien.«

»Das glaube ich gern.« Der Doktor hatte ein Kotelett aufgegessen. Er sah Jamesy von der Seite an und machte sich an das zweite Kotelett. »In einer Minute bin ich bereit«, sagte er.

»Es ist keine Zeit zu verlieren, Herr Doktor. Genau so hat's bei Polly Carey angefangen – das war vor Ihrer Zeit. Sie hatte an derselben Stelle Schmerzen, und als sie sie im Krankenhaus aufgeschnitten haben, war es bereits zu spät, weil alles vereitert war.«

»Wir werden keine Zeit verlieren, Jamesy. Setzen Sie sich hin, und ruhen Sie sich einen Augenblick aus. Sie sehen auch nicht sehr gut aus, und Sie sind ganz außer Atem.«

»Vielleicht bin ich etwas zu schnell geradelt.«

»Möglich.«

»Ich wollte nicht, daß der Junge mir unter den Händen wegstirbt«, sagte Jamesy vorwurfsvoll.

»In dem Alter stirbt man nicht so leicht«, sagte der Arzt ungerührt. »Hier, trinken Sie einen Schnaps, wird Ihnen guttun, während ich schnell ein paar Sachen zusammenpacke.«

»Nein, vielen Dank, Herr Doktor«, sagte Jamesy fest. »Ich möchte sofort gehen.« Der Doktor seufzte, stand auf und ließ einen Teller mit kleinen Kuchen unberührt auf dem Tisch stehen.

Mary wartete auf sie. In der Küche brannten die Öllampe und das Kaminfeuer. Sie brachte den Arzt ins Schlafzimmer, dann kam sie zurück zu Jamesy.

»Wie geht's ihm?« fragte Jamesy.

»Nicht sehr gut. Und er macht sich Sorgen, weil Sie nichts gegessen haben. Er hat mir gesagt, ich soll Ihnen Eier mit Schinken geben.«

Der Teller stand neben dem Feuer, aber Jamesy stieß ihn zur Seite.

»Sie müssen etwas essen, sagt Tommy.«

Jamesy versuchte seine Eier mit Schinken zu essen, aber er brachte es nicht fertig. Er trank durstig seinen Tee und rückte näher ans Feuer heran. Beide warteten schweigend. Einmal hörten sie ein Stöhnen aus dem Schlafzimmer, und Jamesys Hand zitterte so, daß sein Tee auf die Untertasse überschwappte.

»Jetzt hat er ihm noch mal den Leib abgefühlt. Das wäre wirklich nicht nötig gewesen. Ich hab' ihm doch die richtige Stelle gezeigt.«

Der Doktor kam aus dem Schlafzimmer und rief Tommy ein paar ermunternde Worte zu, bevor er die Tür zumachte. Dann ging er hinüber zum Küchenfeuer.

»Ja – Blinddarmentzündung! Kann ich auch eine Tasse Tee bekommen, Jamesy? Vielen Dank, Mary! Wir müssen ihn sofort wegschaffen. Je schneller, desto besser.« Er runzelte die Stirn. »Es ist bereits genug Zeit verloren worden. Er hat schon seit gestern früh heftige Schmerzen.«

»Der Junge ist ein Narr«, sagte Jamesy ärgerlich. »Wird er gesund werden?«

»Ich hoffe.«

Jamesy stieß heftig mit dem Feuereisen gegen ein Holzscheit. Die Funken flogen in allen Richtungen.

»Als Mrs. Frewn die große Operation hatte, war sie in einer Klinik. Sie wissen, welche ich meine, Herr Doktor; Sie haben sie selbst dorthin geschickt. Und da war ein sehr guter Chirurg, der sie glänzend behandelt hat. Würde er ebenso gut für Tommy sein?«

»Zweifellos«, sagte Dr. Condon und dachte amüsiert an den hervorragenden, aber eitlen Kollegen. »Der Fall liegt durchaus auf seinem Gebiet.«

»Dann schicken wir Tommy in diese Klinik, und zu demselben Chirurgen, der Mrs. Frewn operiert hat.«

Doktor Condon seufzte. Er war wirklich sehr müde. »Das würde eine Menge Geld kosten, Jamesy. Tommy wird im Krankenhaus auch sehr gut gepflegt werden.«

Jamesy gab dem Holzscheit einen weiteren Stoß, ohne Dr. Condons Worte zu beachten.

»Der Junge kommt in die Privatklinik und zu dem Chirurgen von Mrs. Frewn«, sagte Jamesy zum Feuer gewandt. »Er ist ein guter Arbeiter, so gut wie man es heutzutage erwarten kann, und das ist nicht übertrieben. Ich möchte, daß er sobald wie möglich wieder arbeitsfähig ist.«

Jetzt sagte Mary kalt und ruhig: »Wir können uns natürlich keine Privatklinik leisten, Herr Doktor. Ich weiß, daß er im Krankenhaus gut aufgehoben sein wird.«

»Ebenso gut wie woanders.« Dr. Condon stellte seine Tasse hin. »Ich werde auf dem Rückweg bei Ihrer Mutter vorbeigehen.«

Jamesy drehte sich mitsamt seinem Stuhl um und starrte den beiden ins Gesicht. Er sah wie ein gefährliches wildes Tier aus.

»Tun Sie, was ich Ihnen gesagt habe, Herr Doktor. Ich kann es mir leisten, und niemand wird mich daran hindern können, die Kosten für die Operation zu tragen.«

Die Sorge um seinen Patienten und eine unverdaute Mahlzeit waren daran schuld, daß Dr. Condon die Geduld verlor.

»Es ist mir vollkommen gleichgültig, wohin der Junge kommt, aber ich bin dafür verantwortlich, ihn so schnell wie möglich fortzuschaffen, bevor es zu spät ist.«

Jamesy stand auf und stellte sich vor Mary. Sie sahen sich einen Augenblick schweigend an. Jamesy starrte noch immer in ihre kalten Augen, als er sagte: »Schließlich ist er mein ...« Dann fuhr er zögernd fort: »Ich glaube nicht, daß *er* etwas dagegen hat.« Mary zog sich schweigend in eine dunkle Ecke der geräumigen Küche zurück.

Als bekannt wurde, daß Tommy Monaghan nach der Operation eine Bauchfellentzündung bekommen hatte und im Sterben lag, wurde das allgemein sehr bedauert. Ein harmloser Junge, und bei weitem der beste von der ganzen Brut, sagten die Leute. Aber man war geneigt, Gott Vorwürfe zu machen, weil er es erst nach so langer Zeit für richtig befunden hatte, Bridget Monaghan zu strafen, und weil er sich das am wenigsten verhaßte ihrer Kinder zum Opfer erkoren hatte.

Aus lauter Mitgefühl wurde die ganze Gemeinde freundlich und zugänglich. Man sprach die Monaghan-Kinder mit ungewohnter Liebenswürdigkeit an, und Pansys tragischer Ausdruck rührte selbst die härtesten Seelen; Pansy heimste eine reiche Ernte von Süßigkeiten ein. Bridget Monaghan selbst wurde die Stellung einer trauernden Hinterbliebenen eingeräumt, schließlich blieb eine Mutter immer eine Mutter, selbst wenn sie es etwas zu häufig geworden war. Nach jeder Begegnung mit einem der Monaghans schwollen die Herzen der Nachbarn in dem stolzen Bewußtsein ihrer christlichen Nächstenliebe und Barmherzigkeit.

Im Gegensatz dazu war jede Begegnung mit Jamesy Casey eine schwere Taktprobe. Man empfand auch für ihn ein gewisses Mitgefühl, aber man wußte nicht recht, ob es angebracht war, Worte des Beileids zu ihm zu sagen. Glücklicherweise traf man Jamesy nicht oft, weil er sich mehr denn je von seinen Nachbarn zurückgezogen hatte, außerdem war er in einer so fürchterlichen Stimmung und derartig unfreundlich, daß die Quelle des Mitleids schnell in jeder Brust versiegte.

So lagen die Dinge für eine Woche, und während dieser Zeit verstärkte sich die allgemeine Anteilnahme ganz wesentlich, aber plötzlich veränderte sich die Sachlage auf dramatische Weise. Das Gerücht verbreitete sich, daß Tommy Monaghan nicht mehr im Sterben lag, daß er nicht einmal mehr in Lebensgefahr war, daß sein Zustand sich täglich verbesserte, daß er in seiner teuren Klinik im Bett aufsaß und daß er Tag und Nacht eine Privatschwester zur Verfügung hatte. »Und wahrscheinlich ißt er Weintrauben«, bemerkte jemand giftig; man fühlte, daß selbst das im Bereich der Möglichkeit lag. Ein genesender Monaghan im allgemeinen Saal des Krankenhauses wäre erträglich gewesen; ein genesender Monaghan, umgeben vom lächerlichen Luxus einer Privatklinik, war unerträglich.

Es hatte sich wieder einmal gezeigt, daß der Teufel in

dieser Welt gut für die Seinen sorgt, selbst wenn er in der nächsten nicht viel für sie tun kann.

Und Tommy aß wirklich Weintrauben, die Jamesy ihm geschenkt hatte. Außerdem hatte er ihm einen großen gelben Kuchen mitgebracht, genau so einen wie den Geburtstagskuchen (aber den hatte eine lächelnde Schwester schnell in Verwahrung genommen), und das Buch ›Moderne Landwirtschaft‹. Jetzt saß er neben Tommys Bett, sah ihn prüfend an und sagte nicht viel.

»Wie geht es dir?« fragte er schließlich nach einem ausgedehnten Schweigen, während dessen Tommy in dem Buch geblättert hatte.

»Ganz gut.«

»Der Arzt hat gesagt, daß du nicht gleich arbeiten darfst, wenn du aus der Klinik kommst.«

»Die geben hier entsetzlich an«, sagte Tommy zornig.

»Du siehst noch nicht sehr wohl aus.«

»Ach, mir geht's ganz gut. Hast du keinen anderen Jungen angestellt?«

»Nein.«

»Aber du wirst einen brauchen, wenn ich nicht gleich zurückkommen kann.«

»Ich komme schon zurecht.«

»Was macht das weiße Kalb?«

»Dem geht's gut. Ich hab' die Medizinalflasche gefunden«, sagte Jamesy stirnrunzelnd. »Ich hab' ihm deine Medizin weitergegeben.«

Wieder schwiegen sie.

»Noch mehr Zeit kann ich hier nicht vertrödeln«, sagte Jamesy und stand auf. »Man hat mir gesagt, daß du ein Radio haben kannst; ich hab' dir eins bestellt, aber sei vorsichtig, es ist nur ein gemieteter Apparat.«

»Ich werde ihn nicht kaputt machen.«

»Also auf Wiedersehen. Vielleicht komme ich zufällig mal wieder vorbei«, sagte Jamesy, ohne sich darüber den Kopf zu zerbrechen, daß sein Anwesen zwanzig Meilen von der Klinik entfernt war und daß also ein »zufälliger« Besuch kaum im Bereich der Möglichkeiten lag.

Auf dem Heimweg kehrte er bei Hurley in Kilmuc ein. William Bates hörte ihn pfeifen, während er die Straße entlang radelte, und wurde nervös. William mißtraute mit Recht allen unnatürlichen Phänomenen. Als ihm die Botschaft, die Jamesy im Gasthaus hinterlassen hatte, überbracht wurde, wurde er noch unruhiger. Trotzdem erschien er abends im kleinen Hinterzimmer von Hurley; seine Nervosität unterdrückte er tapfer.

Jim Power und Matthew Hogan waren bereits da, und Dr. Condon hatte es sich vor dem Feuer gemütlich gemacht. Er nickte William zu.

»Lassen Sie sich durch mich nicht stören. Sobald Jamesy kommt, werde ich gehen und Sie nicht bei Ihren Geschäften stören.«

Matthew sagte höflich: »Aber warum denn, Herr Doktor?« und rückte zur Seite, so daß William seinen Stuhl in den Halbkreis stellen konnte. William setzte sich schwerfällig hin. Er hatte sich mit großer Anstrengung auf einen Kampf mit dem schlauen Jamesy vorbereitet, aber jetzt fürchtete er sich davor. Er sagte unsicher: »Es ist spät.«

»Wahrscheinlich weiß er den Wert eines verspäteten Auftritts zu schätzen«, sagte Dr. Condon trocken. »Noch einen Drink, William?«

»Nein, danke«, sagte William fest. Er sah seine Partner an. »Ich glaube, es wäre sehr gut, wenn Dr. Condon hierbliebe und hörte, was Jamesy uns zu sagen hat. Es kann nie etwas schaden, einen Zeugen zu haben.«

»Mir soll's recht sein«, sagte Dr. Condon.

Matthew machte eine steife, würdevolle Verbeugung und murmelte: »*Justum et tenacem propositi virum* ... «, und Jim Power nickte zustimmend.

William war sehr schlechter Laune.

»Es ist eine Sünde und eine Schande, daß Sie nicht Geistlicher geworden sind, Hogan. Dann könnten Sie den ganzen Tag lang lateinisch in Ihren Bart murmeln.«

Matthew Hogan warf sich in die Brust.
»Soviel ich weiß, murmele ich nie.«

»Bitte geben Sie mir doch den Schürhaken«, sagte Dr. Condon hastig zu Jim Power. »Ich will das Feuer mal richtig zum Aufflackern bringen.« Er betrachtete die drei verstimmten Gesichter und sagte heiter: »Sie werden alle froh sein, wenn diese Angelegenheit erst einmal erledigt ist.«

»Ich weiß gar nicht, ob wir uns nicht zu Narren machen«, sagte William finster.

»Das glaube ich kaum«, sagte der Doktor. »Sie handeln wie ehrenwerte Männer, Sie haben sich nichts vorzuwerfen. Es wird bei weitem das beste sein, wenn Sie die Familie Monaghan auf diese Art für immer loswerden. Natürlich könnte niemand den armen Kindern Vorwürfe machen...« Er sah Matthew an und fügte hinzu: »*Per se.*«

Jamesy kam herein. Er lächelte, setzte sich vors Feuer und rieb sich die Hände. Er entschuldigte sich, weil er sich etwas verspätet hatte, dann warf er einen Blick auf die leeren Gläser und bestellte mit lauter Stimme eine Runde. Sein ganzes Benehmen erzeugte eine peinliche, unsichere Stimmung. Selbst nachdem er seine sorgfältig in einem billigen Rechenheft verzeichneten Zahlen und Aufstellungen vorgelegt hatte, war niemand glücklich – mit Ausnahme von Jamesy selbst. Er schien ganz besonders guter Laune zu sein. Er lehnte sich zurück, streckte die Beine aus und hielt sein Glas in die Höhe.

»Alles in bester Ordnung«, sagte er, »sechsunddreißig Acker und ein hübsches Haus, zum richtigen Preis, und in der richtigen Entfernung. Ich konnte ihr nichts davon erzählen, solange sie sich Sorgen um ihren Jungen machte, aber ich bin eben bei ihr gewesen und habe mich eine Stunde mit ihr unterhalten. Es ist alles erledigt, sie wird ausziehen.«

Es folgte ein kurzes Schweigen, dann sagte William mit schwacher Stimme: »Ja, dann scheint also wirklich alles in

Ordnung zu sein?« Es bestand gar kein Grund, anzunehmen, daß etwas nicht in Ordnung sein könnte, aber man konnte das allgemeine Mißtrauen gegen Jamesy nur schwer abschütteln. »Sie sind ein unbeteiligter Zeuge, Herr Doktor. Was halten Sie davon?« fragte William.

Aber noch bevor Dr. Condon antworten konnte, sagte Jim Power grob: »Das hatten wir doch so abgemacht, nicht wahr? Welchen Sinn hat es, weiter darüber zu debattieren?«

Jamesy nickte zustimmend.

»Alles, was wir jetzt noch zu tun haben, ist, das Dokument zu unterzeichnen und zu versiegeln. Das werden wir morgen beim Anwalt tun. Bridget Monaghan wird spätestens in vier Wochen fortziehen.«

»*Jus et norma loquendi*«, bemerkte Matthew. William sah ihn ärgerlich an und sagte: »Ich gehe nach Hause.«

Jamesy machte ein enttäuschtes Gesicht.

»Ich dachte, wir würden jetzt feiern.«

»Was zum Teufel gibt's da zu feiern?« sagte Jim Power und verließ die Stube mit William.

Jamesy seufzte.

»Wollen Sie wenigstens ein Gläschen mit mir trinken, Hogan?«

»Ja gern. Ich werde noch ein Glas Bier trinken.« Matthew Hogan hustete nervös. »Ich hoffe, daß diese . . . Person nicht über unser Abkommen reden wird.«

»Eins muß man ihr lassen«, sagte Jamesy, »eine Klatschbase ist sie nicht. Sie wird ausziehen, ohne viel davon herzumachen. Nur wir werden die Zusammenhänge kennen.«

»Es wäre höchst peinlich, der Mittelpunkt des Dorfklatsches zu sein. Nichts ist unangenehmer, als seine schmutzige Wäsche öffentlich zu waschen.«

»Darüber brauchen wir uns bestimmt keine Sorgen zu machen. Whisky für Sie, Herr Doktor?«

Dr. Condon sah ihn neugierig an.

»Sie haben viel für die gute Sache getan, Jamesy.«

»Allerdings, Herr Doktor. Und außer Matthew dankt es mir niemand.«

»Sehr richtig. Haben Sie es vielleicht nicht nur des Dankes wegen getan?«

»Aber Herr Doktor, wie kommen Sie nur auf so eine Idee?«

»Ich weiß nicht recht, Jamesy. Vielleicht bin ich nur enttäuscht, weil ich mich immer für einen Menschenkenner gehalten habe.«

Jamesy schien sich nichts daraus zu machen, bei seinen verschiedenen geschäftlichen Besuchen im Hause Monaghan nicht mit offenen Armen empfangen zu werden.

Keiner der Monaghans versuchte seine Gefühle ihm gegenüber zu verbergen. Pansy ließ sich kaum dazu herab, seine Anwesenheit zu bemerken, Toughy fand ihn entsetzlich langweilig, und Pius schien immer sofort einzuschlafen, wenn Jamesy in seine Nähe kam. Marys Gefühle waren etwas positiver, aber Jamesy kümmerte sich ebenso wenig um sie wie die anderen.

Nur Bridget Monaghan empfing ihn mit ihrer üblichen Höflichkeit. Soweit man wußte, war sie noch nie zu irgendeinem Menschen unfreundlich gewesen; nicht einmal über die Männer, die sie im Stich gelassen hatten, sagte sie jemals ein böses Wort. Jamesys Angebot hatte sie in große Aufregung versetzt.

»Das ist aber wirklich nett von ihnen, ganz besonders nett, und von dir natürlich auch, Jamesy«, sagte sie. »Ein eigener Hof – ein Bauernhof – für *mich*. Ich weiß wirklich nicht warum...« Sie machte eine Pause und runzelte nachdenklich die Stirn. »Ach ja, jetzt verstehe ich es eigentlich, aber trotzdem – ein eigener Hof! Das ist wirklich ganz besonders nett.«

Jamesy hatte genug Zeit mit Bridget verschwendet und wandte sich jetzt an Mary: »Ich habe eine Option auf den Hof für eine Woche – nicht länger.«

»Wir haben uns noch niemals etwas schenken lassen; wir tun es auch jetzt nicht.«

»Es ist auch kein Geschenk im üblichen Sinn. Es ist eher ein Geschäft, von dem beide Teile profitieren.«

»Wir wollen es nicht haben.«

»Ein schönes Backsteinhaus...«, sagte Bridget verträumt.

»Ja, und eine große Küche mit einem guten Herd. Das Dorf und die Schule und alles andere ist nur eine Meile entfernt. Neue Nachbarn, aber daraus macht sich Mary wohl nichts; ihr sind die alten Nachbarn mit einem guten Gedächtnis lieber.«

»Und ein Garten, Jamesy?«

»Ja, umgeben von einer Gartenmauer. Ein schöner sauberer Hof, gut gebaute Schuppen und Ställe. Aber Mary würde sich dort vereinsamt fühlen.«

Bridget war leicht erstaunt.

»Also wenn du nicht willst, brauchen wir gar nicht weiter darüber nachzudenken«, sagte sie freundlich zu Mary.

»Sie hat Angst, daß ihre kleinen Geschwister dort einsam sein könnten. Sie hält es für besser, daß sie hier aufwachsen, unter Leuten, die sie von klein auf kennen. Ein schönes Bauerngut im Bezirk Kildare würde die guten Nachbarn von Doon nicht ersetzen.«

Für einen Augenblick fürchtete er, Mary zu sehr gereizt zu haben. Aber sie sah ihn schweigend an, bis man von draußen Toughys rauhe Stimme hörte, der Pansy etwas zurief. Erst dann rührte sie sich und senkte ihren Blick. Jamesy wußte, daß er die Schlacht gewonnen hatte.

»In drei Wochen werdet ihr nicht mehr in Doon sein«, sagte Jamesy.

»Ja«, sagte Tommy.

Vor einer Woche war er aus der Klinik entlassen worden. Obwohl sich die Sommersprossen noch scharf von seinem blassen Gesicht abhoben, wurde er täglich kräftiger. Aber er war sehr still. Selbst Jamesys begeisterte Schilderungen der Farm in Kildare schienen ihn kalt zu lassen.

»Auch Apfelbäume sind da«, sagte Jamesy, »und Obststräucher – sogar Himbeeren. Ißt du Himbeeren gern?«

»Weiß nicht, hab' noch niemals welche gegessen.«

»Na ja, dir bedeutet so was nicht viel, aber deine Mutter war ganz hingerissen. Sie hat immerzu von Apfelblüten und Marmelade geschwärmt. Hauptsächlich von Apfelblüten, die Äpfel selbst schienen ihr nicht so wichtig zu sein.«

Tommy murmelte etwas Unverständliches.

»Und du wirst dort alle deine neumodischen Ideen ausprobieren können.«

»Hm«, sagte Tommy.

»Einen guten Markt gibt's da in der Gegend auch.«

Sie hatten gerade Abendbrot gegessen und saßen beim Feuer. Tommy bückte sich, um einen Topf mit kochendem Schweinefutter vom Feuer zu nehmen. Jamesy stieß ihn ärgerlich auf seinen Stuhl zurück.

»Bist du verrückt geworden? Hat der Arzt dir nicht gesagt, daß du dich schonen sollst? Hat er dir nicht ausdrücklich verboten, schwere Gegenstände zu heben?«

»Das war vorige Woche.«

»Himmel Donnerwetter«, sagte Jamesy wütend. »Ich hab' wirklich keine Lust mehr, deine Kinderfrau zu sein. Nimmst du eigentlich die Medizin ein, die er dir verschrieben hat? Wird dir wahrscheinlich auch nicht viel nützen, aber ich hab' sie bezahlt, und jetzt wirst du sie gefälligst einnehmen.«

»Das tu ich ja auch meistens.«

»Erwartest du vielleicht, daß ich mit einem Löffel in der Hand hinter dir stehe und dich erinnere? Willst du etwa wieder krank werden?«

Jamesy schimpfte weiter leise vor sich hin, während er

den schweren Kochtopf zur Seite schob. Tommy beobachtete ihn schweigend.

»Viel helfen kann ich dir jetzt nicht«, sagte er schließlich.

»Nein.«

»Soll ich bleiben, bis wir fortziehen, oder willst du dir einen anderen Jungen suchen?«

»Meinethalben kannst du die paar Wochen noch hierbleiben.«

»Aber du siehst dich wohl nach einem anderen Jungen um?«

»Ich hab' keine besondere Eile. Ich kann so viele Landarbeiter bekommen, wie ich will, und ich möchte nicht, daß die Nachbarn anfangen zu tratschen. Die brauchen vorläufig nichts zu wissen –, ›Was ich nicht weiß, macht mich nicht heiß‹. Wenn die Monaghans erst mal fort sind, können sie soviel reden, wie sie wollen.«

Tommy saß zusammengesunken auf seinem Stuhl und starrte ins Feuer. Jamesy hustete. Beide schwiegen lange.

»Der neue Junge...«, begann Tommy.

»Welcher neue Junge?«

»Den du nach mir anstellen wirst...«

»Ach der! Was ist mit dem?«

»Sag ihm, daß die Rosen jedes Jahr gestutzt werden müssen«, sagte Tommy fest. »Ich wünschte, ich könnte sie sehen, und das Dreiackerfeld auch.«

»Wenn du erst deinen eigenen schönen Hof hast, wirst du mein Dreiackerfeld schnell vergessen.«

»Vielleicht, aber dieses Feld hat mich immer besonders interessiert.«

Jamesy starrte ihn wortlos an. Tommy sagte: »Du darfst nicht wieder jeden Tag Würstchen essen. Die haben keinen Nährwert. Und du mußt täglich wenigstens ein Ei essen.«

»Hm«, sagte Jamesy und zündete sich entschlossen eine Pfeife an. »Du hast wohl Angst, daß ich wieder in meine schlechten alten Gewohnheiten zurückfalle, wenn du nicht mehr auf mich aufpaßt?«

»Vielleicht.«

Jamesy warf einen Blick auf seinen Sohn.

»Vielleicht«, sagte er und zog an seiner Pfeife.

Mary hatte schon tagelang versucht, das zu sagen, was ihr auf dem Herzen lag. Sie hatte schon ein paarmal den Mund geöffnet, um mit Mr. Darmody zu sprechen, und ihn schnell wieder zugemacht. Einmal hatte sie sich dazu gebracht, zu sagen: »Ich fürchte...«, und in diesem Augenblick war Florrie hereingekommen und hatte ängstlich gefragt: »Was ist denn los, Mary? Was fürchten Sie?« Und Mary war nichts anderes eingefallen, als zu sagen, sie fürchtete, daß die Motten in die Wolldecken im Schrank kommen könnten, und Florrie hatte sofort geantwortet: »Sie werden schon damit fertigwerden, Mary. Zeitungspapier und Schwefel, nicht wahr? Ach nein, nicht Schwefel...«

»Nein, Kampfer.«

»Sie werden es schon richtig machen. Mary macht immer alles richtig, nicht wahr, Paul?«

Paul hatte gelächelt und »Ja« gesagt.

Obwohl sie später am selben Tag allein mit Paul war (Florrie war im Badezimmer, um sich eine Schönheitscreme von rohen Eiern aufs Gesicht zu schmieren), brachte sie es nicht fertig, es ihm zu sagen. Aber als die Tage schneller und schneller vergingen, wurde ihr klar, daß ihr Schweigen unfair war, weil Paul sich beizeiten nach einer Nachfolgerin für sie umsehen mußte.

Jetzt stand sie mit geballten Fäusten am Tisch und wartete darauf, ihre eigenen Worte zu hören.

»Ich muß Sie Ende nächster Woche verlassen, Mr. Darmody.«

Diese furchtbaren Worte hinterließen einen grellen Mißklang in der friedlichen Atmosphäre des Zimmers, an dessen Wänden sich der Widerschein der Flammen abzeichnete. Das sanfte Knistern des Feuers und das leise Rascheln der Seiten in Pauls Buch schienen jäh zu verstummen.

»Das tut mir entsetzlich leid«, sagte Paul leise. »Sie werden uns fehlen.« Er blickte nicht von seinem Buch auf. »Wir waren sehr mit Ihnen zufrieden, aber ich verstehe, daß Sie nicht für immer hierbleiben wollen.«

»Ich bin glücklich bei Ihnen. Ich will nicht fort. Es ist nur, weil wir alle wegziehen – in eine andere Gegend.«

Er legte sein Buch hin: »Sie verlassen Doon?«

»Ja, vorläufig weiß es noch niemand, aber ich mußte es Ihnen sagen. Es wäre nicht richtig, von einem Tag zum anderen fortzulaufen.«

Er sagte so leise, daß sie ihn kaum verstehen konnte: »Es kommt mir ganz sonderbar vor, daß Sie uns wirklich verlassen wollen.« Er sah sie noch immer nicht an, sondern blätterte zerstreut in seinem Buch. »Ist es weit von hier?«

»Wir ziehen nach Kildare, und wir werden nie wieder hierher zurückkommen.«

»Nie wieder...« Er schlug sein Buch zu. »Vielen Dank, daß Sie es mir gesagt haben. Wenn es ein Geheimnis ist, darf Florrie vorläufig noch nichts davon erfahren.«

»Besser nicht.«

»Sie werden ihr fehlen.«

»Ich wünschte, ich brauchte nicht zu gehen«, sagte Mary.

»Das wünschte ich auch, Mary.«

Sie sahen sich lange schweigend an. Als Florrie ins Zimmer kam, drehten sie ihr langsam die Köpfe zu und starrten sie an. Florrie lachte schrill auf.

»Ihr seid beide so komisch! Was ist denn los? Ach natürlich – mein Gesicht – es ist nur Eiweiß.«

»Hast du etwas auf dein Gesicht getan?«

»Ob ich etwas auf mein Gesicht getan habe?« Florrie sah ihn groß an. »Träumst du, Paul? Hast du denn keine Augen im Kopf? Man soll es fünfzehn Minuten auf dem Gesicht lassen, aber das konnte ich nicht oben in der Kälte abwarten. Außerdem wird die Wärme die Wirkung noch verbessern. Wissen Sie, was ich voriges Mal falsch gemacht habe, Mary? Ich hab' mir das ganze Ei aufs Gesicht geschmiert. Ich dachte, ich würde es nie wieder abbekommen – fürchterlich! Aber man benutzt nur das Eiweiß fürs Gesicht, mit dem Eigelb wäscht man sich die Haare. Auf diese Weise verschwendet man nichts.«

»Ja, Miss Darmody.«

»Wenn eine Frau erst einmal dreißig Jahre alt ist, muß sie auf ihre Haut achten. Wenn sie das tut, wird sie mit vierzig Jahren froh darüber sein. Ich werde es bestimmt sein...« Florrie unterbrach sich. »Nein, Sie brauchen sich natürlich noch nicht mit Hautpflege zu beschäftigen.« Sie legte den Kopf zur Seite und sah Mary prüfend an. »Ihre Haut ist gut – sehr gut sogar.« Sie legte den Kopf langsam auf die andere Seite. »Weißt du was, Paul? Mary ist hübsch.«

»Ja, das habe ich auch bemerkt.«

»Wirklich? Wie intelligent! Wenn man einen Menschen täglich sieht, fällt einem sein Aussehen meistens gar nicht mehr auf.« Florrie runzelte die Stirn. »Aber ich glaube, Mary ist noch hübscher geworden, seitdem sie bei uns ist. Glauben Sie nicht auch, Mary?«

»Ich glaube, ich bin niemals sehr hübsch gewesen.«

»Nicht *sehr* hübsch, aber hübsch. So ein *nettes* Gesicht – wissen Sie, was ich meine? Um so mehr müssen Sie dafür sorgen, daß Sie keine Falten bekommen. Aber setzen Sie sich doch näher ans Feuer, Kind, es ist kalt.« Sie sah die beiden strahlend an. »Ist es nicht wundervoll und gemütlich – wir drei zusammen, und alles in bester Ordnung, sogar ich?«

Ihre Blicke trafen sich über Florries Kopf, senkten sich und trafen sich noch einmal.

Miss Kelly saß dicht am Feuer und hielt ihre Hände über die Flammen. Es fiel Mary zum erstenmal auf, daß sie alt und gebrechlich aussah. Sie schien sogar kleiner geworden zu sein, und ihre Stimme zitterte.

»Es tut mir leid, obwohl es mir nicht leid tun sollte,

denn es wird für euch alle zweifellos besser sein, von hier fortzukommen und euch ein neues Heim aufzubauen, über dem kein Schatten der Vergangenheit hängt. Aber ich bin egoistisch – die Zwillinge werden mir fehlen.« Sie kreuzte die Arme über ihrer eingefallenen Brust und beugte sich übers Feuer. »Als ich das Angebot machte, den Zwillingen zu helfen, war ich nicht etwa großzügig, sondern habe an mich gedacht. Aber es hatte keinen Sinn, Ihnen das zu erklären, Mary. Sie hätten es doch nicht geglaubt. Sie sind so stolz und so empfindlich. Stolz sind Sie immer noch, aber Sie sind weicher geworden.« Sie sah Mary prüfend an. »Sie sind nicht mehr so ablehnend, nicht mehr so ... leicht verletzt.«

»Ihnen gegenüber bin ich nie ablehnend gewesen«, sagte Mary.

»Nein, nicht bewußt, das weiß ich. Aber Sie waren fest dazu entschlossen, sich von der Welt abzuschließen. Vielleicht hatten Sie recht, aber ich glaube, daß man sehr unglücklich wird, wenn man sich in sich selbst verkapselt.« Sie lächelte. »Ich wollte nur sagen, daß Sie jünger aussehen – ich weiß, in Ihrem Alter klingt das absurd.« Sie strich mit einem Finger über Marys Wange. »Jetzt stehen Sie endlich in der Blüte Ihrer Jugend ...« Nachdenklich legte sie einen Finger auf ihre eigene verrunzelte Backe. »Ich bin einundsechzig. In vier Jahren werde ich mich zur Ruhe setzen. Wenn ich die Zwillinge bei mir gehabt haben könnte, würden sie wahrscheinlich um diese Zeit Universitätsstipendien gewonnen haben ... Aber Sie müssen mir versprechen, mir zu schreiben und mich wissen zu lassen, wie es Ihnen allen geht, ja? Ich habe die Zwillinge gern, Mary. Sie sind ganz einfache, durchschnittliche Kinder – natürlich sind sie intelligent, aber sie fallen nicht aus dem Rahmen. Ich komme immer am besten mit Durchschnittskindern aus, weil ich selbst ein einfacher Mensch bin.«

»Ich habe ihr mein Ehrenwort gegeben, es nicht zu erwähnen«, sagte Johanna. »Ich habe ihr in die Hand versprochen, nicht zu versuchen, mehr von Ihnen zu erfahren.« Sie machte eine Pause. »Das hab' ich Belinda Kelly fest versprochen – unter uns Damen. Oder vielleicht gilt das nicht? Wenn ich neugierig bin, vergesse ich, eine Dame zu sein.«

»Das soll man aber nicht vergessen«, sagte Mary.

»Ich habe von Anfang an gewußt, daß Sie ein dickköpfiges, eigenwilliges Geschöpf sind, Mary Monaghan! Also gut ... aber die Darmodys tun mir leid«, sagte Johanna anklagend. »Jetzt, seitdem sie wissen, was es bedeutet, einen sauberen, gemütlichen Haushalt zu haben, werden sie den Verlust um so stärker empfinden. Denn eins muß man Ihnen lassen, Mary Monaghan, eine gute Hausfrau sind Sie wirklich.«

»Vielen Dank«, sagte Mary bescheiden.

»Wie Sie es übers Herz bringen können, diese armen Geschöpfe im Stich zu lassen, begreife ich nicht! Weiß Florrie schon, daß Sie gehen?«

»Nein, nur Mr. Darmody.«

»Sie wird zusammenbrechen, davon bin ich überzeugt. Sie sollten nur hören, wie sie von Ihnen spricht. So ein *nettes* Mädel, so ein *gutes* Mädel ...« Johanna wiederholte Florries Worte mit einer bitteren Falsetto-Stimme. »Hm ... Ihm ist es natürlich einerlei?«

»Wenn Sie jemand anderen finden können ...«

»Ich habe eine gute Wirtschafterin für ihn gefunden, und er konnte sie nicht halten. Die Nächste kann er sich selbst suchen.«

»Aber Sie wissen doch, daß ich nichts dafür kann!«

»Schon gut, mein Kind, schon gut! Regen Sie sich nicht auf; kein Grund zum Weinen. Gut, ich werde mich umsehen. Spielt ja keine Rolle. Aber ich wünschte, daß meine Pläne nicht immer über den Haufen geworfen würden«, sagte Johanna ärgerlich. Dann sah sie Mary nachdenklich an. »Auf jeden Fall wünsche ich Ihnen viel

Glück im neuen Heim! Trotzdem ist das Ganze sehr ärgerlich.«

Den jüngeren Monaghan-Kindern wurde nichts von der bevorstehenden Veränderung mitgeteilt. Der Tag der Abreise würde für sie ebenso unerwartet kommen wie für die Nachbarn.

»Die Leute werden zwar reden, wenn die Monaghans fort sind, aber dann können sie sie wenigstens nicht mehr ausfragen«, sagte William.

»Sie werden außer sich sein«, sagte Jamesy.

William sah mißtrauisch in Jamesys verschlagenes Fuchsgesicht.

»Ich hoffe, daß wir alle genug Anstand besitzen werden, unseren Mund zu halten, auch nachdem alles vorbei ist.«

»Was Sie mit Anstand meinen, weiß ich nicht genau«, sagte Jamesy nachdenklich, »aber Sie können sich darauf verlassen, daß ich keine unnötigen Worte an meine Nachbarn verschwenden werde.«

Wenn William sicher gewesen wäre, daß Jamesys Schweigsamkeit über seine Bösartigkeit siegen würde, hätte er aufgeatmet. Aber bei Jamesy konnte man niemals wissen, woran man war.

»Wozu diese verdammte Aufregung«, sagte Jim Power grob. »Bald werden wir die Monaghans los sein, und darauf kommt es einzig und allein an.«

Er war in der letzten Zeit oft zufällig durch Doon gekommen, und bei dieser Gelegenheit hatte er Toughy hin und wieder zu sehen bekommen. Er sah genau so aus, wie er ihn in Erinnerung hatte – ein strammer, frecher kleiner Bengel. Einmal hatte er versucht, ein Huhn zu fangen, ein anderes Mal saß er rittlings auf dem Gartentor. Einmal war er Jim auf der Straße begegnet; die geballten Fäuste waren, wie immer, in den Taschen. Er blieb stehen, sagte: »Tag. Ich hab' Sie gar nicht erkannt«, und wandte sein verschmiertes Gesicht gen Himmel.

»Vielleicht würdest du meinen Stier erkennen.«

»Nein, den würde ich auch nicht erkennen«, sagte Toughy, ohne ihn anzusehen. »Den hab' ich auch vergessen«, und damit marschierte er weiter.

Pansy wußte natürlich wie immer heimlich über alles Bescheid. Das Haus war klein, und Pansys Gehör war ausgezeichnet. Kein Jäger schlich auf leiseren Sohlen durch den Urwald als Pansy über den Fußboden ihres Heims. Sie war ein Kind, das sich darüber klar war, wie wichtig es ist, immer gut informiert zu sein.

Aber weder ihr Heim noch ihre Familie hatte irgendwelche Bedeutung für sie; ihre Gedanken kreisten nur um London und um den Filmmagnaten. Sie wartete auf einen Brief von ihm.

Während der wenigen Tage ihrer Bekanntschaft hatten sie gelernt, sich gegenseitig zu bewundern. Jeder erkannte im anderen den harten, egoistischen echten Künstler. Am ersten Tag hatte Pansy ihre Szenen so gespielt, wie man ihr gesagt hatte. Am zweiten Tag wagte sie es, zu kritisieren, und man befahl ihr, ruhig zu sein und den Anweisungen des Regisseurs zu folgen. Am dritten Tag hatte sie einen Vorschlag gemacht.

»So würde ein Kind nicht reden, wenn der Vater gerade ertrunken ist – und der Bruder auch, nicht wahr?«

»Drei Brüder.«

»Gleich drei, dann würde sie noch viel weniger so reden.« Pansy runzelte die Stirn. »Sie würde nicht zum Meer herunterkommen und dastehen und nach ihrem Vater rufen und sagen, daß sie verlassen ist – so wie ich es tun soll.«

Mr. Horton holte tief Atem. Alle anderen holten ebenfalls tief Atem und warteten auf den Ausbruch des Sturms. Aber der Sturm brach nicht aus. Mr. Horton betrachtete Pansy neugierig und sagte: »Was würde sie denn sonst tun?«

Pansy stand ganz still und schloß die Augen. Sie sah einen Vater im wogenden Meer, einen sehr hübschen Vater, in einem blauen Sweater, und drei Brüder, ebenso hübsch, auch mit blauen Sweatern, nur kleiner. Einer war sogar sehr klein, nur ein Jahr älter als Pansy. Er war wie der Junge in einem Buch, das sie gelesen hatte; er schlug sich mit viel größeren Jungens, wenn sie frech zu Pansy waren, und er war immer der Sieger. Und jetzt trieb er hilflos auf den Wellen. Jetzt gab es niemanden mehr, der sie vor den wilden Jungen retten könnte.

Pansy öffnete die Augen und ging mit starrem Blick aufs Meer zu. Am Rande des Wassers blieb sie stehen. Ihre Hände hingen schlaff herunter. Ihre Blicke schweiften zum fernen Horizont und kehrten langsam zu den Wellen, die ihre bloßen Füße umspielten, zurück. Sie starrte aufs Meer und dann, als eine kleine Welle ihre Zehen streifte, stieß sie einen wilden Schrei aus, streckte die Hände abwehrend gegen die gierigen Wogen aus und ging ein paar Schritte rückwärts.

»Großer Gott, eine Schauspielerin mit Ideen«, murmelte Mr. Horton erstaunt. »Diesem Phänomen bin ich noch niemals begegnet.« Zu Pansy sagte er: »So würdest du das also spielen, was?«

»Ja.«

»Aber du hast gar nicht gesprochen.«

Pansy sah ihn mit gebrochenen Augen an. Wie konnte sie sprechen, wenn dieser wunderschöne kleine Bruder, der ihren richtigen Brüdern so unähnlich war, kalt und leblos auf den Wellen schaukelte? »Sie würde nichts sagen.«

»Also los, Aufnahme!« sagte Mr. Horton lebhaft. »Wir vertrödeln kostbare Zeit. Tu, was man dir sagt, Pansy.«

Pansy wurde im Handumdrehen so irisch wie Maybella und tat alles, was man von ihr verlangte.

»Schlecht war die kleine Szene nicht...«, sagte jemand.

»Kunst – ganz einfach Kunst«, sagte Mr. Horton. »Können wir nicht gebrauchen, nicht für diesen Film. Dieser Film ist reiner Kitsch, den man nicht mit Kunst vermischen kann. Reiner Kitsch ist manchmal gar nicht schlecht, dasselbe gilt für reine Kunst. Aber eine Mischung wäre grauenerregend. Vielleicht später...«, er sah Pansy mit der gleichen prüfenden Neugierde an, »später vielleicht.«

Vor seiner Abreise sprach er noch einmal mit Bridget Monaghan.

»Es ist möglich, daß wir Pansy weiter beschäftigen können, aber dazu müßte sie nach London kommen. Vielleicht würden wir ihr einen Kontrakt für mehrere Jahre geben. Was würden Sie davon halten?«

»Meine Mutter würde mir bestimmt nicht im Wege stehen«, sagte Pansy.

»Das könnte wahrscheinlich niemand fertigbringen, nicht für lange«, sagte Mr. Horton, und zu Bridget sagte er: »Sobald wir eine Entscheidung getroffen haben, werde ich Ihnen Bescheid sagen.«

»London wird mir gefallen«, sagte Pansy.

Und so lebte sie jetzt in ihrer eigenen Traumwelt und wartete auf die großen Ereignisse. Die Geschehnisse des täglichen Lebens ließen sie völlig unberührt; sie war immer verträumt und artig, so artig, daß Mary begann, sich über diesen angenehmen, aber ungewöhnlichen Zustand Sorgen zu machen. Sie stellte jeden Tag mit Erleichterung fest, daß Pansy offenbar auch weiter kerngesund war. Nur die Puppe Jennifer lebte mit in Pansys Traumwelt. Sie wußte, daß es augenblicklich in Filmkreisen die Mode war, einfach und häuslich zu sein, und daß sich die Filmstars gern über den Herd gebeugt oder mit einem Baby im Arm fotografieren ließen. Selbst die reichlich bornierte Maybella hatte genug Verstand gezeigt, darauf zu bestehen, daß sie ein einfaches, bescheidenes Kind war. Jennifer sollte das Wahrzeichen für Pansys häusliche Qualitäten sein.

Es vergingen viele Tage, an denen sich nichts ereignete, aber Pansy wurde nicht ungeduldig. Sie legte verschiedene Kleidungsstücke sorgfältig gefaltet in einen Pappkarton, um jeden Augenblick zur Abreise bereit zu sein. In

London würden ihre alten Kleider natürlich sofort abgelegt und durch neue ersetzt werden; aber für die Reise waren die alten Sachen gerade noch gut genug. Sie bat ihre Mutter, Jennifer einen roten Flanellrock und einen grünen Schal zu nähen, weil sie entdeckt hatte, daß man das für eine irische Tracht hielt. Sie hielt es für richtig, Jennifer von jetzt an immer im Nationalkostüm auftreten zu lassen. Jeden Morgen wartete sie auf den Briefträger.

Am Ende kam ein Telegramm, das die Ankunft des Magnaten für denselben Abend ankündigte. Alles entwickelte sich so, wie Pansy es erwartet hatte: Man war von ihrem Talent beeindruckt, man wollte ihr eine Rolle in einem Film geben, für den man seit langem eine geeignete kleine Schauspielerin gesucht hatte. Man hoffte, sie in Pansy gefunden zu haben.

»Und wenn sie meinen Erwartungen entspricht, wird sie wahrscheinlich Karriere machen«, sagte Mr. Horton.

Pansy hörte still zu, während der Magnat mit ihrer Mutter und Mary sprach. Mr. Horton sprach sachlich und überzeugend; Mary war verstört und unentschieden, ihre Mutter machte hin und wieder eine freundliche, aber sinnlose Bemerkung. Einzelheiten von Pansys Zukunft wurden ausführlich besprochen, so ausführlich, daß Pansy begann, sich zu langweilen. Aber sie saß noch immer still und bescheiden in einer Ecke. Schließlich mußte sie sich doch einmischen, und zwar, als Mary, die nervös an ihrem Taschentuch zupfte, sagte: »Wir können sie doch nicht allein fortgehen lassen – ohne einen Menschen, der auf sie aufpaßt. Das ist ganz unmöglich.« Mr. Horton antwortete: »Das habe ich allerdings nicht in Betracht gezogen; ich hielt es für selbstverständlich, daß eine ihrer Verwandten mitkommen und für das Kind sorgen könnte. Aber wir können selbstverständlich in England eine geeignete Erzieherin finden; darüber brauchen Sie sich keine Gedanken zu machen.«

»Nein, nein«, sagte Mary. »Wir können Pansy nicht

allein in ein fremdes Land gehen und sie von einem wildfremden Menschen erziehen lassen.«

»Aber wir würden unsere Wahl mit größter Sorgfalt treffen und niemanden ohne Ihr vorhergehendes Einverständnis engagieren.«

»Sehen Sie denn nicht selbst, wie klein sie noch ist?« fragte Mary ärgerlich.

Mr. Horton sah Pansy wieder einmal prüfend an.

»Ja, sie ist wirklich noch ziemlich klein«, sagte er. »Man vergißt so leicht, wie jung sie eigentlich ist.«

»Sie würde unglücklich unter lauter Fremden in England sein. Das kann man einem Kind nicht antun. Das wäre falsch. Und wenn sie noch soviel Geld bekäme, und...«, Mary sah sich traurig um, »und wenn sie vieles hätte, was wir ihr nicht bieten können – es wäre trotzdem falsch. Es würde kein Ersatz für ein Heim sein. Es wäre unnatürlich.«

Und jetzt sprach Pansy. Sie sagte ruhig: »Mir würde es nichts ausmachen, allein in einem fremden Land zu sein.«

»Ach, Pansy, du weißt ja nicht, was das bedeutet«, sagte ihre Schwester.

»Doch. Aber wenn ihr glaubt, daß ich unbedingt jemanden, den ich kenne, um mich haben muß, wie wär's dann mit meiner Tante?«

Mary hielt den Atem an, und Bridget Monaghan sagte sehr erstaunt: »Hast du eine Tante, Pansy?« und dann: »Ja, eigentlich hast du eine.«

Pansy ignorierte die beiden und sagte zu Mr. Horton: »Meine Tante hat nur meinen...«, dann machte sie instinktiv eine Pause und verbesserte sich: »hat nur einen Bruder zu versorgen, einen alten Bruder, der auch ohne sie fertig werden kann. Sie könnte mitkommen und sich um mich kümmern. Wir könnten sie fragen.« Sie schwieg; die Erinnerung an die unnahbare Johanna gab selbst Pansys Selbstvertrauen einen momentanen Stoß. Dann sagte sie herausfordernd: »Niemand sollte der

Karriere eines anderen Menschen im Wege stehen; wir könnten sie ja auf jeden Fall fragen, nicht wahr?«

Mary hatte sich wieder in der Gewalt und sagte schnell: »Ich fürchte, Pansys Idee ist unmöglich, Mr. Horton.« Sie stand auf. »Sie sagten, daß sie eine Woche in Irland bleiben werden. Würden Sie uns Zeit geben, die Angelegenheit gründlich zu besprechen und uns zu überlegen, was wir tun könnten?«

Pansy öffnete ihren Mund, um zu protestieren, aber nach einem Blick auf Mary machte sie ihn schnell wieder zu. Pansy wußte, wann der Augenblick gekommen war, ihre Schwester nicht weiter zu reizen. Mary sah ihr streng und unverwandt in die Augen. Pansy blinzelte. Dann machte sie große Augen und streckte ihre kleinen Händchen in die Richtung von Mr. Hortons rechter Hand. Auch Mr. Horton begann zu blinzeln, als sich die kleinen Finger vertrauensvoll um seine schlossen. Pansy hob ihre runden verträumten Augen zu ihm auf und sagte mit einem ganz kleinen Lispeln: »Darf ich mit Mr. Horton zum Gartentor gehen und ihm dort auf Wiedersehen sagen, Mutti?«

Mr. Horton stellte erstaunt fest, wie sehr ihm Pansys Vertrauen schmeichelte. Er hatte nicht gewußt, daß das kleine Ding ihn so gern hatte.

»Mach dir keine Sorgen, Pansy, ich komme zurück«, sagte er herzlich, um das arme kleine Geschöpf zu trösten.

Pansys Ausdruck wurde noch verträumter.

»Darf ich, Mutti?«

»Natürlich, Herzchen.«

Pansy hielt seine Hand fest umklammert. Sie ging mit ihm zur Tür, aber Mary kam ebenfalls mit.

Im anderen Zimmer schlief Pius. Bridget Monaghan war jedesmal überrascht und traurig, wenn ihre schwachen Stunden wieder einmal ein Resultat gezeitigt hatten, aber sie war eine gute, vorsorgliche Mutter. Pius wurde nie vernachlässigt, und im Vergleich zu den anderen

Dorfkindern war er besonders gepflegt. Aber vielleicht aus Sorge um Pansys Schicksal und durch die Aufregung über den bevorstehenden Besuch von Mr. Horton hatte sie an diesem Abend seine Windel etwas zu lose verknotet. Als sich Pius jetzt im Schlaf umdrehte, lockerte sich die Windel und die Sicherheitsnadel, mit der sie zusammengesteckt worden war, und die Spitze der Nadel bohrte sich in den runden Babybauch.

Pius erwachte und schrie wie am Spieß.

Bridget entschuldigte sich schnell bei ihrem Gast und eilte zu Pius. Mary blieb einen Augenblick unsicher stehen, und dann, als Pius' empörte Schmerzensschreie sich verstärkten und noch schriller durchs Haus gellten, warf sie Pansy einen verzweifelten und beschwörenden Blick zu und folgte ihrer Mutter.

Pansy zog Mr. Horton schnell in die Nacht hinaus und ging mit ihm über den kurzen Gartenpfad zur Straße, wo sein Auto auf ihn wartete. »Wir sollten jetzt gleich zu meiner Tante fahren«, sagte sie eindringlich.

Mr. Horton war ein Gentleman, und um diesen Nachteil zu überwinden, brauchte er immer etwas Zeit – Pansy hatte ihm keine Zeit gelassen. Er sagte bestürzt: »Aber Pansy ...«

Pansy war schon im Begriff, ins Auto zu klettern.

»Schnell, kommen Sie doch!«

»Wir können nicht abfahren, ohne deine Mutter um Erlaubnis zu fragen.«

Pansy schürzte verächtlich ihre kurze Oberlippe.

»Rasch! Pius hat aufgehört zu schreien!«

Matthew war nicht zu Hause. Er saß friedlich vor einem Glas Bier bei Hurley, während Johanna Mr. Horton und Pansy in ihre kalte kleine Wohnstube führte. Sie bat sie, Platz zu nehmen, und dann hörte sie sich Mr. Hortons verlegene Erklärung über den Zweck des Besuches in eisigem Schweigen an. Ihm selbst erschien das Ganze absurd und lächerlich; um wieviel lächerlicher mußte diese unzugängliche Person es finden! Er endete mit einem schwachen Versuch der Selbstverteidigung.

»Ich hatte keine Ahnung von den etwas ... ungewöhnlichen Familienverhältnissen, bis Pansy mir eben auf der Herfahrt davon erzählte.« Er machte eine Pause, räusperte sich und fügte hoffnungsvoll hinzu: »Sie hat mir auch gesagt, wie gut Sie zu ihr sind.«

»Ich habe erst zweimal in meinem Leben Gelegenheit gehabt, mit dem Kind zu sprechen«, sagte Johanna.

Pansy sah Johanna aus großen verletzten Augen an.

»Du hast mir einmal Milch und Kekse gegeben.«

Johanna sah Pansy lange strafend an, und Pansy erwiderte ihren Blick, ohne mit der Wimper zu zucken. Auch sie ließ sich nicht so leicht einschüchtern, auch sie hatte bereits gelernt zu warten. Schließlich ergriff Johanna das Wort und sagte: »Pansys Familie hat ihr verboten, hierher zu kommen; ihre Mutter wird sehr ärgerlich sein, wenn sie es erfährt. Bringen Sie das Kind bitte sofort wieder nach Hause.«

Mr. Horton stand auf und sagte: »Ich muß mich bei Ihnen entschuldigen, ich hatte wirklich keine Ahnung, daß Sie mit Pansys Familie nicht gut stehen. Wenn ich das gewußt hätte, wäre ich selbstverständlich nicht hergekommen.« Er warf einen ärgerlichen Blick auf Pansy, die ihn in diese peinliche Lage gebracht hatte. Pansy saß unschuldig und niedlich auf der Stuhlkante, und plötzlich richtete sich seine Wut gegen Johanna und gegen alle Leute, die ihn daran hindern wollten, seine Pläne mit Pansy auszuführen. »Aber ein Verbrechen habe ich ja schließlich und endlich nicht begangen«, sagte er heftig. »Ich will dem Kind eine Chance geben, aber scheinbar ist die gesamte Verwandtschaft dagegen, das Kind von meinem Angebot Gebrauch machen zu lassen. Ich kann mir keine Vorwürfe machen, weil ich Pansy helfen wollte.«

Johanna sprang wütend vom Stuhl auf. Pansy hatte den Kopf gesenkt und starrte auf die glänzenden Spitzen ihrer Lackschuhe.

»Ich hätte gedacht, daß eine Person, die einen Bruder hat, der sein eigenes Kind verläßt und es hungern läßt, versuchen würde, das Unrecht wieder gutzumachen – das hätte ich gedacht«, sagte Pansy langsam und betont. »Ich hätte es nicht für möglich gehalten, daß sie böse auf die Hungernden und Verlassenen sein könnte. Vielleicht wird es ihr leid tun, wenn das betreffende Kind erst tot ist«, sagte sie düster und starrte auf ihre Lackschuhe. Sie erinnerte sich an Matthews Herzlosigkeit in bezug auf ihre Krankheit und das Sanatorium. »Aber vielleicht würde es einer solchen Person nicht einmal leid tun, vielleicht ist sie viel zu schlecht.«

Sie ließ sich schwach, atemlos und gebrochen in ihren Stuhl zurückfallen, ein Symbol unmenschlicher Behandlung. Die Blicke der beiden Erwachsenen trafen sich über ihren seidigen Locken. Johannas Lippen zuckten. »Setzen Sie sich!« sagte sie und ging zu ihrem eigenen Stuhl zurück. Mr. Horton atmete auf. Johanna faltete die Hände im Schoß, räusperte sich und sagte: »Es besteht keine Feindschaft zwischen den Familien, sondern nur zwischen mir und Pansy.«

»Wir sind doch keine Feinde?« sagte Pansy unschuldig. »Könnten wir uns nicht vielleicht aneinander gewöhnen?«

Johannas Lippen begannen wieder zu zucken.

»Wie bist du darauf gekommen, mich als deine Begleiterin zu wählen?«

»Weil niemand anderes da ist«, sagte Pansy. Die ungeschminkte Wahrheit klang etwas zu kraß, und Pansy dachte angestrengt nach, auf welche Weise sie sie etwas erträglicher machen könnte. Sie erinnerte sich einer Phrase, die sie einmal gehört hatte. »Und weil du eine hochangesehene Person bist.«

Johanna lachte laut; dann sagte sie zu Mr. Horton: »Verzeihen Sie, wenn ich unfreundlich zu Ihnen war. Ich bin in einem Alter, in dem man sich rein gefühlsmäßig gegen jede Veränderung wehrt. Sie müssen zugeben, daß es eine etwas ausgefallene Idee ist, daß ich plötzlich Heim und meinen Bruder verlassen soll, und ...«

Pansy unterbrach sie: »Und ich dachte, daß du vielleicht gern mit mir kommen würdest und daß du dein Heim und deinen Bruder ganz gern verlassen würdest, weil du das alles schon so lange hast, und ... weil es dir sicher schon sehr langweilig geworden ist. So was wird einem doch langweilig, nicht wahr? Mir ist Doon schon lange über, und du bist alt«, sagte Pansy mit schonungsloser Offenheit, »bald wirst du tot sein, und wenn du nicht mit nach London kommst, wirst du wahrscheinlich nie mehr Spaß haben, immer nur dieselben langweiligen Sachen.« Sie machte eine Pause, weil ihr plötzlich ein etwas beunruhigender Gedanke gekommen war. »Aber vielleicht willst du gar keinen Spaß haben, vielleicht willst du lieber immer dasselbe tun, dann wirst du wohl nicht mitkommen wollen. Manche Leute sind so – zum Beispiel Mary.« Sie sah Johanna prüfend an. »Aber ich dachte, du wärest vielleicht mehr so wie ich. Du siehst ganz anders aus, aber vielleicht bist du trotzdem so ähnlich wie ich, weil du doch meine Tante bist, und weil du ... weil du meine Blutsverwandte bist! Und selbst wenn du nicht meinetwegen mitkommst, vielleicht kommst du deinetwegen ...«

Sie sah sich nachdenklich im Zimmer um; von der großen gerahmten Fotografie von Matthew auf dem Kaminsims, mit dem Mittelmeerhintergrund, der aus dem Atelier des Fotografen in Waterford stammte, blickte sie in den leeren Kamin hinunter; dann wanderten ihre Augen über die sauber polierten unbequemen Möbel und blieben schließlich am Fenster haften, hinter dessen geschlossenen Fensterläden die öde Dorfstraße lag, mit der einsamen trüben Laterne, die die Ladenschilder des Schusters Drohan und des Kleidergeschäfts von A. P. Wilson und die tödliche Langeweile von Kilmuc beleuchtete. Langsam kehrte ihr Blick zu Matthews würdigem, intelligentem, kultiviertem Gesicht zurück, und sie sagte: »Ich würde an deiner Stelle mitkommen.«

Sie schwieg; sie war sehr müde und hätte schon lange im Bett liegen sollen. Ihr Stuhl war zu hoch, und ihre Beine taten weh. Die anderen unterhielten sich, aber sie hatte Mühe, sich noch länger wachzuhalten. Mehr konnte sie ja auch nicht tun. Sie hielt es für ein gutes Zeichen, daß Johanna mit ihnen in die Küche ging, wo ein großes Feuer im Kamin brannte, sie auf einen niedrigen Sessel setzte, von dem aus ihre Füße den Boden erreichen konnten, ihr Milch und sechs Schokoladenkekse gab und für sich und den Magnaten Tee machte. Nach dem vierten Schokoladenkeks mußte sie eingeschlafen sein, denn ihre Augen waren geschlossen, und als sie sie wieder aufmachte, lagen noch zwei Kekse auf dem Teller, und ihre Tante und der Magnat hatten ihren Tee ausgetrunken und waren aufgestanden.

»Komm, ich bringe dich heim«, sagte Mr. Horton.

Pansy gähnte und legte höflich zwei Finger auf den Mund, wie Mary es ihr beigebracht hatte. Dann streckte sie sich und blinzelte ihn an.

»Darf ich nach London fahren?«

»Sie ist wirklich klein, ich vergesse immer, was für ein kleines Kind sie ist«, sagte Mr. Horton.

»Jung, aber nicht klein«, sagte Pansy. »Ich bin gar nicht klein für mein Alter.«

»Man kann Pansys Jugend leicht vergessen«, sagte Johanna. »Es ist nur wichtig, sich daran zu erinnern, daß sie eine alte Seele hat – so alt wie die Sünde.«

Mr. Horton lachte. Pansy stellte fest, daß er und ihre Tante sich sehr angefreundet hatten.

»Gute Menschen sind meistens sehr uninteressant«, sagte Mr. Horton.

»Hm«, sagte Johanna und blickte auf Pansy hinunter. »Von jetzt an mußt du tun, was ich dir sage.«

»Aber bestimmt, ganz bestimmt«, sagte Pansy begeistert.

»Dafür werde ich sorgen – verlaß dich drauf!«

Sie betrachteten sich schweigend, als versuchten sie, ihre gegenseitigen Kräfte zu ergründen.

»Darf ich Tante zu dir sagen?« Johanna nickte. Pansy schien für einen Moment im Übermaß ihres Glückes die Sprache verloren zu haben. Sie sah Johanna mit dankbaren, liebevollen Augen an, dann sagte sie: »Vielen, vielen Dank, Tante!« Sie wandte sich an Mr. Horton. »Sie hat mir bis jetzt immer verboten, sie Tante zu nennen.« Sie verzog den Mund. »Es ist sehr traurig, nur eine einzige Tante zu haben, die man nicht ›Tante‹ nennen darf.«

Mr. Horton sah das Kind einen Augenblick schockiert an, dann lachte er. »Sehen Sie?« sagte er mit stolzer Besitzermiene, »sie ist mit allen Wassern gewaschen.«

»Ich muß den Verstand verloren haben, mich an *dieses* Kind zu binden«, sagte Johanna wild.

»Ich mache mir keine Illusionen über sie. Bestimmt nicht! Aber wenn ich es nicht fertigbringe, den Namen Pansy Monaghan in der ganzen Welt bekanntzumachen...«

»Völlig irrsinnig... in meinem Alter... mein Heim zu verlassen...«

»Warum ist es irrsinnig, etwas Ungewöhnliches zu tun, etwas Vitales? Warum ist es vernünftig, die alltägliche Langeweile hinzunehmen...«

»Sie brauchen es nicht noch einmal zu wiederholen«, sagte Johanna ärgerlich. »Pansy hat das alles bereits viel wirksamer ausgedrückt... aber warum ich mein friedliches Leben diesem jungen Ungeheuer zuliebe aufgeben soll...«

Der Ton der Unterhaltung erschien Pansy recht günstig, aber sie legte den größten Wert darauf, die Angelegenheit endgültig zu regeln.

»Wirst *du* mich betreuen, Tante – liebe Tante?«

»Gerade ich... ich habe mir niemals etwas aus dem Kino gemacht – gerade mir muß das...«

»Dieser Film wird etwas ganz Besonderes sein«, sagte Mr. Horton enthusiastisch. »Das Thema, die Bearbeitung – ich kann es nicht beschreiben – höchstens vielleicht als ein jugendliches ›Schuld und Sühne‹, weniger drastisch natürlich, aber auf dem gleichen psychologischen Niveau ...«

Pansy stand auf. Niemand beachtete sie. Wenn die Angelegenheit erledigt war, brauchten sich die beiden nicht weiter zu unterhalten. Pansy wollte ins Bett gehen. Sie sagte laut: »Wird Tante mich nach London bringen?«

»Eine Dostojewskische Betonung der geistigen Werte, und doch ohne die ...«

Pansy zwickte ihn.

»Himmel Herrgott«, sagte Mr. Horton und entschuldigte sich sofort. »Aber dieses Kind macht eine Regel daraus, mich zu kneifen.«

»Das wundert mich nicht«, sagte Johanna.

Beide sahen Pansy unfreundlich an. Sie ließ nicht lokker.

»*Wird* Tante mich nach London bringen?«

Mr. Horton war verärgert über die Unterbrechung seiner Dissertation. Er sagte schroff: »Haben wir dir das nicht bereits mitgeteilt?«

»Nein«, sagte Pansy; dann fuhr sie weinerlich fort: »Und ich bin sehr müde.«

Sie schwankte überzeugend.

»Du liebe Zeit, das arme Kind schläft schon fast im Stehen«, sagte Mr. Horton.

Johanna sah auf die Uhr und sagte nachdenklich: »Ich glaube, Pansys größte Stärke liegt darin, hochanständigen Menschen das Gefühl zu geben, daß sie brutal und gemein sind – natürlich nur Männern.« Plötzlich schob sie sie energisch zur Tür. »Gehen Sie! Nehmen Sie das Kind mit! Ich werde sie jahrelang um mich haben – für immer. Nehmen Sie sie mit! Ja, ja, ich werde mit ihrer Schwester reden. Ja, alle Vorbereitungen werden Ende der Woche erledigt sein, wenn ich nicht inzwischen wieder zur Vernunft komme, wenn Matthew nicht... Nein, nur keine Aufregung, es wird schon alles klappen.« Sie hatte sie auf die Straße gedrängt. »Gute Nacht!« Sie stand vierschrötig in der Haustür. »Gute Nacht!«

Pansy stand ihr gegenüber, sie wollte sie küssen, aber Johannas Gesicht war zu weit entfernt, und außerdem sah Johanna nicht aus, als ob sie gern geküßt werden wollte. Schade, dachte Pansy, bei einer solchen Gelegenheit müßte man sich eigentlich küssen. Statt dessen sagte sie höflich: »Gute Nacht, Tante, und ich danke dir auch vielmals.«

Auch Mr. Horton hielt eine nette kleine Rede. Mit einem Fuß auf dem Trittbrett seines Autos reckte er sich dramatisch und sagte: »Ich weiß, was für ein großes Opfer Sie bringen, und ich möchte Ihnen von ganzem Herzen dafür danken, Miss Hogan. Wenn Pansy älter ist, wird auch sie begreifen, was sie Ihnen schuldet. Und eines Tages werden Sie sehen, daß sich Ihr Opfer gelohnt hat. Noch wissen Sie nicht, was Sie der Welt geben, Miss Hogan.«

»Ich weiß es ganz genau«, sagte Johanna und machte ihnen die Tür vor der Nase zu.

Zehntes Kapitel

Bei der alteingesessenen Auktionsfirma Sampson und Walsh in Waterford arbeiteten drei männliche und fünf weibliche Büroangestellte. Drei der Stenotypistinnen waren nicht hübsch, aber dafür tüchtig; eine der beiden übrigen war hübsch, die zweite war sogar sehr hübsch, und beide waren nicht besonders tüchtig. Die drei unansehnlichen jungen Damen waren von Mr. Sampson engagiert worden, der schon seit langem festgestellt hatte, daß Schönheit im Berufsleben eher ein Nachteil ist. Mr. Walsh, der jüngere der beiden Partner, hatte die beiden hübschen Mädchen engagiert, und Miss Watson, die etwas weniger hübsche Sekretärin, mochte er ganz besonders gut leiden. Sie hatte runde blaue Augen, wasserstoffblondes, sorgfältig frisiertes Haar und einen prächtigen Busen, der durch enganliegende Sweater besonders betont wurde.

An einem Freitag morgen überreichte Mr. Walsh ihr zwei Anzeigen, die sie abtippen und in die Waterforder Zeitungen setzen lassen sollte.

»Diese Anzeigen sollen nächsten Freitag erscheinen«, sagte er.

»Jawohl, Mr. Walsh«, sagte Miss Watson.

Sie legte die beiden Zettel neben sich auf den Tisch und beendete den Brief, den sie gerade in der Maschine hatte. Zufälligerweise hatte sie an diesem Morgen nicht sehr viel zu tun, und bald war alles erledigt, außer den beiden Anzeigen. Sie betrachtete sie stirnrunzelnd; Mr. Walsh hatte eine sehr undeutliche Schrift. Miss Watson starrte weiter geistesabwesend auf die Zettel, drehte an einer Locke hinter ihrem Ohr und dachte an ihren Freund. Miss Watson war ein braves Mädchen, ein durchschnittliches Mädchen, das sich nur für Jungen, Kleider, Tanzen, Kino und Stricken interessierte – in genau dieser Reihenfolge. Sie würde einmal eine gute irische Hausfrau und Mutter werden. Allerdings war sie, wie bereits angedeutet, keine sehr gute Sekretärin. Sie hatte nicht richtig aufgepaßt, als Mr. Walsh ihr seine Angaben betreffend der Anzeigen gab, weil sie nur an ihren vielversprechenden Freund dachte. An Mr. Walsh selbst war sie nicht interessiert; er sah ganz gut aus, aber obwohl Sekretärinnen in England immer ihren Chef heirateten – wenigstens hatte sie das oft in Frauenzeitschriften gelesen – taten sie es in Irland nie; mit der Ausnahme von Ärzten und Krankenschwestern. Krankenschwestern waren eben scheinbar etwas Besonderes. Miss Watson fuhr fort, an ihrer Locke zu drehen und Mr. Walshs unleserliche Handschrift zu studieren.

Mr. Regan, der Bürovorsteher, steckte seinen Kopf durch die Tür.

»Haben Sie was für die Zeitungen? Paddy wartet.«

»Soll er warten«, sagte Miss Watson automatisch, dann ließ sie die Locke in ihre unnatürlich frisierten Haare zurückschlüpfen. »Ach du liebe Zeit... ich weiß wirklich nicht... doch, hier sind zwei Anzeigen.«

Sie schob die beiden Zettel ärgerlich zur Seite.

»Na dann geben Sie sie mir doch in Gottes Namen her! Es ist schon halb eins.«

»Aber ich hab' sie noch nicht abgetippt.«

»Ich sage Ihnen doch, daß es schon halb eins ist. Was ihr Mädchen so herumtrödelt...«

»Ja«, sagte Miss Watson, die diese Bemerkung schon oft von Mr. Regan gehört hatte, »aber ich weiß nicht, ob sie für die heutige Ausgabe bestimmt sind. Ich glaube, Mr. Walsh hat gesagt für nächsten Freitag. Ich werde ihn fragen.«

»Das können Sie nicht. Er ist zum Golfklub gefahren.«

»Vielleicht weiß es Mr. Sampson.«

»Der ist heute nicht im Büro.«

»Vielleicht wissen Sie Bescheid, Mr. Regan. Es handelt

sich um den Bauernhof von einem Mr. Carey – ja, ich glaube, es soll Carey heißen.«

»Casey aus Doon«, las Mr. Regan über ihre Schulter hinweg. »Und die andere ist für Monaghan aus Doon. Nein, darüber weiß ich nichts.« Er fragte mit erhobener Stimme: »Weiß irgend jemand etwas über zwei Anzeigen betreffs Casey und Monaghan?« Niemand wußte Bescheid. »Sind Sie sicher, daß Mr. Walsh nächsten Freitag gemeint hat?«

»Nein, mir ist nur so, sicher bin ich nicht«, gab Miss Watson zerknirscht zu.

»Wenn ihr Mädchen nur zuhören würdet...«

Diese Bemerkung hatte Miss Watson auch schon öfter aus dem Mund von Mr. Regan gehört. Sie sagte: »Dann werde ich sie lieber schnell abtippen und Paddy mitgeben. Kann ja nichts schaden.«

»Ja, und eilen Sie sich gefälligst«, sagte Mr. Regan mit großer Genugtuung. »Wenn die Anzeigen zu spät für die heutige Ausgabe ankommen, wird Mr. Walsh sehr ärgerlich sein, und Ihre Entschuldigung, daß Sie *glaubten*, die Anzeigen wären erst für die nächste Woche, wird bestimmt keinen Eindruck auf ihn machen.«

Aber der Busen und die Haare werden ihn trotzdem beeindrucken, dachte Mr. Regan säuerlich.

»Es sind nur kurze Anzeigen – bin sofort fertig – aber die Schrift ist einfach fürchterlich«, jammerte Miss Watson, während sie auf ihre Maschine loshämmerte: »Zu verkaufen – durch öffentliche Versteigerung... Nein, diese Schrift!«

»Ist doch ganz deutlich«, sagte Mr. Regan, der neun Jahre länger als Miss Watson Gelegenheit gehabt hatte, Mr. Walshs Handschrift zu entziffern, »aber ich werde es Ihnen lieber vorlesen.«

»Das wäre eine große Hilfe, Mr. Regan.«

»Wenn ich es nicht tue, werden Sie nicht rechtzeitig fertig«, sagte Mr. Regan ungnädig. »›Im Auftrag des Verkäufers, Mr. Jamesy Casey...‹, was man mit euch Mädchen für Ärger hat...« Miss Watsons Finger lagen erwartungsvoll auf den Tasten der Schreibmaschine, und er las mit seiner flachen, ausdruckslosen Stimme, mit einer gelegentlichen Atempause und einem mißbilligenden Blick auf ihre kurzen roten Fingernägel: »›Dreißig Acker, in gutem Zustand. Am gleichen Tag, im Auftrag der Verkäuferin Bridget Monaghan, ein kleines strohgedecktes Haus, auf eigenem Grund und Boden... in gutem Zustand, zehn Acker...‹«

Kurz vor eins wurden Paddy, der sich die Zeit damit vertrieben hatte, die abblätternde braune Farbe mit der Spitze seines Schuhes völlig von der Wandleiste abzutreten, die beiden Anzeigen vorzeitig übergeben. Und auf diese Weise erschienen sie bereits an diesem Freitag nebeneinander in der Zeitung. Bevor die Familie Monaghan Doon – wie sie gehofft hatte – heimlich verlassen konnte, las man bereits die Annonce, daß Jamesys Hof und Bridgets Haus öffentlich versteigert werden sollten.

Die Zeitungen aus Waterford kamen um sechs per Omnibus in Matthew Hogans Laden an. Um sechs Uhr fünfzehn hatten sich bereits die wildesten Gerüchte verbreitet, und ganz Kilmuc war in Aufruhr.

Nach Ballybay wurden die Zeitungen zehn Minuten nach sechs mit dem Bäckerwagen gebracht, und um halb sieben herrschte dort die gleiche Aufregung wie in Kilmuc.

Um sieben Uhr hatten heimkehrende Radfahrer und Fußgänger die Nachricht bereits nach Doon selbst getragen, und von dort aus verbreiteten sich die Gerüchte mit blitzartiger Geschwindigkeit über den ganzen Bezirk.

Bridget Monaghan saß leise summend, mit Pius auf dem Schoß, verträumt beim Feuer. Mary kam bleich und zitternd ins Zimmer. Sie hatte die ›Waterforder Neuesten Nachrichten‹ in der Hand und sagte: »Sieh dir das an, Mutter!«

Ihre Mutter blickte erfreut auf.

»Ach, ist die Zeitung schon da? Das ist ja fein!«

»Delia Cunningham hat sie mir eben am Gartentor gegeben. Sie hat mich gefragt...« Sie gab Bridget mit zitternder Hand die Zeitung. »Hier, lies selbst!«

»Ich kann jetzt nicht lesen, mit Pius im Arm. Dank' dir schön.«

»Du brauchst nicht die ganze Zeitung zu lesen, nur *dieses* hier.«

Bridget Monaghan beugte sich freundlich zur Seite.

»Wo denn?« Sie folgte Marys Finger. »Ach ja, natürlich, klingt ganz gut, nicht wahr: ›Kleines strohgedecktes Haus, in gutem Zustand.‹« Sie sah sich befriedigt um. »Ist es ja auch; wenn's erst mal frisch gestrichen ist, wird's tadellos sein. Es ist immer gut, die Wahrheit sagen zu können, auch wenn man etwas verkaufen will.«

Marys Fingernagel bohrte sich in die Zeitung ein.

»Aber sieh doch nur, Mutter!«

»Also vielleicht ist nicht alles in gutem Zustand, aber es ist ein sehr schöner Hof, aus dem sich viel machen läßt...«

Mary stand stocksteif.

»Wußtest du, daß Jamesy seine Farm auch verkauft?«

Bridget Monaghan runzelte leicht die Stirn.

»Ich glaube, Jamesy hat gesagt, daß die Anzeigen erst nächste Woche erscheinen würden. Ja, das muß er gesagt haben; und jetzt kann ich natürlich nicht mehr heimlich fortziehen, wie wir geplant hatten, weil die Leute reden werden; aber zwischen heute und morgen früh bleibt ihnen ja gottlob nicht viel Zeit zum Reden.«

»Sie sprechen jetzt schon darüber«, sagte Mary gepreßt. »Delia Cunningham hat es bereits erwähnt. Weißt du, warum Jamesy seinen Hof verkauft, Mutter?«

Bridget Monaghan seufzte.

»Ach du liebe Zeit, jetzt wirst du mir sicher böse sein! Er hat mir nicht erlaubt, es dir zu erzählen, und ich hab' ihm doch gleich gesagt, daß du mir böse sein wirst.« Sie kitzelte Pius geistesabwesend unterm Kinn. »Er kommt nämlich mit zu uns.«

Mary starrte sie entgeistert an. Die Zeitung fiel ihr aus der Hand. Schließlich sagte sie: »Das verstehe ich nicht. Wie kann Jamesy Casey mit zu uns kommen?«

»Aber warum denn nicht, Kind? Es ist eine sehr vernünftige Idee. Jamesy hat mir alles genau erklärt. Vielleicht hätte er mir nicht verbieten sollen, es dir vorher zu erzählen – ich wußte ja, daß du dich darüber ärgern würdest – aber sonst ist das Ganze sehr vernünftig.«

Mary sagte noch einmal verzweifelt: »Das versteh' ich nicht.«

Ihre Mutter richtete sich auf und hinderte Pius im letzten Augenblick, von ihrem Schoß herunterzurollen.

»Ich sag' dir doch, daß er mit zu uns kommt, und deshalb verkauft er seinen Hof; das ist doch ganz natürlich. Was soll er mit einem Bauernhof in Doon anfangen, wenn er in Kildare lebt?« Sie wiegte Pius in ihren Armen und sagte mit zufriedenem Lächeln: »Jamesy sagt, daß wir keine Sorgen mehr haben werden; wir bekommen ein schönes neues Haus, gutes Land, und außerdem das Geld für seine Farm und für unser eigenes Haus.« Sie seufzte zufrieden und fuhr fort: »Ach, es ist zu schön, daß wir unser Leben im neuen Heim so gesichert und geachtet anfangen können, findest du nicht?« Sie wartete auf Marys Antwort, aber Mary starrte noch immer verständnislos ins Leere. Bridget Monaghan sah sie fragend an, dann sagte sie etwas geziert: »Ich bin wirklich zu dumm; ich vergaß zu erwähnen, daß ich Jamesy morgen früh, auf dem Weg nach Kildare, heiraten werde – in der Kathedrale von Waterford. Jamesy hat alles geregelt.« Sie nickte Mary stolz und liebevoll zu. »Ist das nicht eine wundervolle Überraschung? Für die Kinder wird die Hochzeit bestimmt eine große Freude sein, glaubst du nicht?«

Mary starrte noch einige Augenblicke auf ihre Mutter, dann begann sie lange und laut zu lachen. Pius lächelte freundlich mit, aber Bridget Monaghan war über dieses schrille Lachen etwas erstaunt, und schließlich sagte sie in leicht vorwurfsvollem Ton: »Findest du es etwa *komisch*, Mary?«

Mary schnappte nach Luft.

»Es ist sogar sehr komisch, Mutter. Sie haben Jamesy Casey einen Bauernhof gekauft.«

Bridget Monaghan schürzte nachdenklich die Lippen.

»Ja, eigentlich hast du ganz recht, Mary.« Dann fügte sie mit einem gewissen Besitzerstolz hinzu: »Jamesy ist ein sehr kluger Mann.«

(In diesem Augenblick hatte Matthew Hogan das unangenehme Gefühl, daß sich ihm nach einem reichlichen Abendessen der Magen umdrehte, als er sich fragte: »Mein Gott, habe ich etwa für Jamesy Casey eine Farm gekauft?« Und William Bates mußte sich von seiner Frau sagen lassen, daß er ein Narr wäre, weil er Jamesy Casey einen Bauernhof gekauft hätte, und Jim Power, der weder die Zeitung gelesen noch den Klatsch gehört hatte, fuhr auf seinem Rad nach Doon und versuchte sich selbst zu beweisen, daß er froh wäre, weil dieser Bengel morgen für immer aus der Gegend verschwinden würde.)

Marys Lachen verstummte ebenso plötzlich, wie es begonnen hatte. Sie setzte sich und lehnte ihren Kopf an die Stuhllehne. Ihre Mutter streckte ihr schüchtern die Hand entgegen.

»Du bist mir doch nicht böse, daß ich es dir nicht schon eher erzählt habe, Kind?«

»Nein, Mutter, ich bin dir nicht böse.«

»Und du hältst es nicht auch für eine gute Idee?«

Mary schloß die Augen. Ihre vom langen Lachen hart gewordenen Züge entspannten sich langsam. Sie sah ihre Mutter an und sagte ruhig: »Willst du Jamesy Casey wirklich heiraten, Mutter?«

Bridget Monaghan blickte über Pius' Haarschopf hinweg ins Kaminfeuer.

»Als ich von dem Apfelbaum hörte, und von den roten Fliesen in der Küche, und von den Osterglocken, und von dem kleinen Bach, der zwischen unseren Feldern fließt, hab' ich manchmal gedacht, wie schön es wäre, wenn man im neuen Haus auch ein neues Leben beginnen könnte, als ... als eine ehrbare, anständige Frau.«

»Ich wußte nicht, daß du auf ... auf diese Dinge Wert legst, Mutter.«

»Das hab' ich bisher auch nicht getan, jedenfalls nicht hier. Erst als ich an die neue Farm und die neuen Nachbarn dachte, hatte ich das Gefühl, es wäre schön, wenn ich noch einmal von vorn anfangen könnte.« Sie rieb ihr Kinn nachdenklich an Pius' Kopf. »Besonders die Apfelbäume haben mich darauf gebracht.«

»Ich verstehe, Mutter.«

»Ich wußte, daß du dich für mich freuen würdest. Du hast es zwar nie gesagt, aber dir wäre es lieber gewesen, daß die Leute Respekt vor deiner Mutter gehabt hätten. Ich weiß, daß meine Familie dadurch auch nicht sehr geachtet war. Aber du hast noch gar nicht gesagt, daß du dich freust, Kind!«

»Ich freue mich über alles, was dich glücklich macht, Mutter... Wird es dich glücklich machen, mit Jamesy Casey verheiratet zu sein?«

»Ich hab' dir doch alles erklärt, Mary; es kommt nicht so sehr darauf an, ob ich Jamesy heirate, es kommt darauf an, verheiratet zu sein.«

»Das versteh' ich, Mutter, aber wirst du auch wirklich glücklich sein, wenn du den Rest deines Lebens mit Jamesy Casey verbringen mußt?«

»Warum denn nicht?«

»Hast du ihn gern, Mutter?«

»Er ist ganz nett«, sagte Bridget Monaghan und strich über Pius' weiche Löckchen. »Früher dachte ich, die Männer wären alle verschieden, aber je älter ich werde, um so mehr sehe ich, daß sie alle gleich sind und daß ich ebensogut Jamesy heiraten kann wie einen anderen.« Und mit diesen Worten gab Bridget Monaghan ihre wilden und gefährlichen Träume von einer großen Liebe für immer auf.

Jim Power schob sein Fahrrad in den Schuppen und ging mit schweren Schritten über das holprige Pflaster seines Hofes zur Küchentür. Ellen würde in der Küche mit einer guten Mahlzeit auf ihn warten; im Kamin würde ein helles Feuer brennen, alles würde sauber und ordentlich sein, so sauber und ordentlich wie Ellen selbst, aber über ihre glatten Züge würde kein Lächeln huschen, kein überflüssiges Wort würde über ihre Lippen kommen. Er blickte auf die geschlossene Tür, auf die er zuging, und er fürchtete, sie zu öffnen, er fürchtete sich vor allem, was ihn erwartete, er fürchtete sich vorm Heimkommen und vor jedem neuen Tag. Diese Furcht war so automatisch und unbewußt wie das Atmen geworden.

Aber heute abend brauchte er die Tür nicht selbst aufzumachen. Bevor er den halben Hof überquert hatte, wurde sie aufgerissen, und er sah Ellen im beleuchteten Türrahmen stehen und in den dämmerigen Hof starren. Sie rief aufgeregt seinen Namen, und er beschleunigte seine Schritte. Als er zu ihr kam, packte sie ihn hart am Arm und sagte mit zusammengebissenen Zähnen: »Wirst du ihn fortlassen? Wirst du ihn fortlassen?«

Ihre Augen waren unnatürlich groß, ihre Finger bohrten sich in seinen Arm. Sie zog ihn ins Haus, warf die Tür zu und stellte ihn zur Rede.

»Wirst du Toughy gehen lassen?«

»Toughy?«

Der Name war ihm den ganzen Tag über durch den Kopf gegangen, aber von ihren Lippen klang er bedeutungslos. Er stand auf und sah sie stumpf an – stumpf wie ein Tier. Sie zog ihn am Ärmel zum Tisch, auf dem die Waterforder Zeitung lag und zeigte auf den Anzeigenteil.

»Ja, Toughy! Sieh mal – hier steht's doch. Hast du es denn noch nicht gehört? Das wissen doch bereits alle. Alle reden davon. Siehst du – hier: Jamesy Caseys Farm und der Monaghan-Hof! Die Leute sagen, daß er diese Person heiraten wird und daß sie morgen fortziehen.«

»Ich wußte, daß die Monaghans morgen fortziehen«, sagte er bedrückt.

»Das hast du gewußt? Und du läßt Toughy fortziehen? Du erlaubst, daß dieser Mann Toughy mitnimmt?«

»Von Jamesy Casey weiß ich nichts.«

»Du wolltest es Jamesy Casey erlauben, Toughy mitzunehmen! Du bist ein Unmensch! Wie kannst du deinen eigenen Sohn einem fremden Mann überlassen? Ich nehme an, daß dir Toughys Schicksal ganz einerlei ist, was? Deine Kälber sind dir wahrscheinlich wichtiger als dein eigenes Kind? Du willst es gar nicht sehen! Vielleicht willst du behaupten, daß es niemals existiert hat!«

»Willst du jetzt bitte mal versuchen, dich zusammenzunehmen, Ellen, und mir in Ruhe sagen, um was es sich handelt.«

»Du weißt ganz genau, wovon ich spreche – von deinem Sohn, hast du mich verstanden? Ich spreche von deinem Sohn.«

»Alles, was ich in dieser Angelegenheit unternommen habe, ist zu deinem Besten, Ellen. Darauf kannst du dich fest verlassen.«

»Zu meinem Besten?« Sie lachte höhnisch. »Du hast mir alles genommen, und jetzt willst du mir Toughy auch noch nehmen.«

Er packte sie an der Schulter und schüttelte sie.

»Ellen! Bist du verrückt geworden?«

Sie riß sich von ihm los und stellte sich vor ihn, als wollte sie auf ihn einschlagen, aber dann wandte sie sich ab, setzte sich auf einen Stuhl am Tisch, legte ihren Kopf auf die ›Waterforder Neuesten Nachrichten‹ und begann zu weinen.

»Toughy kommt oft her. Warum sollte er nicht herkommen? Wer hat mehr Recht als er, zu uns zu kommen? Er hilft mir, und er klettert durchs Fenster ins Haus, und er hat vor nichts Angst. Er rettet mich sogar manchmal vorm Truthahn, und er ist sehr stolz darauf.« Sie hob ihr tränenfeuchtes Gesicht zu ihm auf und sah ihn verzweifelt an. »Er hat doch wirklich ein Recht herzukommen, nicht wahr?«

Ihr wirres Haar hing ihr unordentlich ins Gesicht, ihre erhitzten Wangen waren von Tränen verschmiert, ihre Lippen bebten. Jim Power schloß einen Augenblick die Augen. Er zitterte am ganzen Körper. Schließlich streckte er zögernd die Hand aus und legte sie auf ihre Hand.

»Ellen! Ellen! Wie konnte ich das wissen!«

»Nein, du konntest es wirklich nicht wissen. Wir waren sehr schlau. Wir mußten schlau sein, weil du der ärgerliche Mann mit dem Stier bist und weil ich mich schämte, mit Toughy gesehen zu werden. Wir beide haben nur an unseren Stolz gedacht und nicht an Toughy. Und Toughy ist strahlend glücklich durch die Welt stolziert und niemals auf den Gedanken gekommen, daß wir uns seiner schämen könnten.« Sie lachte hart auf. »Nicht zu glauben, daß wir uns seinetwegen geschämt haben.«

Er hielt ihre Hand fest zwischen seinen beiden Händen. Sie sah ihn an, während die Tränen über ihre Backen rollten und auf die feuchte Zeitung fielen.

»Und jetzt wird er nicht mehr herkommen.«

»Ellen, Liebling! Was kann ich tun? Ich dachte, wenn sie fort sind, würden wir beide noch einmal eine Chance haben, eine letzte Chance, dachte ich.«

Sie sprang auf. »Wir sind egoistisch – das ist das Unglück. Wir denken nur an uns. Eine Chance für uns, aber keine Chance für Toughy!« Sie stampfte mit dem Fuß. »Ich will meinen Toughy! Geh und hol Toughy. Er gehört zu uns. Hol das Auto aus der Garage und bring Toughy zurück!«

»Ellen!«

»Hör auf, Ellen zu sagen. Eil dich!«

»Aber Ellen – Gott steh mir bei – was soll ich denn tun? Ich bin völlig verwirrt...«

Sie war gefährlich ruhig geworden und sagte: »Bring

Toughy sofort zu uns. Du bist sein Vater, und sein Heim ist hier.«

»Meinst du – er soll hier leben – für immer?«

Sie schluchzte und tobte: »Natürlich. Bring Toughy sofort nach Hause.« Plötzlich hielt sie den Atem an und sah ihn zweifelnd an: »Du kennst Toughy – du willst ihn doch auch haben, nicht wahr?«

Er ging einen Schritt auf sie zu.

»Ich will dich.«

Sie wehrte ihn ab, weil sie noch immer unsicher war.

»Und Toughy?«

Er verlor die Geduld und riß sie an sich.

»Gott im Himmel – ja! Zuerst kommst du, und gleich danach kommt er«, und er küßte sie auf ihre salzigen Lippen.

Als Jamesy Casey und Tommy hereinkamen, saßen Mary und ihre Mutter ruhig beim Feuer und unterhielten sich. Über Jamesys spitzes Gesicht flitzte ein sonderbares, schlaues Lächeln. Tommy sah so ernsthaft aus wie gewöhnlich. Jamesy kam gebückt und mit hängenden Schultern ins Zimmer; im Türrahmen blieb er stehen und sah Mary forschend an. Er sagte: »Jemand scheint einen Schnitzer gemacht zu haben. Ich nehme an, daß ihr davon gehört habt?«

»Ja«, sagte Mary.

»Kann jetzt nicht mehr viel schaden.« Er ging in die Mitte des Zimmers und sagte zu Mary: »Ihr habt wohl eine kleine Aussprache gehabt?«

»Ja.«

»Das ist recht. Wir haben alles sehr vernünftig geregelt, was?«

»Ja, alles ist jetzt geregelt.«

»Stimmt. Tommy und ich hatten auch eine kleine Aussprache.«

»Ja«, sagte Tommy, und ein breites Lächeln zog über sein Gesicht; dann wurde er wieder so ernst wie vorher.

»Ich habe Tommy nämlich erklärt, daß ich seine Papiere in Ordnung bringen lasse und daß er von morgen an Tommy Casey heißen wird und daß im Kirchenbuch stehen wird: Vater: Jamesy Casey. Mutter: Bridget Casey, geborene Monaghan.«

»Setz dich, Jamesy«, sagte Bridget Monaghan.

»Danke schön, Bridget. Ich werd' mich wirklich einen Augenblick ausruhen.« Er setzte sich hin. »Tommy Casey! Du wirst von jetzt an gefälligst tun, was ich dir sage, wenn nicht, sollst du mich mal kennenlernen!«

»Meinetwegen.«

»Wir werden sofort mit der Arbeit anfangen müssen. Wir werden auf der neuen Farm viel zu tun haben, Tommy, noch mehr als auf meinem alten Hof.« Seine kleinen Augen wanderten zu Mary, während er mit Tommy sprach. Ihre Augen waren auf ihren Bruder geheftet. »Und bilde dir nur nicht ein, daß ich dir erlaube, deine neumodischen Ideen auszuprobieren!«

»Aureomyzin für die Schweine«, sagte Tommy. Er sagte es mit entschlossener Stimme, als hätte er es sich seit Tagen vorgenommen, und das hatte er auch wirklich getan.

»Und Epsom-Salz für die Katze.«

»Wir probieren es natürlich erst an einem Schwein aus.«

»Also vielleicht an einem Schwein – soll mir recht sein.« Jamesy sah Mary noch immer von der Seite an. »Ja, wir haben viel harte Arbeit vor uns, aber es lohnt sich, aus diesem Hof läßt sich mit der Zeit etwas machen.«

»Wir werden's schon schaffen«, sagte Tommy, und Mary lächelte ihrem Bruder liebevoll und verständnisinnig zu. Jamesy ließ sich mit einem Seufzer der Erleichterung in seinen Stuhl zurückfallen.

Er starrte ins Feuer und sagte: »Natürlich hat alles seine Vorteile und seine Nachteile – das gibt's in jedem Haushalt – aber ich nehme an, daß wir uns alle gut aneinander gewöhnen werden.«

Mary sah ihn mit festem Blick an.

»Glauben Sie wirklich?«

Er erwiderte ihren Blick.

»Auf jeden Fall lohnt sich's, es zu versuchen. Wie gesagt, es gibt überall Vorteile und Nachteile. Für mich auch.«

»Ja, aber Sie haben einen großen Vorteil.«

»Stimmt.«

»Die neue Farm.«

»Sie haben nie viel für mich übrig gehabt, Mary, obwohl ich Ihre Worte nicht bestreiten kann. Aber für mich gibt es etwas Wichtigeres als den neuen Hof, ob Sie's mir glauben oder nicht.«

»Ich glaube es Ihnen«, sagte sie etwas weicher.

»Tatsächlich! Ich kann's selbst kaum glauben. Ich staune in der letzten Zeit manchmal über mich selbst, Mary!«

»Ich hoffe, Sie werden weiter staunen.«

»Wer weiß? Alter schützt vor Torheit nicht.«

»Keiner kann dich alt nennen, Jamesy«, sagte seine Braut liebevoll.

»Danke vielmals, Bridget. So, und nachdem uns Mary ihren Segen gegeben hat, steht unserem Glück nun nichts mehr im Wege.«

Mary errötete bei seiner ironischen Bemerkung. Aber als sie sah, daß Tommy tief befriedigt zu seinem Vater aufblickte, sagte sie ohne eine Spur von Bitterkeit: »Ich hoffe, daß sich alles für meine Mutter und für Tommy zur Zufriedenheit entwickeln wird, und auch für Sie. Ich glaube, daß ihr eine sehr gute Chance habt, besonders weil ihr das Leben im neuen Heim ohne – ganz ohne Nachteile anfangen könnt. Oder wenigstens nur mit Pius. Sonst wird keiner von uns mit nach Kildare kommen.«

Jamesy sah ehrlich erstaunt aus.

»Meine Mutter hat Ihnen gesagt, daß Pansy nach London geht. Ich bringe sie heute abend zu Johanna Hogan. Miss Kelly will die Zwillinge zu sich nehmen; Mutter und ich halten es auch für das Beste. Und Toughys Vater hat ihn vor einer Stunde abgeholt.«

Jamesy schlug sich auf die Schenkel und lachte laut.

»Jim Power! Ist das denn die Möglichkeit? Was die Leute für Sachen machen...«

Bridget Monaghan sagte weinerlich: »Ich wollte ihn nicht gehen lassen, aber Mary hat gesagt, daß es besser für ihn wäre.« Sie warf Mary einen vorwurfsvollen Blick zu. »Aber ich wollte ihn nicht gehen lassen!« Sie fügte gekränkt hinzu: »Dieser Mann hat darauf bestanden, Toughy sofort mitzunehmen; wir hatten kaum Zeit, ihn richtig zu waschen.«

Jamesy lachte nochmals kurz auf.

»Jim Power! Mach dir keine Sorgen, Bridget, Toughy wird's gut haben. Ich hätte ihn auch nicht mißhandelt, aber dort wird er besser aufgehoben sein.«

Bridget sagte mit noch immer weinerlicher Stimme: »Mary kommt auch nicht mit zu uns.«

Jamesy stieß einen merkwürdig grunzenden Laut aus. Seine spitze Nase zitterte über der zuckenden Oberlippe. Dann raffte er sich zusammen.

»Und ich weiß wirklich nicht, wie ich ohne sie fertig werden soll«, jammerte Bridget.

Jamesy sah sie prüfend an. Dann sagte er ohne eine Spur von Ironie: »Ich will dir mal was sagen, Bridget: Wenn Mary nicht mehr da ist, wirst du erst entdecken, wie gut du allein mit allem fertig werden kannst«, und er wandte sich herausfordernd an Mary.

Mary errötete, aber sie sagte mit ruhiger Stimme: »Vielleicht haben Sie recht. Es tut mir leid, Mutter zu verlassen, aber ich glaube, daß es so für uns alle am besten sein wird. Sie und ich sind nicht dazu bestimmt, unter einem Dach zu leben.«

»Ich wäre der letzte, der etwas Derartiges vorgeschlagen hätte, aber vielleicht haben Sie nicht so unrecht.«

»Alle meine Kinder gehen fort«, sagte Bridget Monaghan gebrochen. »Ich dachte, wir würden soviel Spaß auf der Hochzeit haben, und jetzt kommt keiner.« Dann sagte sie sehr ärgerlich zu Mary: »Vielleicht ist es wirklich so am besten, aber den morgigen Tag hast du mir gründlich verdorben.«

»*Ich* werde ja da sein«, sagte Jamesy.

Aber selbst dieser Trost schien unzureichend zu sein.

Bridget Monaghan stieß einen schrillen irischen Klageschrei aus: »Jetzt ist meine Familie in alle vier Winde zerstreut.«

»Na, na; es bleibt noch eine ganze nette kleine Familie übrig«, sagte Jamesy. »Du und ich und Tommy – und natürlich Pius«, fügte er schnell hinzu, als er Bridgets verzweifelte Blicke zur Schlafzimmertür schweifen sah, hinter der der jüngste Monaghan schlief. Jamesy bemerkte den ängstlichen Ausdruck, der über Marys Gesicht glitt. »Und Pius werde ich auch nicht mißhandeln«, sagte er. Er beugte sich vor und klopfte Bridget mit seinem Zeigefinger aufs Knie. »Und mach dir keine Sorgen, Bridget. Wir sind ja beide noch nicht alt, und wir haben viel Zeit, dem Übel einer zu kleinen Familie abzuhelfen!«

»Ich kann die Zwillinge haben«, sagte Miss Kelly. Sie sah Mary und Pansy an und wiederholte: »Ich kann die Zwillinge haben!« Plötzlich blickte sie auf den summenden Kessel, der über dem Feuer hing, schlug die Hände aufgeregt zusammen und sagte: »Tee! Ich muß euch Tee machen. Ja, Tee. Und ich kann die Zwillinge haben!«

Mary sagte: »Ich muß Pansy zu Johanna Hogan bringen, und dann geh' ich gleich heute abend zurück zu Darmodys. Ich könnte einfach nicht...«, sie schluckte, »ich könnte mich einfach nicht am Morgen verabschieden, wenn die Leute uns anstarren. Ich würde es nicht fertigbringen.«

Miss Kellys Gedanken kehrten von der herrlichen Zukunft mit den Zwillingen zur Gegenwart zurück, und sie sah Marys bleiches verstörtes Gesicht. Sie sagte lächelnd: »Wenn Sie sich lächerlich vorkommen würden, morgen früh an der Haustür zu stehen und sich von Ihrer Mutter und von Jamesy Casey zu verabschieden, warum sollten Sie es dann tun?« Sie fügte strafend hinzu: »Sie haben die Verantwortung für Ihre Familie lange genug getragen, und jetzt, nachdem Sie frei sind, wissen Sie nicht, was Sie mit sich anfangen sollen.« Sie sah Mary ärgerlich an. »Ich hasse Selbstlosigkeit. Man soll sein eigenes Leben leben.«

»Ich hasse Selbstlosigkeit auch«, sagte Pansy.

»Das ist mir schon lange aufgefallen«, sagte Miss Kelly. »Genießen Sie Ihre Jugend, Sie haben das ganze Leben vor sich«, sagte sie zu Mary. »Sie sind gesund, hübsch und jung.«

»Ja? Finden Sie, daß Mary hübsch ist?« fragte Pansy interessiert.

Mary lachte – ein junges Lachen, und Miss Kelly lachte mit, weil sie sich freute, es zu hören. Pansy beobachtete die beiden. Sie sah keinen Grund zur Fröhlichkeit. Sie war gelangweilt. Aber sie war darauf vorbereitet, sich zu langweilen, bis sie nach London kam. Pansy mochte ihre Familie auf ihre Art ganz gern, und es tat ihr leid, daß sie alle so ein furchtbares Leben vor sich hatten. Sie selbst hatte ja auch lange Zeit ein furchtbares Leben gehabt, aber sie hatte immer gewußt, daß sich das eines Tages ändern würde. Sie begriff in einer plötzlichen Aufwallung von Mitgefühl, daß die Zwillinge vielleicht das allerschlimmste Schicksal vor sich hatten, und sie atmete bei dem Gedanken an ihre eigene wundervolle Zukunft erleichtert auf.

»Wenn die Zwillinge in den Ferien zu Ihnen kommen, müssen sie dann mit Ihnen Schularbeiten machen?« Der Gedanke war einfach grauenhaft...

»Ferien...« Miss Kelly glitt wie ein Kork über die bewegten Wasser ihrer Visionen. »Ich glaube, die Zwillinge sind alt genug, um hin und wieder eine Woche Stadtleben zu genießen. Gute Musik, Museen, Theater. Ich bin der Ansicht, daß man Kindern den Geschmack an wahrer Kunst frühzeitig beibringen muß, dann werden sie sie zeit ihres Lebens lieben.« (Da Miss Kelly in Doon bisher keine Gelegenheit gehabt hatte, sich vom Gegenteil zu überzeugen, hatte sie sich ihre Illusionen bewahrt.) »Dem jugendlichen Wissensdrang darf man keine Grenzen setzen.«

»Sie haben mir immer noch nicht gesagt, ob die Zwillinge in den Ferien mit Ihnen Schularbeiten machen müssen?« erkundigte sich Pansy, die sich weiterhin um das Wohl ihrer unglücklichen Geschwister zu sorgen schien.

Miss Kelly blickte verträumt über Pansy hinweg.

»Ich habe das größte Vertrauen zu meinen Zwillingen; sie werden viel im Leben erreichen.«

»Und ich glaube, sie werden sehr glücklich bei Ihnen sein, weil Sie sie wirklich lieb haben«, sagte Mary weich.

»Ja, merkwürdigerweise habe ich die Kinder von Herzen lieb. Ich hoffe nur, daß ich noch lange leben werde, um zu sehen, was aus meinen Zwillingen wird«, sagte Miss Kelly.

»Ich habe es Matthew noch nicht beibringen können«, sagte Johanna hart.

Mary und Pansy sahen sie entsetzt an. Pansys Augen wurden vor Wut und Ärger riesig.

»Du hast ihm nicht gesagt, daß du mit mir nach London kommst?«

»Nein.«

»Aber Mr. Horton holt uns doch am Mittwoch ab!«

»Ich weiß.«

»Wenn du mich nicht nach London bringst, werde ich mich in den Fluß stürzen. Dann werde ich bleich und tot vor deine Füße geschwemmt, und ...«

»Wie willst du denn über die Straße geschwemmt werden, Kind? Aber reg dich nicht auf, ich bring dich nach London. Kommt herein!« sagte Johanna, machte die Haustür hinter ihnen zu und lehnte sich dagegen. »Ein Grund, weshalb ich es ihm noch nicht erzählt habe, ist, daß ich ihm möglichst wenig Zeit geben will, mir die Sache auszureden. Ich hatte vor, es ihm heute abend zu sagen, bevor er ins Bett geht, wenn er müde ist. Matthew ist abends immer sehr schläfrig. Der andere Grund ist, daß ich ein Feigling bin. Im allgemeinen nicht, nur Matthew gegenüber. Alle Frauen sind Männern gegenüber feige.« Sie legte den Kopf nachdenklich zur Seite. »Warum das so ist, weiß ich nicht; bestimmt nicht, weil wir die Männer so gern haben. Vielleicht ist es deshalb, weil die irischen Männer so fest davon überzeugt sind, daß Gott die irischen Frauen nicht für die Liebe und die Erotik erschaffen hat, sondern lediglich zu dem Zweck, die Männer zu versorgen. Und die Männer behaupten sogar, daß die Frauen gar nichts anderes wollen. Also, ich muß Matthews Illusionen leider zerstören«, sagte sie und ging mit steifen Schritten voraus in die Küche.

Dort saß Matthew in friedlicher Ahnungslosigkeit. Als die drei hereinkamen, warf er einen entsetzten Blick auf Pansy und einen erstaunten, vorwurfsvollen Blick auf Johanna; dann stand er halb von seinem Stuhl auf und hielt sich an den Seitenlehnen fest.

Johanna gab ihm keine Zeit, erstaunt zu bleiben. Sie stellte sich in die Mitte des Zimmers und sagte, was sie ihm zu sagen hatte, mit klarer, deutlicher Stimme. Es folgte ein furchtbares Schweigen. Matthew war in seinen Stuhl zurückgesunken; Johanna war angespannt, aber ruhig. Pansy war vollkommen glücklich; sie war der glorreiche Anlaß und der Mittelpunkt dieses menschlichen Dramas, und sie beobachtete Matthews Reaktionen mit größtem Interesse. Sie wartete darauf, daß er sich äußern würde; aber er zögerte so lange, daß sie schließlich selbst das Wort ergriff.

»Es ist ein schwerer Entschluß«, sagte sie langsam und traurig.

Matthew starrte auf die verhaßte kleine Person, die einen für die Jahreszeit geeigneten roten Mantel mit passender Mütze und passenden Socken trug, und auf die völlig unbekleidete, widerliche Puppe, die wie ein gerupftes Huhn aussah. (Jennifers irische Nationaltracht wurde für London aufbewahrt.) Er zuckte zusammen, dann schloß er die Augen, öffnete sie wieder und sah sich müde im Zimmer um. Dann stand er langsam auf, reckte sich zu seiner vollen Höhe und blickte auf seine törichte Schwester herunter.

»Bist du verrückt geworden, Johanna?«

»Nein, Matthew«, sagte Johanna kühl. Sie nahm schnell einen Mantel vom Türhaken. »Ich muß jetzt mit Mary zu Darmodys gehen.« Sie zog Mary am Ärmel. »Du kannst inzwischen auf Pansy aufpassen.«

»Ich? Ich soll auf Pansy aufpassen?«

Johanna ging nicht auf seine entsetzte Frage ein. Sie sagte: »Am Mittwoch fahren wir nach London; bis dahin bleibt Pansy natürlich hier.«

»Wagst du es wirklich, mich mit diesem ... diesem ... Mir fehlen die Worte«, sagte Matthew, und diesmal wußte er wirklich nichts zu sagen.

»*Alea iacta est*«, sagte Johanna sehr bedeutungsvoll und zog Mary mit sich fort.

Matthew und Pansy starrten sich wortlos an. Dann fuhr sich Matthew mit der Hand über die Stirn; selbst in diesem kritischen Augenblick waren seine Gesten leicht theatralisch. Er begann durchs Zimmer zu laufen – hin und her – ohne Pause, und in starrer Haltung. Er blickte ins Leere. Jedesmal, wenn er an Pansy vorbeikam, wurde sein Blick wenn möglich noch starrer und leerer. Als Pansy sich darüber klar geworden war, daß dieser Spaziergang kein Ziel und keinen Sinn hatte, begann sie unsicher auf ihrem Stuhl herumzurutschen. Sie glaubte nicht, daß ihr Vater sie ermorden wolle, und zwar nur aus dem Grund, weil man Menschen nicht so ohne weiteres umbringen durfte. Als er zum achten Mal wie eine eiserne Vogelscheuche an ihr vorbeimarschierte, fiel ihr ein, daß leider manchmal Morde geschahen – sonst würde es keine Mörder geben!

Sie holte tief Atem und sagte zitternd: »Es ist ein schöner Abend.«

Matthew nahm keine Notiz von ihr und marschierte weiter. Pansy holte noch einmal tief Atem, dann legte sie Jennifer sorgfältig auf den Fußboden. Auf seinem Rückweg stolperte Matthew, fluchte, und beförderte die Puppe mit einem Fußtritt in eine Ecke. Pansy stieß einen Schmerzensschrei aus, sprang auf, rannte zu Jennifer und fiel neben der geliebten Puppe auf die Knie.

»Oh, meine Puppe! Meine arme Puppe!«

Matthew unterbrach seinen sinnlosen Marsch und sagte wütend: »Das geschieht dir recht; hoffentlich ist sie zerbrochen.«

Pansy untersuchte die weiche, ausgestopfte Puppe.

»Sie kann nicht zerbrechen, aber wahrscheinlich ist sie verletzt.«

»Wenn du dir soviel aus deiner Puppe machst, solltest du sie nicht auf den Boden werfen.«

»Ich habe nachgedacht...« Pansy hob Jennifer auf und drückte sie an ihre Brust. »Ich habe nachgedacht, und dabei ist sie mir vom Schoß gerutscht.« Matthew begann wieder zu wandern, aber Pansy und Jennifer folgten ihm nach. Sie trabten zusammen durch die Küche, durch den Laden mit den vorgelassenen Rolläden, durch den schmalen Gang, durchs Wohnzimmer und schließlich zurück zur Küche. Im Laden sagte Pansy zu ihm: »Jennifer ist meine Maskotte.« Im Wohnzimmer drängte sie sich mit ihm zwischen der Anrichte und einem kleinen wackligen Tisch hindurch, auf dem eine Vase mit Blumen stand, und erklärte ihm, daß es sich für jede Schauspielerin gehöre, eine Maskotte zu haben. In dem engen Gang, in dem sie alle drei dicht zusammengedrängt waren, sagte sie: »Niemand von meiner Familie will zur Bühne oder zum Film gehen – nur ich!« Und nachdem sie wieder in die Küche zurückgekehrt waren, sagte sie: »Ich muß es wohl von dir geerbt haben.«

Es mag hochdramatisch sein, wortlos durchs Haus zu wandeln, und es mag ein erregtes Gemüt beruhigen, aber in Begleitung eines Kindes und einer Puppe bekommt es leider einen lächerlichen Beigeschmack und wirkt eher wie eine Familienszene. Und nichts lag Matthew ferner als Familiensinn oder väterliche Gefühle. Er war körperlich und seelisch am Ende seiner Kräfte. Er war verzweifelt. Er ließ sich stöhnend in seinen Stuhl fallen.

Pansy betrachtete sein Stöhnen als den Anfang einer Unterhaltung.

»Die Leute sagen, daß ich es von dir geerbt haben muß – weil du doch so berühmt bist, will ich auch berühmt werden.«

Pansy erinnerte sich, daß sie bei Maybella mit diesem Satz großen Erfolg gehabt hatte. Matthews hageres Gesicht zeigte schwache Spuren von Interesse. Pansy seufzte. Sie gab sich große Mühe mit ihrem Vater, weil sie bis Mittwoch bei ihm leben mußte und weil es von Freitag bis Mittwoch eine lange Zeit war.

Matthew lachte heiser.

»Wer hat gesagt, daß ich berühmt bin?«

»Die Leute.«

»Inwiefern berühmt?«

»Manchmal bin ich noch zu jung, um genau zu verstehen, was die Leute meinen«, sagte Pansy bescheiden, »aber ich höre sie oft darüber reden, wie berühmt du bist.« Sie verstand es großartig, zu improvisieren. »Mr. Horton war erstaunt, daß ich meine Rolle so gut spielen konnte, aber dann haben ihm die Leute von dir erzählt, und er sagte, jetzt wüßte er, warum ich so begabt bin, und später, wenn sie erst über mich in allen Zeitungen schreiben, werden sie dich auch erwähnen, weil du ... weil du ... mein Vater bist.« Sie hielt den Atem an, sie glaubte plötzlich zu weit gegangen zu sein, aber Matthew hörte ihr jetzt interessiert zu. Sie lächelte süß, während sie ihn eiskalt beobachtete. Sie bezweifelte es, daß er wirklich ihr Vater war. Wenn ein Mann im selben Haus mit seinen Kindern wohnte, wußte man, daß er der Vater war, aber wie sollte man es in diesem Fall feststellen können? Mutti irrte sich oft, oder vergaß Dinge; wahrscheinlich hatte sie sich in diesem Punkt auch geirrt. Pansy kam zu der Überzeugung, daß sie ein Findling war. Wahrscheinlich hatte Mutti das wertvolle Medaillon, das sie als Baby an einer Halskette getragen hatte, auch verloren. Inzwischen mußte sie bis Mittwoch mit diesem Mann leben. Sie lächelte ihn noch einmal an. Sie verachtete ihn; er war alt und schäbig angezogen. Er hatte nur einen kleinen Laden, und bald würde er ganz allein sein... Komisch, wie froh sie über das bißchen Geld gewesen war, das er ihr gegeben hatte. »Ich finde, du siehst berühmt aus – sehr berühmt«, sagte sie.

Matthews Blicke schweiften in die Ferne. Er seufzte schwer.

»Ein verkannter Milton!«

»Was?«

»Nichts, Kind, gar nichts. *Tulit alter honoris!*«

Jetzt sah er sie freundlich an. Pansy seufzte erleichtert und blickte mit großen, vertrauensvollen Augen zu ihm auf.

»Hast du schon einmal Theater gespielt? Du siehst aus, als ob du könntest – wenn du wolltest.«

Matthews Ausdruck wurde beinahe wohlwollend.

»Sonderbar, daß du mich danach fragst. Ja, ich habe allerdings schon auf einer Bühne gestanden, aber es ist schon lange her.« Wiederum blickte er an ihr vorbei in die Ferne. »Wir hatten eine Amateurgruppe in Kilmuc –, ›Die Seeräuber‹ nannten wir uns. Unser dramatisches Niveau war leider nicht sehr hoch... Wir spielten ›Das Lockenköpfchen‹ und ›Die irische Kathie‹. Ich bemühte mich, bessere Stücke auf den Spielplan zu setzen, aber man sagte mir, daß das Publikum leider kein Verständnis für Literatur hätte. Es war ein Fehler nachzugeben. Man soll nicht auf den schlechten Geschmack der breiten Masse Rücksicht nehmen.«

»Ja«, sagte Pansy. »Das stimmt.«

»Aber immerhin spielte ich in den meisten unserer Aufführungen die Hauptrolle«, sagte Matthew mit einem wegwerfenden Lächeln.

»Ja?« sagte Pansy.

»Die Leute sagten liebenswürdigerweise, ich wäre sehr begabt. Ich brauche nicht zu betonen, daß man in diesen banalen Stücken sein wirkliches Talent nicht zur Geltung bringen kann, aber ich erinnere mich an meine Rolle als Witwer – in dem Stück: ›Die Rache der Witwe‹, und ...«

»Ja?« sagte Pansy und setzte sich bequem in ihren Stuhl zurück. Sie war sehr schläfrig. »Bitte erzähl weiter!«

»Nachdem Sie heute abend fortgegangen waren, begann Florrie zu weinen«, sagte Johanna. »Dann verschwand sie. Als sie wieder auftauchte, weinte sie immer noch, aber weil ihr übel war – sie hatte zuviel getrunken!«

»Ach du liebe Zeit«, sagte Mary und beschleunigte ihre Schritte.

»Es hat keinen Sinn zu rennen, das Unglück ist geschehen«, sagte Johanna atemlos.

»Aber was konnte ich tun?« sagte Mary unglücklich. »Es war nicht meine Schuld. Ich *wollte* nicht fortgehen.«

»Offenbar tun die Leute niemals das Richtige«, sagte Johanna geheimnisvoll, »selbst dann nicht, wenn es so einfach wäre!«

Mehr sagte sie nicht, bis sie im Wirtshaus Darmody ankamen. Da es schon nach zehn Uhr war, war die Gaststube geschlossen, und Paul öffnete ihnen die Seitentür. Er hielt die Türklinke fest umklammert und starrte Mary an. Mary starrte zurück. Johanna beobachtete die beiden. Dann erschien Florries schwankende Gestalt im schwach erleuchteten Korridor. Sie stützte ihr Kinn auf Pauls Schulter und sah Mary mit glasigen Augen an. Sie schrie auf, stieß Paul zur Seite, ergriff Marys Hand und zog sie ins Haus.

»Mary ist zurückgekommen, Paul! Mary ist wieder hier!«

»Ja«, sagte Mary.

Florrie zog sie durch den Korridor ins Wohnzimmer. Die anderen folgten schweigend. Sie betrachtete Mary im Licht der Wohnzimmerlampe und befühlte sie, um sich zu vergewissern, daß sie es auch wirklich wäre. »Sie ist zurückgekommen, Paul. Und jetzt bleiben Sie doch für immer bei uns, Mary?«

»Ja, Miss Darmody.«

»Sie hätten uns nicht im Stich lassen sollen, Mary. Das war gar nicht nett.« Florrie schüttelte ernsthaft den Kopf. »Das war wirklich nicht nett von Ihnen.«

»Es tut mir leid, Miss Darmody.«

»Jetzt ist es zu spät zum Leidtun, Mary. Sie sind natürlich noch sehr jung und unbedacht, aber was Sie getan haben, war sehr gefährlich. Sehr gefährlich! So etwas kann ernste Folgen haben! Aber ich will Ihnen keine Vorwürfe machen, man kann von einem jungen Menschen nicht zu viel Vernunft erwarten.« Florrie schüttelte ihren Kopf so heftig, daß man glaubte, ihr wildes rotes Haar würde von den grauen Haarwurzeln abbrechen. »Aber damit Sie in Zukunft nicht wieder solche Dummheiten machen, muß ich Ihnen sagen, daß Paul einen schweren Schock erlitten hat. Warme Decken, Heißwasserflasche – aber er wollte keine haben. Vielleicht hat er sich wieder erholt, aber das ist durchaus nicht sicher.«

»Es tut mir wirklich leid«, sagte Mary hilflos.

»Und den ganzen Tag lang wollte ich mich mit Ihnen über eine sehr wichtige Angelegenheit unterhalten, und Sie waren nicht da!« Florrie machte eine dramatische Pause. Sie hielt Mary mit beiden Händen fest, als wollte sie sie an weiteren Fluchtversuchen hindern. »Ich habe zwar nicht geglaubt, daß Sie mir wirklich helfen könnten, aber es ist immer ein großer Trost, sich mit jemandem auszusprechen. Besonders über Dinge, die das Leben nach dem Tod betreffen.«

Paul sagte sanft: »Mary sieht müde aus, Florrie. Wie wäre es, wenn wir jetzt alle eine Tasse Tee oder Kaffee trinken würden?«

Florrie machte ein etwas beleidigtes Gesicht, aber sie ließ Mary nicht los, während sie ärgerlich zu Paul sagte: »Es ist sehr sonderbar, daß ich immer Kaffee trinken soll, wenn ich über das Leben nach dem Tod sprechen will. Es muß da irgendwelche dunklen Zusammenhänge geben, die ich nicht begreifen kann.« Sie wandte sich zu Mary und sagte böse: »Kein Wunder, daß Sie müde aussehen, nach der langen Reise von Kildare!«

»Sie ist gar nicht in Kildare gewesen«, sagte Johanna, »und sie wird auch nicht nach Kildare fahren.«

Dann setzte sie sich hin und erklärte die Lage.

Florrie lockerte ihren festen Griff um Marys Knöchel. »Hm, das klingt ja ganz gut«, sagte sie stirnrunzelnd. »Ganz gut! Im Augenblick wenigstens. Aber das ändert nichts an der traurigen Tatsache, daß Mary heute abend, als ich mich mit ihr über Gott unterhalten wollte, nicht hier war. Ja... über was wollte ich im Zusammenhang mit dem *Herrn* eigentlich reden?« Florrie preßte einen Finger auf ihre Unterlippe. »Ach ja, natürlich – daß Er das größte Unheil anrichtet und dann allen anderen dafür Vorwürfe macht. So sind die Männer«, sagte Florrie vorwurfsvoll, und ihre glasigen Augen wurden unruhig. »Ich habe lange darüber nachgedacht...« Sie sah sich nervös um. »Ich habe nachgedacht...« Ihre Arme fielen schlapp zur Seite, und sie sagte mit gebrochener Stimme: »O Mary, wenn Sie mit mir spazierengegangen wären, zu einem kühlen klaren Bächlein, wie Sie mir versprochen hatten, wäre alles anders gekommen. Aber Sie waren nicht da, und ich mußte meine Medizin einnehmen... ich war so brav, und nun fängt alles wieder von vorne an!«

Paul ging zu ihr.

»Nein, Florrie. Alles ist in Ordnung, Mary ist hier, und von jetzt an wirst du wieder brav sein.«

»Es ist nicht alles in Ordnung«, sagte Florrie ärgerlich. »Nachdem Mary einmal begonnen hat fortzulaufen, kann man nicht wissen, ob sie es nicht wieder tun wird. Woher soll man das wissen? Sie ist ein gedankenloses, egoistisches Geschöpf. Ja, und die Medizin, manchmal frage ich mich, ob es richtig war, mir Rum – nein, ich meine Whisky, zu verschreiben.« Sie wandte sich strahlend zu Johanna: »Aber man muß tun, was der Doktor sagt, nicht wahr?«

Johanna murmelte etwas Unverständliches. Florrie nickte und lächelte.

»Nicht wahr, Johanna? Selbst wenn es einem keine Freude macht... aber ich bin davon überzeugt, daß es besser wäre, wenn Mary nicht dauernd fortlaufen würde, dann brauchte ich die unangenehmen Verordnungen des Arztes nicht zu befolgen.«

»Das wäre bestimmt besser«, sagte Johanna.

»Und wird sie wieder fortlaufen?«

»Möglich ist alles«, sagte Johanna finster.

»Ich werde nicht wieder fortgehen, Miss Darmody«, sagte Mary schnell, aber Florrie warf ihr einen ironischen Blick zu.

»Auf das Wort eines gedankenlosen, egoistischen Mädchens gebe ich nichts...«, sie schnalzte mit den Fingern, »gar nichts! Wir könnten Sie vielleicht einschließen...« Sie betrachtete Mary nachdenklich. »Aber Sie würden doch ausbrechen – ganz bestimmt. Früher oder später würden Sie sich doch wieder heimlich aus dem Staub machen – fortkriechen – wie eine Schlange – ich *hasse* Schlangen!« Und sie begann selbst wie eine Schlange zu zischen. Plötzlich wurde sie still, und ihre Augen leuchteten. Sie atmete tief, klatschte in die Hände und rief triumphierend: »Ich hab's! Ich hab's. Ich habe eine Inspiration! Und zwar handelt es sich um *diese* Welt.« Sie wandte sich zu Johanna. »Wenn Paul sie heiraten würde, könnte Mary nicht mehr fortlaufen, nicht wahr, Johanna?«

»Nein, dann könnte sie nicht mehr fortlaufen.«

Paul und Mary protestierten gleichzeitig, aber Johannas klare Stimme übertönte ihre Worte.

»Ich halte das für einen sehr vernünftigen Vorschlag«, sagte Johanna; dann schlug sie ihre kurzen Beine übereinander, preßte die Fingerspitzen zusammen und beugte sich vor, um die Reaktion ihrer Zuhörer zu beobachten.

Florrie strahlte.

»Ganz plötzlich ist mir das eingefallen«, sagte Florrie und klatschte noch einmal in die Hände, »urplötzlich! wie, wie...«

»Es kommt nicht darauf an, wieso es dir eingefallen ist, Florrie, die Hauptsache ist, *daß* es dir eingefallen ist.« Johanna sah Paul und Mary seelenruhig an. »Mir ist das schon lange eingefallen.«

Paul sagte ärgerlich: »Florrie weiß heute abend nicht, was sie sagt, Johanna, aber es ist Mary gegenüber höchst unfair, daß du...«

»Ich habe nicht die Absicht, unfair zu Mary zu sein, Paul. Und wenn ihr diese öffentliche Ehevermittlung peinlich ist – und das scheint der Fall zu sein, denn sie ist feuerrot und den Tränen nahe –, tut es mir sehr leid, aber es ist deine Schuld, Paul, du hättest ihr schon längst unter vier Augen einen Heiratsantrag machen sollen. Wie ich dich kenne, hast du es noch nicht getan.« Johanna fuhr streng fort: »Und wenn ihr beiden euch nicht heiraten wollt, warum habt ihr euch dann eben an der Haustür so starr und verliebt in die Augen gesehen? Und bitte entschließt euch jetzt schnell, weil ich zurück zu Matthew gehen muß!«

Pauls Gesicht war schneeweiß. Er ging auf die Tür zu.

»Es tut mir entsetzlich leid, daß man Sie in diese peinliche Lage gebracht hat, Mary. Ich weiß, daß Sie zu vernünftig sind, um sich lange darüber aufzuregen, und ich hoffe, daß die guten Beziehungen zwischen uns nicht darunter leiden werden.« Er blieb vor Johanna stehen. »Ich weiß, daß du dich für ein Original hältst und deshalb glaubst, alles sagen zu dürfen, was dir gerade in den Kopf kommt. Aber heute abend bist du entschieden zu weit gegangen, Johanna!« sagte er eisig und ging weiter.

Aber Florrie war ihm zuvorgekommen und verstellte ihm den Weg. Sie preßte sich dramatisch, wie eine Gekreuzigte, gegen die Tür und hielt die Klinke mit einer Hand fest umklammert. »Paul!« Ihre krausen roten Locken hoben sich von der weißen Tür wie eine irrsinnige

Sonne ab. Sie wiegte den Kopf von einer Seite zur anderen und sah Paul mit ihren verglasten Augen flehend an. »Könntest du sie nicht heiraten? *Mir* zuliebe?«

Johanna warf einen ärgerlichen Blick auf Paul und sagte: »Laß ihn lieber gehen, Florrie! Vielleicht habe ich einen Fehler gemacht. Vielleicht will er das Mädel gar nicht heiraten.«

»Halt den Mund«, brüllte Paul. »Ich möchte Mary um jeden Preis heiraten; das hab' ich schon lange gewollt... So, Johanna, nun weißt du's! Aber ich habe niemals die Absicht gehabt, sie um ihre Hand zu bitten, und ich will es auch jetzt nicht tun.«

»Wirklich, Paul? Warum denn nicht?«

»Weil ich zu alt bin«, sagte Paul bitter, und es hatte den Anschein, als wollte er Florrie beiseite schieben, aber Florrie drückte sich mit aller Gewalt gegen die Tür und schüttelte heftig den Kopf. Johanna wandte sich an Mary.

»Und wollen Sie ihn heiraten, Mary?« Mary stand schweigend und zitternd in der Ecke, in die Florrie sie gedrängt hatte. »Natürlich wollen Sie; das merkt man Ihnen deutlich an – das sieht ja jedes Kind!« Vorwurfsvoll fügte sie hinzu: »Sie müssen wirklich lernen, Ihre Gefühle besser zu verbergen! Also – nun sagen Sie auch mal ein Wort – was liegt Ihnen denn auf der Seele? Ach ja natürlich – Sie sind ein illegitimes Kind. Paul ist zu alt und Sie sind illegitim«, sagte Johanna und betrachtete bewundernd ihre eigenen Knöchel. »Es ist ein Jammer!«

Aber Paul und Mary blickten sich jetzt in die Augen und schienen die anderen gar nicht mehr zu sehen. Paul sagte: »Mary!« Und Mary hörte auf zu zittern. Sie sagte ruhig und deutlich: »Ich weiß nicht einmal, wer mein Vater ist.«

»Ach, Mary«, sagte die arme Florrie, »ich weiß, wer meiner war, und was hat mir das genützt?«

Johanna stand auf.

»Ich würde gern eine Kleinigkeit zu mir nehmen, wenn es dir nicht zuviel Mühe macht, Florrie.«

Aber Florrie hielt noch immer die Türklinke umklammert, obwohl Paul nicht mehr vor ihr stand, sondern zu Mary gegangen war.

»O Johanna, glaubst du...?«

Johanna nickte kurz und beruhigend. Florrie entspannte sich. Sie atmete tief und entzückt auf, aber gleich darauf wurde sie wieder starr und klatschte in die Hände. »Ich habe noch eine Inspiration!« Sie war erstaunt über ihre eigene Klugheit. »Es ist mir ganz plötzlich eingefallen, wie... wie...«

»Ja, Florrie, ich weiß schon – urplötzlich.«

»Wie wär's, wenn Paul das Wirtshaus verkaufen und sich ein anderes Geschäft kaufen würde? In einem anderen Ort? Und alkoholfrei! Vielleicht Gemüse – ja, Gemüse und Obst. Ein schönes Gemüsegeschäft. Und wenn ich mich dann mal aufrege, knabbere ich einfach eine Karotte.«

»Eine großartige Idee«, sagte Johanna, »aber jetzt sollten wir die beiden nicht weiter stören.« Sie zog Florrie mit sich aus dem Zimmer und machte die Tür hinter sich zu. »Ich will dir mal was sagen, Florrie – wir beide sind sehr gescheit, und deshalb werden wir jetzt etwas trinken, und zwar weder Tee noch Kaffee, sondern ein Glas Portwein. Morgen können wir dann ein neues Leben anfangen. Vielleicht werden wir uns sogar jeder zwei Gläser Portwein genehmigen«, sagte Johanna lächelnd.

Am nächsten Abend war Hurleys Gaststube noch überfüllter als an anderen Samstagabenden. Die Gäste drängten sich sogar in der Küche und im Wohnzimmer und in den häßlichen dunklen Alkoven, die »Liebeslauben« genannt wurden. Um zehn Uhr wurden die Fensterläden zugemacht; es war nur eine Geste, ein Zeichen, daß man sich an die Sperrstunden hielt. Aber deshalb kam niemand auf den Gedanken, das Wirtshaus an einem solchen Abend so früh zu verlassen. Von jetzt an erschienen auch Gäste aus anderen Lokalen, deren Wirte korrekter oder ängstlicher waren, an diesem verlockenden Zufluchtsort.

Im Mittelpunkt des allgemeinen Interesses stand die Familie Monaghan sowie alles und alle, die mit ihr zusammenhingen.

Um Mitternacht drängte sich der letzte Schub von klatschsüchtigen Trinkern in Hurleys Gaststube. Um diese Zeit schliefen alle Monaghans bereits den Schlaf der Gerechten.

Auf Bridget Monaghans Lippen lag noch immer das Lächeln, mit dem sie eingeschlafen war. Sie hatte bisher noch niemals mit einem Mann im Bett gelegen, und in einem züchtigen Ehebett zu schlafen war für sie die endgültige Bestätigung ihrer neu gewonnenen Ehrbarkeit.

Tommy war sofort eingeschlafen. Eigentlich wollte er sich vor dem Einschlafen noch genau überlegen, was morgen und übermorgen und in den kommenden Wochen auf der Farm getan werden mußte. Aber soweit kam er nicht, er konnte nur noch befriedigt feststellen, daß er und sein Vater schon alles schaffen würden, dann fielen ihm die Augen zu.

Die beiden Schlafsäle, in denen die Zwillinge schliefen, waren schon lange still und dunkel. Beide schliefen ruhig und friedlich, Miss Kelly hatte sowohl Willie wie Sissy am Tag besucht, und die Kinder wußten, daß ihre Zukunft von nun an gesichert war. Sie hatten keine Zweifel, daß sie alles erreichen würden, was Miss Kelly für gut und richtig für sie hielt. Sie wollte die Kinder adoptieren, und nach ihrem Tod würden sie ihre Ersparnisse erben. Sie hatte ihnen die Höhe der Summe genannt. Ja, die Zukunft von Sissy und Willie war gesichert.

Während die Zwillinge ungestört schlafen konnten, war es William Bates nicht vergönnt, zur Ruhe zu kommen. Er saß unglücklich und vor Kälte zitternd im Bett; neben ihm saß seine Frau mit angezogenen Knien und nahm den größten Teil der Bettdecke für sich in Anspruch. Sie redete unaufhörlich auf ihn ein; von dem Augenblick an, als sie sich in die von William gefürchtete Einsamkeit des Schlafzimmers zurückgezogen hatten, hatte sie ihm andauernd Vorwürfe gemacht: »Jetzt hast du Jamesy Casey dein Geld in den Rachen geworfen, und deine entzückenden Zwillinge bleiben trotzdem im Dorf.« Ja, vier Paar Zwillinge, dachte William wild, aber er sprach es nicht aus, sondern ließ ihren Redeschwall schweigend über sich ergehen und wurde innerlich und äußerlich mit jeder Minute kälter.

Im Schlaf sah Pansy wie ein kleiner Engel aus, altmodisch und unschuldig, mit rosa Bäckchen, leicht geöffnetem Mund und Ringellocken auf dem Kopfkissen. Sie wäre einfach entsetzt gewesen, hätte sie sich selbst im Schlaf beobachten können, aber glücklicherweise lag das ja nicht im Bereich der Möglichkeiten, und sie konnte friedlich weiterschlafen. Neben ihr lag die brave Jennifer, unverändert und treu bis zum letzten Stich ihres abgenutzten alten Körpers, treu bis zum letzten Blick ihrer starren, gemalten, etwas verschmierten Augen.

Und unten in der Küche warnte Matthew Johanna davor, das Kind aufzuwecken. Er hatte ihr bereits mehrmals befohlen, ihre Stimme zu senken und nicht so laut aufzutreten. Johanna sprach jetzt nur noch im Flüsterton, und sie hatte sich resigniert hingesetzt, anstatt sich weiter mit ihrem Haushalt zu beschäftigen. Matthew war froh, daß sie endlich zur Ruhe gekommen war, denn er hatte ihr viel zu sagen.

»Das Kind ist zweifellos begabt, Johanna. Begabt und intelligent. Ist dir aufgefallen, wie schnell sie meine Theorie begriffen hat, daß man seine Gefühle auf undramatische Weise besser zum Ausdruck bringen kann als durch übertriebene Gesten?«

Johanna hatte es bemerkt.

»Wahrscheinlich habe ich es ganz gut demonstriert, aber wie dem auch sei, das Kind hat eine intuitive Auffassungsgabe, die weit über seine Jahre hinausgeht. Sehr aufnahmefähig, sehr sensitiv! Man kann nur hoffen, daß Pansy immer mit dem nötigen Verständnis und Zartgefühl behandelt werden wird.«

Johanna hoffte das auch.

»Ich wünschte, ich könnte dazu beitragen, dieses vielversprechende junge Geschöpf zu formen... nun ja...« Matthew seufzte tief. »Es soll nicht sein!« Für einen Augenblick schien er von der Ungerechtigkeit seines harten Schicksals schwer betroffen zu sein. Dann raffte er sich tapfer zusammen. »Ich werde es mir auf jeden Fall zur Pflicht machen, Pansys Entwicklung im Auge zu behalten. Ich werde euch beiden von Zeit zu Zeit einen Besuch abstatten, aus künstlerischen sowohl wie aus menschlichen Gründen. Schließlich ist Pansy ja meine Tochter«, sagte Matthew großartig.

Toughy hatte einen sehr geschäftigen Tag auf seiner Farm verbracht. Er war fast zu müde gewesen, sich wie ein Mann dagegen zu empören, daß die Frau ihn schon ins Bett brachte. Er war etwas enttäuscht, als sie ihn vor dem Schlafengehen gewaschen hatte; die Leute schienen einen überall zu oft zu waschen. Aber sonst war alles sehr schön. Sogar der Mann war ganz nett. Er hatte Toughy erklärt, warum er damals unfreundlich zu ihm gewesen war; er hatte ihn mit einem anderen kleinen Jungen verwechselt, der Steine auf die Hühner geworfen hatte, und der Mann wußte jetzt, daß er einen lächerlichen Irrtum gemacht hatte.

Wenn Toughy je dem Jungen begegnete, der es gewagt hatte, Steine auf seine Hühner zu werfen, würde er ihm die Meinung sagen! Denn die Hühner gehörten jetzt Toughy; ihm gehörte alles, sogar der Stier... oder wenigstens ein Teil von allem!

Er bewegte sich im Schlaf und warf einen Arm quer über sein Kopfkissen. Er war dem Hühnerjungen begegnet, und der arme Junge hatte nichts zu lachen!

Pius schlief.

Der Name Pius wurde öfter und lauter erwähnt als die

Namen der anderen Monaghans. Auch als sich die letzten Gäste in der dunstigen, verrauchten Gaststube von Hurley versammelt hatten, übertönte der Name Pius das Klappern der Biergläser, das angeheiterte Lachen und die allgemeine Unterhaltung.

»Ihr habt ja noch nicht das Neueste gehört. Ihr werdet staunen! Komm, Murty, schieß los! Es ist deine Geschichte.«

Murty hatte seine Geschichte bereits mit jedem Maß Bier, das ihm an diesem Abend spendiert worden war, erzählt – und er hatte schon mehrere Liter hinter die Binde gegossen. Er schwankte, stand aber noch immer auf seinen Füßen. Er nickte wohlwollend, als man ihm ein weiteres Glas zuschob, streckte sich, hustete, spuckte und wartete. Das war sein großer Augenblick. Er spuckte nochmals, dann begann er:

»Also, ich war heute morgen zufällig in der Nähe, als Jamesy Casey und Bridget Monaghan abfuhren.« Seine Erzählung hatte sich inzwischen schon zu geläufigen, feststehenden Sätzen verdichtet. »Sie hatten sich Murphys Auto bestellt, um nach Waterford zu fahren. Zuerst wurde das Gepäck herausgebracht. Das war nicht besonders interessant, aber ich erzähle eben alles der Reihe nach.«

Es erhob sich ein beifälliges Murmeln.

»Dann kam Tommy heraus. Man konnte ihm nicht ansehen, ob er froh oder traurig war, aber er wird bald genug merken, was ihm bevorsteht. Armer Junge – Gott steh ihm bei!«

Es erhob sich ein Murmeln des Mitleids für Tommy.

»Dann kommt Bridget Monaghan selbst und sieht genauso aus wie immer, als ob sie kein Wässerlein trüben könnte. Sehr hübsch und adrett angezogen, das muß man ihr lassen. Sie sieht noch immer gut aus, das kann man gar nicht bestreiten. Bridget hält das Baby im Arm; es ist schön in einen Schal eingewickelt und schläft fest. Dann erscheint Jamesy und steht neben Bridget, und sie wollen gerade ins Auto steigen, da grinst er mich ganz unverfroren an – der alte Fuchs.

Und was soll ich euch sagen, gerade in diesem Augenblick wacht doch das Baby auf! Es nimmt seine Ärmchen aus dem Schal und dreht seinen Kopf in die Richtung von Jamesy. Und dann grinst es ganz schlau, so hab' ich noch nie ein Baby grinsen sehen, und auch keinen Erwachsenen – außer einem – und plötzlich, wie ein Blitz aus heitrem Himmel, kommt mir die Erleuchtung. Und dann fuchtelt Pius mit seinem kleinen Fäustchen in Jamesys Gesicht und spricht sein erstes Wort:

›Papa!‹«